KB159310

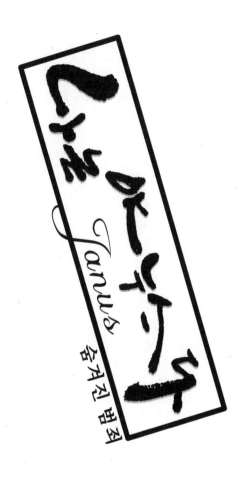

Janus

숨겨진 법죄

시음사
시사랑음악사랑

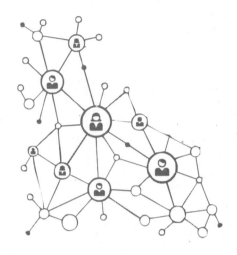

목차

출판사 서평

현대를 살아가는 우리는 모두 아픔 하나씩 안고 살아간다. 우리는 내 상처가 아니라며 외면하고 뒤돌아서는 방관자로 살아가는 개인주의적 사고에 점점 물들어 가고 있다. 상처를 치유 받아야하는 이들이 도리어 곪아 터진 세상에서 만난 소설 [나는 야누스다]는 빛과 소금 같은 존재일 것이다. 소설은 부정부패와 약탈, 납치, 인권유린 등 기득권층의 썩을 만큼 썩어버린 세상을 향해 외치고 있다. 正道만이 썩은 사회를 씻어내는 푸른빛이며 운명의 끈을 잘라낼 수 있는 수단이라고.

소설 [나는 야누스다]는 청소년 시기에 보육원에서 인권유린과 살인, 약탈의 현장에서 네 명의 아이들이 목숨을 건 탈출을 한 후, 보육원과 관련된 그들의 욕망을 좌절시키고 파멸의 길을 걷게 하는 복수극이다. 복수극 소설은 대부분 살인과 불법행위, 법망을 피한 범죄 등으로 구성되기 마련인데 [나는 야누스다]는 법의 경계선에서 그들의 가장 소중한 것을 소멸시키는 방법으로 복수가 시작된다. 그들을 파멸시키기 위해 또 다른 희생양을 만들지 않으며 스스로 파멸의 길을 걷도록 유도하는 작가의 깊은 사고가 돋보이는 작품이다.

[나는 야누스다]의 작가 김락호는 뛰어난 문장력을 가진 실력자이다. 첫 페이지를 읽기 시작했다면 마지막 장이 끝날 때까지 손에서 책을 내려놓기 어려울 것이다. 단 한 줄의 문장도 허투루 읽을 수 없게 하는 흡입력이 있다. 긴장감을 고조시켰다가도 순간 긴장감을 늦추기도 하며 감성의 희열을 마음껏 즐길 줄 안다. 작가 혼자 느끼는 것이 아닌 독자가 즐기는 희열을 잘 이끌어낸 작가는 과연 뛰어난 실력의 문장가라 할 수 있다.

이 소설은 어느 한 집단만을 이야기하는 것 같지만, 행간을 읽어보면 사회적 아픔을 이기지 못한 인간 군상의 현실을 고발하고 있다. 사람 냄새를 잃어버리고 디지털 세상에 익숙해져 감성마저 기계적이 되어버린 사회의 인간 존엄성을 이야기하고 있는 것이다. 작가는 사회의 내재적 아픔을 안고 살아가면서도 곪고 썩어가는 살점을 모른 체 살아가는 우리를 자각시키고 있다.

나는 야누스 Janus

청소년을 위한 북 콘서트

현관문을 열고 들어오면 거실과 비슷한데 넓고 커다란 공간에 집안에서 흔히 볼 수 있는 가구는 없고 컴퓨터 기기들이 즐비하게 늘어져있다. 대부분의 벽에는 무수히 많은 모니터가 보이고, 그 아래 각각 한 명씩 앉아 열심히 모니터를 보며 무언가 기록하고 있는 일곱 명의 무리가 보인다. 사무실 가운데 설치된 유리벽에는 열다섯 조각이나 있는 모니터들이 각기 움직이고 있다. 모니터 뒤 쪽의 벽에는 일곱 명의 사진과 함께 프로필이 즐비하게 펼쳐져 있고 그 주변을 중심으로 책상 몇 개가 무질서하게 늘어져 있다. 유리벽 너머에 있던 이십 대 중반의 여인이 미간을 찌푸리며 모니터를 응시하고 있다. 작고 투명한 안경 너머 그녀의 눈은 커다랗고 반짝반짝, 유난히 빛이 났다. 작지만 도톰하고 밝은 빛을 띠고 있는 입술은 금방 따온 앵두처럼 앙증맞다.

여인은 찌푸렸던 미간을 풀며 입가에 미소를 지었다. 미소를 띠운 볼 사이에 보일 듯 말 듯 보조개가 귀엽게 보였다.

"대장, 모든 준비 완료."

"박달중은?"

"십 분 뒤 행사장에 도착해요."

"별다른 눈치는?"

"없어요. 지금 한껏 들떠서 혼자 샴페인의 뚜껑을 열고 있는 것 같은데요? 이번 행사만 잘 치르면 대통령 선거도 거뜬하다며 보좌관과 즐기고 있네요."

대장이라 불리는 중년의 사내는 모니터를 유심히 바라보고 있다. 눈썹이 진하고 작은 눈과 부리부리한 코, 다부진 입술이 다정함이란 없는 날카로운 인상이다. 중년의 사내는 긴장한 듯 손수건을 꺼내 손에 배인 땀을 닦는다. 그 모습을 흘깃 바라보는 여인은 알듯 모를 듯 미묘한 미소를 유리벽에 보내고 있었다. 여인은 허공에 박수를 쳤다. 사무실에 있는 모든 사람이 그녀를 바라보았다.

"박달중이 행사 전 연설을 시작하면 모두 스텐바이 하시고 큐 사인이 떨어지면 자신이 맡은 온라인, 방송, 스마트폰, 모바일 기기 모두 정확하게 같은 시간에 실행합니다. 모두 긴장하시고 사전 작업 시작하세요!"

그녀의 말 한마디에 모니터 요원이 일사분란하게 자신의 자리를 찾아 움직이고 있다. 재빠른 이동과 컴퓨터 자판을 조작하는 모습이 능숙한 전문가 수준이다. 몇몇은 오른쪽 왼쪽 양쪽의 컴퓨터를 조작하고 있었다.

"민초혜! 우리 쪽 IP는 모두 숨겼겠지?"

"우리의 정체를 찾았을 때 우리는 모든 일을 끝내고 어디선가 휴가를 즐기고 있을 걸요? 그때라도 찾아내면 다행이고요."

중년의 사내는 웃음기 없는 얼굴로 모니터와 민초혜의 얼굴을 번갈아 바라보았다. 점점 짙은 눈썹이 두툼해지며 무엇인가 못마땅한 표정으로 바뀌어 가고 있었다. 초혜는 고개는 돌리지 않은 채 눈동자만 움직여 사내의 표정을 살폈다. 모니터를 응시하고 있지만 사내는 어느새 표정을 감추고 초점 없는 눈동자가 되어있었다.

여름이 가까워졌는지 조금은 눅눅한 바람이 불어왔다. 이십 대 중후반으로 보이는 사내 둘은 멀리 유유히 흐르듯 강물을 거슬러 오르는 유람선에서 시선을 떼지 않았다. 세빛둥둥섬 건너편으로 지나는 유람선 앞으로 수상택시 한 대가 쏜살같이 지나갔다. 잔잔하던 물결이 큰 파도를 일으키며 지나는 모습이 희미한 불빛 사이로 보였다. 키가 크고 다부진 얼굴에 코믹한 표정을 한 사내가 뒤를 돌아 난간에 어깨를 둘러맸다.

"아따, 겁나게 시원 허당께. 초혜야 시방 내말 듣고 있지야? 담에는 꼭 여그로 놀러 왔으믄 좋것다잉."

곁에 있던 사내가 미간을 찌푸리며 고개를 저었다.

"지금 그렇게 장난할 때 아니잖아? 긴장 좀 하자."

"긴장할거시나 있간디? 우리 초혜 작품인디 걱정하덜 말어야."

"제발 좀……."

"아따 알았당께. 허벌라게 무섭네."

"혁수야! 제발 그 사투리!"

"알았어. 그만하면 되잖아."

사내의 표정이 진지하게 바뀌며 말투까지 바뀌었다. 혁수는 삼삼오오 모여드는 기자들에게 시선이 멈췄다. 아직 주인공은 나타나지 않았는데 성급한 사진기자는 꼼꼼하게 하려는지 현수막을 찍고, 현장에 모여든 청소년을 찍으며 분주하게 움직이기도 했다. 한강을 가로지르는 다리 주변에 똑같은 현수막이 즐비하게 걸려있고, 어디에서 어떻게 모였는지 알 수 없는 학생으로 보이는 아이들과 사이사이에 어른들이 하나둘씩 모여들었다.

야외 공연장에는 이미 대형스크린이 설치되었고, 어제는 없었던 건물 하나가 덩그러니 놓여있는 형상이었다. 무대 상단에는 커다랗고 화려한 글씨로 [국회의원 박달중 북 콘서트 및 청소년 후원의 밤] 이라고 쓰여 있었다.

누군가 마이크를 툭툭거리며 실험을 하는지 스피커에 울려 퍼졌다. 야외 공연장 뒤쪽에는 고급 벤이 하나둘씩 모여

들었고, 꽤 유명한 가수와 연예인이 각자의 차에서 내려 서로 인사를 하며 대기실로 들어가는 모습이 보였다. 잠시 적막이 흐르더니 이내 폭죽이 굉음을 내며 어둑어둑해져 오는 밤하늘에 화려하게 퍼졌다. 오프닝 공연이 시작된 모양이다.

"아따, 국회의원이 좋은 자리기는 헝갑다. 몸값 비싸다는 대형급 가수가 오프닝을 헌다야!"

"여기 오는 가수들 모두 한류 바람을 일으키고 있는 가수들이지. 여기 오는 아이들이 박달중이 책 때문에 올까? 아마 단 한 명도 없을 걸?"

"우리도 쨰끔만 보고 오자잉."

"긴장 안하고 있지? 자리 이동은 금지인 것 몰라? 네 실수하나 때문에 우리 팀이 세상 밖으로……."

진혁의 말이 끝나기도 전에 이어폰에서 긴장어린 목소리가 들려왔다.

"박달중 도착 오 분 전. 지금 반포대교 쪽으로 진입했어. 뒤 따르던 차량은 다음 단계 준비하고, 행사장 요원들 모두 제자리에 스텐바이 해주세요. 지금부터 한 치의 오차가 있어서도 안 되고, 한 사람이라도 낙오되는 사람 있어서는 안 돼요. 혁수야 부탁해!"

"오케이 걱정은 하지 말랑께. 나가 누구여? 혁수여 혁수!"

혁수는 메고 있던 가방을 내리더니 이내 주변을 살폈다. 그리고 승용차 번호판 두 개를 꺼내 진혁에게 전하자 진혁은 재빠르게 주변을 살피며 고급세단 앞으로 다가가 앞 뒤 번호판을 바꿨다. 멀리서 불빛이 흔들리며 차 행렬이 들어오고 있었다.

"진혁아, 경호 팀이 몇 명이나 될 것 같냐?"

"초혜 예상으로는 여섯 명쯤이라고 했는데 더 되는 것 같은데?"

"엔젤 원, 쓰리 현재 경호팀 여덟 명이고, 현재 지원 경찰이 사고 예방한다는 명목으로 한 개 중대가 이동 중이야. 도착 예정 시간은 앞으로 이십 분 후. 경찰들이 도착하기 전에 모든 일이 끝나야 돼. 여유 시간은 오 분 안팎이니까 신속하게. 알았지?"

"경찰은 행사 시작 전에 배치되는 게 정상이지?"

"신중환의 공조로 예정에 없는 지원이야. 아무래도 지난번 사건 때문인 것 같아. 팀원 모두 준비 다 됐죠? 박달중의 연설문 중 세 번째 문장에 있는 '청소년의 밝은 미래를 위해'라는 문장이 신호입니다. 모두 긴장하세요."

고급 외제 세단의 문이 키가 크고 건장한 사내에 의해 열리고 자그만 키에 백발이지만 얼굴은 육십 대 초반의 박달중이 거들먹거리며 차에서 내렸다. 반대편에서는 삼십 대 초반의 박진석이 커다란 키가 불편한 듯 허리를 숙이며 내렸다. 박달중의 모습을 확인한 기자들이 우르르 그를 에워

싸고 경호원들은 박달중의 길을 만들며 천천히 주변을 살피며 걷고 있었다.

"의원님, 이번 행사는 내년 대선을 위해 이미지 쌓기라는 말이 있던데 사실입니까?"

박달중은 미간을 약간 찌푸리더니 이내 미소만 살짝 지을 뿐 답이 없다. 다른 기자들 또한 비슷한 질문을 던지자 옆에 있던 보좌관이 큰소리로 외쳤다.

"행사가 끝난 후 기자회견이 따로 있을 것입니다. 그때 질문해주시기 바랍니다."

무대를 비추고 있던 방송용 카메라가 박달중의 입장 모습을 담자 대형 스크린에는 손을 흔드는 박달중의 모습이 보였다. 멀리 건물 외벽에 설치된 전광판 스크린에서는 연신 [청소년의 대부 박달중 북 콘서트] 문구와 함께 박달중의 연설 장면이 보였다.

무대까지 올라간 박달중이 사회자와 악수를 하며 준비 된 의자에 앉았다. 진혁은 시간을 체크하고 있었다. 혁수는 무대 양쪽 어두운 곳에 서 있는 경호원을 살피며 손가락이 잘린 가죽 장갑을 손에 끼워 넣고는 깍지를 껴 꽉 조여진 것을 확인했다.

무대에 있던 사회자와 박달중은 자리에서 일어나 박달중은 무대 한 가운데에서 가장 자리로 걸어 나오고 사회자는 빛이 없는 경호팀 쪽으로 이동했다. 박달중은 무대 가장 앞부분으로 헛기침을 하며 걸어오더니 인자한 미소를 지어보이며 90도로 고개를 숙였다.

"이렇게 행사에 참석해 주신 청소년 여러분께 깊은 감사를 드립니다. 청소년 여러분은 미래의 기둥이며 희망입니다. 오늘 이 자리는 미래를 짊어지고 나갈 우리 청소년의 밝은 미래를 위해 인생을 조금 더 먼저 세상을 살아온 제가 ……."

화려하게 무대 주변을 맴돌던 오색 무지개 레이저도, 무대의 조명도, 대형 스크린도 모두 꺼지고 야외 공연장은 순식간에 암흑이 되었다. 여기저기서 비명소리가 들려오고, 당황한 경호원들은 우르르 박달중 주변으로 모여 들었다. 방송용 카메라 불빛과 멀리 있는 가로등만이 그들의 움직임을 희미하게 보여주고 있었다.

대형 스크린에 파릿 소리를 내며 전원이 들어오듯 미세한 소리를 내더니 비명소리와 함께 영상이 시작됐다. 방송용 카메라 4대가 일제히 영상을 비췄다. 영상에는 교복을 입은 여학생이 침대에 누워 벌벌 떨며 공포에 질려 있었다. 중년의 사내가 다가서더니 여학생의 교복 단추를 하나 풀었다. 여학생이 사내의 팔을 뿌리치며 도망가려하자 사내는 여학생의 팔을 잡아끌어 다시 침대에 눕히고 커다란 손바닥으로 여학생의 뺨을 내리쳤다. 그리고 육중한 목소리가 들렸다.

"아무리 소리쳐도 들어올 사람 없어. 얌전히 있는 게 신상에 좋을 거야."

여학생이 얼굴을 감싸고 흐느껴 울었다. 사내는 침대에서 일어나더니 몸을 돌려 바지를 벗고 있었다. 영상은 허리춤에서 시작해 서서히 얼굴 쪽으로 다가가고 있었다. 사내의 얼굴이 영상에 커다랗게 클로즈업 되자 여학생들의 비명소리가 들려왔다. 박달중의 얼굴이 화면에 클로즈업 되면서 조명 하나가 무대 위에 있는 박달중의 움직임을 따라가고 있었다. 무대는 스크린 속의 박달중과 무대 위의 박달중만이 환하게 빛이 나고 있었다. 경호원과 보좌관은 갑작스러운 영상에 모두 멍한 표정으로 화면만을 바라보고 있었다.

"이 새끼들아, 빨리 저 영상 끄지 못해? 이 짓 한 놈들 찾아내. 어서!"

박달중의 말이 끝나기 무섭게 경호원들은 뿔뿔이 흩어졌다. 영상은 어느새 장면이 바뀌어 명화가 즐비한 어느 지하 창고를 비추고 있었다. 현대 미술품을 비롯한 유명 명화들로 가득 차 있는 영상에 두 사내의 대화가 이어졌다.

"박 의원님, 내년에 출마하셔야죠? 미리 축하 선물 드리고 싶어서 어렵게 유럽에서 들여왔습니다. 박 의원님께서 그림에 조예가 깊으시니 진품인지 아닌지는 한 눈에 아시죠?"

"아, 이런… 이런… 이렇게 진귀한 그림을 돈이 있어도 구하기 힘든 세잔느의 작품을 어찌 구하셨습니까? 이렇게 경이로울 수가!"

"알고 있는 인맥은 모조리 동원했지요. 박 의원님께 드릴 선물인데 실수가 있어서는 안 되겠지요? 소장하고 있는 분께 반 협박까지 해가면서 구입했습니다. 하하하."

"제가 당선이 되는 것은 이미 역사적 사실이지요. 허 장관님을 저도 평소에 존경해 왔습니다. 또 우리가 어디 남입니까? 이 시대 아픔을 함께 한 가족 아닙니까. 하하하."

영상은 그림과 함께 목소리만 들리고 사람의 모습은 보이지 않았다. 박달중을 비추고 있던 조명만 그대로 남았고, 모든 조명이 꺼지며 영상에 자그만 글씨가 점점 커지고 있었다.

[청소년의 대부가 아닌, 청소년의 미래를 좀먹는 인간쓰레기 박달중!!]

같은 시각 텔레비전 정규방송이 모두 사라지고 박달중의 영상이 모든 채널에 동시에 방영되고 있었다. 행사장 객석에서 웅성거리는 소리가 들리더니 이내 하나 둘 희미한 불빛들이 켜지고 사진기자들의 플래시가 여기저기서 터지기 시작했다. 무대의 영상은 여전히 성폭행 장면과 유명한 그림이 반복되어 상영이 되고 있었다. 누군가 소리쳤다.

"핸드폰에 저 영상과 다른 영상이 전송 됐다!"

스마트폰을 가지고 있는 사람이라면 누구나 똑같은 영상이 플레이되고 있었다. 객석에서 무대로 돌 하나가 던져졌다. 그리고 하나, 둘 욕설과 함께 돌이 던져졌고, 멍하게 서 있던 사회자는 재빠르게 무대 뒤로 사라지고 흩어졌던 경호원은 그 누구도 나타나지 않았다. 보좌관은 경호원을 큰소리로 불렀다. 두 명이 재빠르게 무대 위로 올라왔다.

"아무도 없는데 경호원 6명이 모두 쓰러졌습니다. 일어설 수 없는 상황입니다."

"뭐야? 이런……. 의원님 어서 이 자리를 피하셔야 할 것 같습니다."

박달중은 이마에서 피를 흘리며 자리를 옮겼고, 박달중을 감싸 안은 경호원은 돌 세례를 받으며 세단으로 박달중을 인도했다. 그들이 차에 올라타고 경호팀이 차에 올랐을 때, 어디선가 고급 바이크 한 대가 그들을 부르듯 요란한 소리를 내며 경호팀의 차를 스치듯 지나쳤다.

"경호팀. 저 새끼 잡아. 저거 틀림없이 범인이다. 어서!"

보좌관의 무전에 경호차는 커다란 엔진소리를 내며 바이크 뒤를 쫓았다. 바이크는 올림픽 대로에 올라서더니 한남대교를 향해 달렸다. 바이크는 앞서가는 고급세단을 보호하는 듯 경호팀 차가 더 이상 앞으로 나가지 못하게 차선을 오가며 그들의 진로를 방해하고 있었다.

"보좌관님 바이크 앞에 차 넘버가 좀 익숙합니다."

"뭔데?"

"4589입니다."

뒷 자석에서 머리를 감싸고 있던 박달중이 고개를 쳐들었다. 흐르는 피를 누르고 있던 수건을 바닥에 던지며 울분이 삭혀지지 않은 듯 씩씩거리며 다시 고개를 숙이며 두 손으로 머리를 감쌌다. 옆에서 그의 아들 박진석은 혼이 나간 듯 초점 없는 시선으로 멍하게 앞좌석의 보좌관 뒤통수만 바라보고 있었다.

"강진상 그 개새끼! 다음 공천 확답을 주지 않으니 이 짓을 꾸민 거지. 다른 정당에 이 정보를 넘기고 그 새끼들과 연합한 것이 틀림없어!"

박달중의 공허한 목소리는 밤하늘에 음산하게 퍼지고 있었고, 그 사이로 경찰차 행렬이 보였다. 박달중을 비웃기라도 하듯 바이크는 건너편 차선에서 그의 차를 스쳐지나 야외 공연장으로 향하고 있었다.

"신중환 그 새끼도 경찰처장 자리에서 당장 잘라버려야 해!"

그의 목소리는 한없이 격해져 있었고, 눈동자는 흔들리고 있었다. 박달중의 목소리가 들릴 때마다 박진석은 몸을 움찔거리며 혹시라도 박달중의 몸이 자신에게 닿을까 겁을 집어먹고 잔뜩 움츠리고 있었다.

뒤늦게 경호팀에 합류한 부상자들은 차선을 모두 장악하고 나란히 바이크 뒤를 쫓고 있었다. 바이크는 차선을 오가며 그들의 진행을 막았다. 한남대교를 넘어서자 어디선가 바이크 뒤로 네 대의 차량이 경호팀의 차를 가로 막고 서행을 했다. 경호팀은 클랙슨을 울리며 그들에게 경고했지만 한 대의 차가 미안하다는 듯 비상등을 켜며 한참을 갔을 뿐, 꿈쩍도 하지 않았다. 한참 저속 하던 승용차가 속도를 내며 차선 하나를 비웠다. 경호팀은 그제서야 나란히 그 차선을 빠져 나갔다. 그리고 모두 비상등을 켜며 슬로바키아 대사관 앞에 정차했다. 바이크의 흔적도 고급세단의 흔적도 사라지고 난 뒤였다.

박달중 북 콘서트 현장의 모습은 그 시간 이후 세상을 뜨겁게 달궜다. 각 방송사에서는 하나같이 긴급보도로 특종이라며 떠들어 댔고, 인터넷에서는 '인면수심 박달중, 인간 쓰레기 박달중.' '자칭 청소년의 아버지라던 박달중! 충격적인 그 실체 밝혀져.'라는 제목의 기사들이 메인화면을 차지했다. 실시간 검색어에 박달중은 1위로 껑충 뛰어 올랐고, 박달중에 대한 기사는 SNS를 타고 급속도로 퍼지기 시작했다.

나눔 Janus

행복의 집

6년 전.

사람들이 북적거리는 백화점. 주말이어서인지 실내 놀이
터에는 어린 아이들로 가득했다. 처음에는 엄마 손을 놓지
않으려 엄마 주변만 맴돌던 아이들도 어느새 또래 아이들
과 어울리며 공놀이를 하는가 하면 조금 큰 아이들은 게임
기 앞에 머물고, 네 살, 다섯 살 정도의 아이들은 미니카에
앉아 환한 표정을 짓기도 했다.

갈색의 긴 파마머리를 하고 겨울에 맞지 않는 긴 원피스
를 입은 둔하도록 뚱뚱해 보이는 중년의 여인이 아이들의
노는 모습을 쳐다보고 있었다. 아직 봄이 오기 전이어서 따
뜻하게 난방이 되어있는 백화점 안이 더운 모양이다. 연신
이마에서 땀을 닦아 냈다. 아주 진한 스모키 화장을 하고
있어서 인지 날카로운 눈매가 인상적인 여인이었다. 여인의

시선은 한 아이에게 고정이 되어 있었다. 백지장처럼 하얀 얼굴에 파마를 한 머리를 양쪽으로 묶고 있는 5살쯤 되어 보이는 아이에게서 시선을 떼지 않았다. 아이가 두리번거리며 엄마를 찾는 듯 했다. 여인은 벌떡 일어나 아이에게 가까이 다가갔다.

"엄마 찾아?"

아이는 낯선 여인을 경계하듯 뒤로 한 발짝 물러서서 고개를 끄덕였다.

"엄마가, 우리 혜린이 조금만 더 놀고 있으라고 했는데?"

자신의 이름을 부르는 낯선 여인에 대해 경계를 푸는 듯 미소를 지어보이더니 이내 여인의 손을 잡았다.

"엄마한테 갈 거야."

"엄마가 여기서 움직이지 말라고 했잖아. 엄마 올 때까지."

아이가 울먹거리자 여인은 재빠르게 아이의 손을 잡고 놀이터를 빠져나가고 있었다. 여인은 선글라스를 끼더니 유유히 백화점 밖으로 빠져 나가며 단 한 번도 뒤를 돌아보지 않았다. 아이는 여인의 손을 잡고 두리번거리며 엄마를 찾는 듯 했다. 백화점 밖으로 나오자 여인은 아이에게 안고 다닐 수 있는 천으로 된 인형 하나를 건네주었다.

"엄마가 데니 데리고 나오면 안 된다고 했는데?"

"혜린이는 데니를 정말 좋아하니까."

"응, 난 토끼 데니가 가장 좋아. 근데 데니는 털이 없어. 그래서 더 좋아."

여인은 큰 도로를 지나 자그만 골목으로 들어갔다. 골목골목에 차들이 주차 되어 있었다. 그녀는 주차 되어 있는 차 중에 하얀색 소형차에 올라탔다. 그리고 아이를 집어 던지듯 뒷좌석에 밀어 넣고 자신도 뒷좌석에 앉았다. 운전석에 대기하고 있던 사내는 모자를 깊게 눌러쓰고 선글라스를 낀 채 미끄러지듯 조용히 골목을 빠져나가고 있었다.

"우리 차 아니야!"

"조용히 해!"

날카롭고 싸늘한 음성에 혜린은 인형을 꼭 안더니 이내 큰 소리를 내며 울었다. 유리창을 두들겼지만 지나는 사람들은 혜린을 보지 못하는 모양이다. 소리도 들리지 않는지 누구하나 고개를 돌리는 사람이 없었다. 아이의 울음소리에 가릉거리는 가래 끓는 소리가 들렸다. 점점 울음소리가 줄어들었다. 여인이 혜린을 낚아채듯 자신의 품으로 끌어당겼다. 섬뜩한 눈빛을 보이며 조용하면서도 낮은 목소리로 읊조렸다.

"울지 말라고 했지? 울지 말라고. 난 아이들의 울음소리가 가장 싫어. 정말 싫어!"

여인은 가방을 열었다. 가방에서 비닐봉투에 담겨진 수건을 꺼내더니 공포에 질려 울지도 못하는 아이의 코와 입을 감쌌다. 울음은 잦아들고 발버둥 치던 아이는 잠시 뒤 축 늘어졌다.

차는 적막함으로 빠져들었고 차 안에서는 두 사람의 숨소리마저도 조용했다. 침묵의 시간이 흐르고 차는 어느 한적한 산길을 따라 한참을 달리더니 동화에 나오는 마녀의 성 같은 음산한 건물 뒤쪽으로 유유히 들어갔다. 정문은 아닌 듯 했다. 여인은 차문을 열고 밖으로 나왔다. 뒷자석에 늘어져 있는 아이의 팔을 잡아끌더니 옆에 서 있는 사내에게 물건 던지듯 건넸다.

"내 임무는 끝이야."

사내는 말없이 아이를 안고 건물 안으로 유유히 사라졌다.

건물은 미로처럼 되어 있었다. 아이들이 생활하는 건물은 정문에서 마당을 지나 첫 번째 2층 건물이었고, 그 건물 뒤로 자그맣고 아기자기한 건물 몇 개가 있었다. 그녀가 드나들 수 있는 건물은 아이들 생활관과 교사들이 생활하는 교사관 그리고 자원 봉사자들이 음식을 만들거나 빨래를 할 수 있는 건물뿐이었다. 그 건물 말고도 두 개의 집이 더 있었다. 모두 연결이 되어 있지만 잘못하면 막다른 벽에 다다를 수도 있다. 하지만 그 막다른 벽에는 굳게 잠긴 문이 가로 막았다. 인식되는 지문만으로 그 문을 열거나 복잡한 나열의 숫자를 입력해야만 비밀번호를 열 수 있었다. 아직, 허영자는 그녀에게 비밀번호를 가르쳐주지 않았다. 잠긴 건물에서 어떤 일들이 벌어지는지 그녀는 알 수 없었다. 이곳에서 학생으로 지냈던 때도 그 건물은 들어갈 수 없었고, 생활교사로 행복의 집 잡일을 하면서도 단 한 번도 들어갈 수 없는 공간이었다. 그 건물들은 어떤 용도로 사용되는지 알 수 없는 금지구역. 그 건물을 이용하는 사람들은 CCTV가 설치되어 있는 정문으로 들어오는 사람은 없었다. 음침한 밤 스산한 바람처럼 슬며시 뒷문으로 들어왔다가 흔적도 없이 사라지곤 했다.

자신의 방으로 들어온 여인은 거울 속 자신의 모습을 보고 피식 웃었다. 삐에로 같았다. 허영자만을 위한 삐에로. 거울 속의 여인은 신경질적으로 가발을 벗어 던졌다. 밝은 톤으로 염색이 된 긴 생머리가 넓은 그녀의 어깨로 가지런히 펼쳐졌다. 그녀는 벌떡 일어나 긴 원피스를 벗어 던졌다. 그녀는 옷을 벗어던지며 욕실로 들어갔다.

"싫다. 무능력하고 멍청하고 노예처럼 사는 네가 싫어."

차가운 물줄기가 티셔츠와 청바지를 입은 그녀의 몸으로 젖어들었다. 아직 싸늘한 날씨의 찬물은 그녀의 온몸을 얼릴 기세였다. 그녀는 물줄기 속에서 울고 있었다. 젖은 웃옷을 벗었다. 등에는 커다란 수술자국이 선명하게 드러나 보였다. 그녀의 몸 군데군데 상처의 흔적들이 꿈틀거리는 용처럼 느껴졌다.

'이렇게 사는 것 말고 다른 방법이 있을 거야. 분명 방법이 있을 거야.'

그녀는 다짐이라도 하듯 주먹을 불끈 쥐어 보였다. 물줄기에 짙은 화장이 씻겨 내리고 아래로 눈 꼬리가 살짝 쳐져 있는 동그랗고 선한 눈매가 보였다.

　피로감이었을까. 샤워를 하고 방으로 돌아오니 심한 졸음
이 쏟아져 내렸다. 수진은 가벼운 차림으로 침대에 걸터앉
았다. 창 밖에는 어느새 봄눈이 사르락 사르락 소리를 내며
저녁을 덮고 있었다. 여느 보육원과 같은 곳이었다면 어린
아이들이 모두 운동장에 몰려나와 눈을 즐겼을지도 모른다.
그러나 행복의 집은 절대 허용하지 않았다. 아니 허용한다
하여도 밖으로 나와 눈에 띄는 행동을 하는 아이는 없을 터
였다. 아직 철모르는 유치부 아이들도 눈 내리는 날은 신기
하고 즐거운 날이 아니라 시리고 뼈까지 아파오는 고통을
느낄 수도 있는 날이었다.
　수진은 유리창가로 다가갔다. 그녀의 방에서 보이는 후문
주차장에 검은 세단 몇 대가 주차되어 있다. 또 그들이 온
모양이다. 지하 밀실에서 그들이 무엇을 하는지 알 수 없다.
가끔 모일 때도 있었고, 자주 모일 때도 있었다. 그들이 다
녀가면 원장은 며칠씩 보육원을 비우곤 했다. 건물 밖에 아
무도 없는 것을 확인한 수진은 갑자기 방안의 불을 모두 꺼
버렸다. 그리고 조용히 책상 아래로 들어갔다. 책상 뒤쪽에
옆으로 꽂혀있는 노트를 손으로 더듬거려서 찾았다. 책상
에 미리 올려놓은 담요를 슬며시 내려 덮었다. 칠흑 같은
어둠이라는 것은 이런 것을 의미할 것이다. 옆에 놓여있는
손전등의 불을 켰다.

간단한 메모조차 마음껏 할 수 없다. 수진은 노트를 펼쳐 오늘 있었던 일을 시간별로 구체적인 행동과 감정들을 적어 내려갔다. 마지막 마침표를 찍기 전 요란한 벨소리가 울렸다. 수진은 재빠르지만 조용하게 책상 뒤쪽에 노트를 꽂아 놓고, 담요를 걷어 침대 밑으로 밀어 넣고, 침대위에 이불을 흩어 놓은 후 두 손으로 머리를 부스스하게 만들었다. 그리고 게으른 듯 느리게 방 안에 불을 켜고 인터폰을 받았다.

"잠깐 내 사무실로 와!"

"네! 부원장님."

그녀의 방에 CCTV가 아닌 아주 자그만 카메라가 설치되어 있는 것을 안다. 우연히 청소를 하다가 발견한 소형 카메라. 처음에는 그 용도에 대해 알지 못했지만, 부 원장실 안쪽에 있는 밀실에서 허영자가 나올 때 슬쩍 보인 화면들이 초소형 카메라의 용도라는 것을 알았다. 자신의 모든 행동을 허영자가 보고 있다는 것을 알게 된 후로 자신을 숨겨야했다. 행동 하나, 숨소리 하나까지.

수진은 복도를 지나쳐 기역자로 꺾여 있는 벽에 섰다. 각 건물마다 복도가 연결되어 있는 끝에 비밀통로의 입구가 있었다. 밤에 부원장이 부를 때 복도로 갈 수 없었다. 언제나 은밀한 지시는 밤에 이루어지고, 그럴 때마다 지하 통로를 이용했다. 그녀가 지날 수 있는 통로 역시 한정되어 있었다. 부원장의 허락이 있어야만 다른 통로를 이용할 수 있다. 지하 건물에 무엇이 있는지 그다지 관심도 없었기에 궁금하지도 않았다. 다만 맞지 않기 위해 팔려가지 않기 위해 부원장의 시녀가 되어 있는 자신이 한심스러울 뿐이다. 있는 듯 없는 존재. 그녀는 같은 생활교사들과 말을 오래 해서도 안 되고, 다른 사람들과 수다를 떨어도 안 된다. 그녀는 오직 생활교사들의 일거수일투족을 감시해야 하고, 자원봉사자들의 동선을 체크해야 한다. 누군가와 친한 모습이 보여서도 안 된다. 그녀는 카메라 사각지대의 움직이는 카메라일 뿐이었다.

　음산하고 스산한 비밀 통로는 길게 이어졌다. 다른 통로에서 들려오는 속삭이는 소리가 더 스산한 기운을 전했다. 남자들의 웃음소리와 숨죽여 나누는 대화들. 정확한 소리는 알 수 없지만 그들이 남자라는 것은 확실했다. 굵고 바닥에 깔리는 소리의 무게 때문이었다. 부원장실로 나가는 계단이 보였다. 수진은 희미한 불빛에 자신의 모습을 훑어보았다. 누가 봐도 자다가 급하게 나온 모습으로 보여야 한다. 그렇다고 너무 리얼해서도 안 된다. 부원장이 부를 때 기본 예의에 어긋나면 마녀 같은 눈으로 벌레 취급하는 부원장의 목소리가 싫었다. 수진은 매번 부원장실을 들어갈 때마다 사지가 떨리는 것을 느꼈다. 두렵다. 그녀의 앙칼진 목소리도 무서웠고, 그녀를 바라보는 날카로운 시선도 무서웠다. 부원장실 의자 뒤쪽에 문이 하나 있었다. 가끔 열려진 문 사이로 보이는 밀실에 숨겨진 비밀을 알고 싶었다. 어제

까지 있었던 아이가 다음날 흔적도 없이 사라지는 그 이유
는 부원장의 밀실에 모두 숨겨져 있을 것 같았다. 수진은
헛기침을 하고 문을 두들겼다. 통로에서 바로 연결되는 부
원장실 측면으로 들어가는 비밀의 문이었다.

　벽 한쪽에는 즐비하게 컴퓨터 서적과 해킹에 관련된 책.
그리고 심리학 서적들이 꽂혀진 책장이 있고, 밀실로 통하
는 문이 있는 바로 옆에 부원장 허영자라는 명패가 있는 책
상이 있다. 책상 위에는 컴퓨터와 보다 만 책과 필기하다가
멈춘 듯 펼쳐진 노트와 만년필만 덩그러니 있을 뿐이었다.
수진은 원장 책상 뒤의 문을 재빠르게 살폈다. 굳게 닫혀져
있다. 조금은 실망한 표정과 그럼 그렇지 하는 포기의 심정
으로 허영자를 바라보았다.
　째진 눈에 항상 부스스한 파마머리를 하고 독기어린 표정
을 하며 입술을 삐죽이던 허영자는 수진을 보며 미소를 지
은 듯 착각을 일으키는 표정을 하고 있었다. 못생긴 모나리
자였다.
　"부르셨어요?"
　"앉아."
　수진은 놀란 토끼 눈으로 허영자의 표정을 살폈다. 부원
장실에 들어와서 소파에 앉아 본적은 없었다. 항상 문 앞에
서서 그녀가 휘두르는 골프채에 뼈가 부러지거나, 무방비
상태로 들어왔다가 그녀의 발길질에 그대로 거꾸러지기 일

쑤였다. 그러나 오늘은 뭔가 분위기가 조금 다른 것 같다는 생각이 들어 놀란 눈으로 허영자의 표정을 살피기에 바빴다. 허영자가 자리에서 일어나더니 책상 서랍을 열어 통장을 들고 그녀 앞으로 걸어왔다. 부원장은 말없이 통장을 내밀었다. 열어보라는 의미 같았다. 수진은 통장을 손에 들고만 있었다.

"무슨 통장인지 알고 있지?"

그녀는 기어 들어가는 목소리로 간신히 대답했다.

"…… 네."

"이제 독립할 수 있는 자금이 있으니 이곳에서 나가도 돼!"

수진은 안쪽의 입술을 꽉 깨물었다. 금방이라도 피가 솟구쳐 흐를 것 같았다. 그녀는 허영자의 눈을 바라보지 않았다. 그녀는 언제나 그러하듯 배부른 고양이가 살아 있는 생쥐를 가지고 장난하는 듯한 표정이라는 것은 보지 않아도 알 수 있었다. 눈이 마주치면 허영자의 눈빛은 분명히 말하고 있을 것 같았다.

'넌, 절대 이곳에서 나가지 못해. 넌 내 시녀거든.'

"통장 확인 해."

"네?"

수진은 그녀의 싸늘하고 화가 난 표정의 시선과 마주쳤다. 손이 떨려왔다. 통장을 열었을 때, 매달 그녀 앞으로 지급된 월급이 고스란히 찍혀 있었다. 허영자는 책상에 놓여있던

종이 한 장을 그녀 앞에 내밀었다.

 "싸인 해!"

 그녀는 내용을 자세히 읽어볼 엄두도 나지 않았다. 가장 큰 글씨로 된 급여 통장 지급 확인서라는 문장이 보일 뿐이었다. 수진은 볼펜을 들고 떨리는 손으로 사인을 마쳤다. 허영자는 또 다른 통장을 하나 내밀더니 역시 똑같은 말을 건넸다. 이번엔 아무리 커다란 글씨도 그녀의 눈에는 들어오지 않았다. 그녀는 없는 존재였다. 서류에 자신의 이름을 써야 할 일도 없었고, 직접 통장을 만들어 본 적도 없었다. 아니 부원장의 심부름 이외에 개인적인 돈을 사용해 본적도 없었다. 자신의 이름으로 된 통장에 찍힌 거액. 그리고 또 다른 통장에는 그보다 더 많은 돈이 들어 있는 것을 확인했다.

 수진은 탁자에 있는 자신의 통장을 손에 꼭 쥐었다. 어떠한 일이 있더라도 이 돈은 놓치고 싶지 않았다.

 "무슨 소리를 지껄이고 다녔기에 이딴 공문이 날아오게 만드는 거야!"

 "무슨……."

 허영자는 서류 하나를 수진의 얼굴에 집어 던졌다. 수진은 통장을 탁자에 놓은 후, 바닥에 떨어진 종이를 무릎을 꿇고 주워 모았다. 그것이 무슨 서류인지는 모르겠으나 자신과 관련된 일이라는 것은 알 수 있었다. 서류를 가지런히 모아 탁자위에 올렸다. 그리고 그녀의 손이 통장으로 가려

할 때, 허영자의 싸늘한 목소리가 들렸다.

"이곳에서 나갈 건가?"

"……."

"나가고 싶다면 당장 내일 나가도 좋아! 하지만 세상을 모르는 네가 밖에 나가서 무엇을 할 수 있어? 그 얼굴로 술집도 못 나가. 배운 것이 없어 취직도 안 돼. 그 돈이면 방은 한 칸 얻을 수 있겠군."

"…… 생각 좀."

그녀의 말이 끝나기도 전 허영자의 웃음소리가 그녀의 귀를 덮고 있었다. 음흉하고 무시무시한 웃음 소리였다. 귀로 들어온 웃음은 혈관을 타고 온 몸을 돌아 심장으로 들어가 심장을 옥죄는 듯 했다. 온 몸에 소름이 돋았다.

"생각? 으흐흐 네가 생각이라는 걸 하는 아이였던가? 네가 예뻐서 이곳에 남겨둔 것 같아? 넌 그 어디에도 쓸모없는 물건이야. 멍청하고 못생겨서 어디에도 처분이 되지 않는 쓰레기 같은 물건."

수진은 입술을 깨물었다. 여전히 시선은 슬리퍼 사이로 삐죽 나와 있는 자신의 발가락을 보고 있을 뿐이다. 허영자의 높낮이 없는 음성은 계속 들려왔다. 점점 깊은 어둠이 그녀를 집어 삼키는 것 같았다. 그녀가 가장 많이 들었던 말이 못생기고, 멍청한, 쓸모없는 물건이라는 말이었다. 보육원에 들어 온 중학생 시절부터.

"그러니 부모도 너 같은 건 안중에도 없이 동반자살해 버린 거지."

  수진은 그 자리를 피하고 싶었다. 그러나 마음과 달리 몸은 그 자리에서 꼼짝하지 않았다. 한두 번 듣는 이야기도 아니련만 부모의 이야기가 나올 때면 피가 거꾸로 솟는 느낌이었다. 수진은 여전히 표정을 감추기 위해 고개를 숙이고 있었다. 그녀가 아무런 반응이 없자 허영자는 말을 멈추고 수진을 바라보고 있었다. 고개를 처박고 있었음에도 허영자의 시선이 느껴졌다.

  "이곳에 남을 건가?"

  메마르고 싸늘한 목소리에 수진은 대답을 하지 않을 수 없었다. 약간 더 낮은 톤으로 목소리가 바뀐 후 자신이 원하는 대답이 나오지 않으면 그 다음엔 폭력이 난무했다. 수진은 떨리는 목소리로 조용히 대답했다.

  "······네."

  그때서야 조금은 부드러운 허영자의 목소리가 들렸다. 수진은 꽉 쥐고 있던 주먹을 느슨하게 풀었다. 허영자는 통장 옆에 카드 한 장을 놓았다.

  "이곳에서 떠나고 싶으면 통장을 가지고 이방에서 나가면 돼! 그리고 남고 싶거든 카드를 들고 가면 돼!"

  "카드는······."

  "법인카드야. 네 개인 용도로 사용해도 좋아."

  수진은 화들짝 놀라 허영자를 바라보았다. 그녀는 인자한 표정으로 측은한 듯 그녀를 바라보았다.

"옷 꼬라지가 그게 뭐니? 그러니 자원봉사자들이 월급 착복하는 것 같다며 복지사에게 진정서를 낸 거잖아! 저 아까운 돈을 어찌 사용할 수 있겠어. 네 앞으로 남겨진 네 부모의 유산은 네 결혼자금으로 써야 되지 않겠어?"

수진은 자신도 모르게 고개를 끄덕였다. 허영자의 목소리가 부드러우면서 약간 톤이 올라가는 것은 자신의 계획대로 모든 것이 진행되었을 때라는 것을 수진은 어렴풋이 알고 있었다. 수진은 다시 주먹을 불끈 쥐었다. 거부하고 싶었다. 자신의 생각을 말하고 싶었다. 그러나 입술은 떨어지지 않았고, 허영자가 원하는 답을 할 수밖에 없는 자신이 한없이 한심스러웠다.

"부담 없이 써도 돼. 너도 이제 성인이잖아? 보세 옷이 아니라 좋은 옷, 예쁜 옷도 입고 싶을 테고 화장도 하고 싶을 텐데. 그동안 고생했던 것에 대한 보상이라고 생각하면 돼!"

"……네"

"그리고 네가 오늘처럼 어려운 일 하나씩 해결 해주면 그만큼의 보상을 받을 수 있어. 알겠지?"

"……네"

"카드 가지고 돌아가도 돼!"

수진은 자신도 모르게 허영자의 얼굴을 쳐다보았다. 그녀의 얼굴에 미소가 번지고 있었다. 다정하고 활기찬 미소가 아닌 신기한 장난감을 앞에 두고 어찌 가지고 놀까 궁리를 하고 있는 일곱 살 남자 아이의 호기심 가득한 미소였다. 수진은 자리에서 슬며시 일어서며 다시 허리를 숙여 인사를 했다. 허영자는 여전히 호기심 가득한 미소로 고개를 끄덕였다. 수진은 주먹을 불끈 쥐고 나가던 발길을 돌렸다. 지금이라도 통장을 들고 나오고 싶었다. 그녀가 미치도록 소원했던 일. 지금이라면 할 수 있었다. 통장을 들고 뒤돌아보지 않고 보육원을 빠져 나갈 수 있을 것 같았다. 수진은 조용히 입술을 깨물며 부원장실 문을 열었다. 등 뒤에서 느껴지는 싸늘한 시선에 머리카락이 쭈뼛 서는 것을 느꼈다. 방금 전의 생각을 부원장에게 들킨 것 같아 빨리 그 자리를 벗어나고 싶다는 생각밖에 들지 않았다. 후들거리는 다리를 움직여 겨우 비밀 계단의 문을 열고 그 자리에 쭈그리고 앉았다.

빨리 방으로 돌아가야 한다. 허영자는 오 분 후 그녀의 방을 모니터링 할 것이다. 후들거리는 다리는 진정되지 않았다. 수진은 어두운 지하통로를 무의식중에 걷고 있었다. 흘낏 봤던 통장의 액수. 자신의 이름으로 된 그 통장에 육 년의 급여가 고스란히 있었다. 단 한 푼도 쓰지 않은 월급. 아니 쓸 수 없었던 월급이었다. 뿐이던가. 어렴풋이 부모님의 유산이 꽤 될 것이라고 알고 있었지만 액수가 그렇게 크다는 것은 상상도 하지 못했다.

'아주 크고 예쁜 집이었으니까.'

허영자는 방으로 들어간 수진의 모습을 모니터로 확인하며 입가에 음산한 미소를 흘렸다. 방으로 들어간 수진은 모든 것이 허탈한 듯 불을 켠 채 침대에 엎어졌다. 그리고 다시 눕기를 반복했다. 허영자는 고민하는 것 같으면서도 발장단을 맞추는 수진의 발을 보며 피식 웃었다.

"네 돈이 되지 못한다는 것을 넌 은연중에 알고 있지. 하지만 즐겁지? 희망이 생겼으니까. 그래 넌 오늘밤 아주 큰 성을 짓는 거야. 그리고 내일은 절망을 맛보는 거지."

희뿌연 안개가 가려진 새벽. 희미하게 산등성이를 타고 올라오던 해마저 잠시 멈칫하는 시간 새 울음에 섞인 어린 아이의 울음소리가 희미하게 들려왔다. 수연은 부스스 자리에서 일어나더니 창밖을 바라보았다. 길고양이 한 마리가 운동장을 가로 질러 학생 생활관으로 뛰어 오더니 이내 숲으로 사라졌다. 수연은 창가에 서서 길고양이의 흔적을 찾느라 두리번거렸다.

"그 아이 괜찮을까?"

대답이 없었다. 수연은 정문에서 들어오는 승용차를 발견하고 창문 아래 스르르 앉았다. 원장이 출근하는 길이다. 퇴근하는 시간은 언제인지 모르지만, 출근은 언제나 일곱 시. 다시 분주한 아침이 시작될 것이다. 그녀는 어젯밤부터 간간히 들려오는 엄마 찾는 아이의 울음소리가 언제부터인가 들리지 않는다는 것을 알았다. 초혜는 이층 침대에 누워서 꼼짝하지 않는다. 인기척이 없다.

"죽었을 거야. 미주처럼 공포에 질려서 죽었을 거야."

"그 애들 걱정하기 보다는 너부터 걱정하는 게 좋아. 며칠 전부터 부원장 시선이 자꾸 널 향하고 있어."

"겁주지 마. 영선이처럼 사라지는 거 싫어!"

"절대 혼자 다니지 마. 특히 학교 끝나고 올 때."

"그건 너지. 난 다른 애들이랑 다니면 감시가 붙어서 더 힘들어지잖아."

"도망갈까?"

수연은 이층 침대를 바라보았다. 진지하다 못해 반짝거리는 눈으로 초혜가 그녀를 바라보았다. 수연은 고개를 저었다. 그녀는 바르르 손이 떨리고 다리가 후들거렸다. 지난 해, 진혁이와 도망치다가 집게파 조직원들에게 잡힌 후, 진혁은 반 주검이 되었다. 그녀 또한 몸에 흉터는 남지 않는 구타를 당하고 죽지 않을 만큼 맞았던 기억이 아직 통증으로 남아 있다.

"무서워도 들어. 팔려가지 않으려면 우린 여름 방학이 되기 전에 도망 가야해! 2학기가 되면 취업이라는 이름으로 우린 모두 팔려가게 되어 있어. 처음에는 몇 백이었다가 수천의 빚으로 평생 성매매를 하고, 동남아 어느 가난한 나라 막노동꾼으로, 조폭의 조무래기로……. 너도 알잖아."

수연은 다시 고개를 들어 주변을 두리번거리더니 이내 창문을 닫았다. 그리고 초혜 가까이 다가가 들릴 듯 말 듯한 귓속말로 속삭였다.

"진혁이 친구 천일이 알지? 그 애 중국으로 팔려갔었는데, 중국에서 인육을 먹는 사람이 있대. 근데 여기서 값 비싸게 팔려간 애들이 대부분 거기로 간다나봐!"

"쉿! 네가 그 사실을 안다는 이유만으로 넌 오늘밤 쥐도 새도 모르게 죽을 수가 있어. 절대 입 밖에 꺼내면 안 돼!"

수연은 고개만 끄덕였다.

초혜는 시계를 쳐다보더니 자리에서 벌떡 일어났다. 커다란 안경을 끼고 앞머리를 눈이 덮을 듯 말듯 내리더니 헐렁하다 못해 초라한 트레이닝복을 골라 입었다. 수연 또한 비슷한 차림으로 초혜를 따라 나섰다. 아침 일곱 시. 중고생반의 아침 식사였다. 벌써 사십여 명이 넘는 아이들이 시끌벅적 소리를 내며 식사를 하고 있었다. 초혜는 조심스럽게 진숙을 찾았다. 어제 학교에 누가 왔다며 수업시간에 나간 후 돌아오지 않았다. 역시 아침 식사에도 진숙은 보이지 않았다. 초혜는 수연과 눈이 마주치자 고개를 보일 듯 말 듯 저었다. 건너편에서 깔깔거리는 웃음소리가 들렸다. 혁수였다. 떠드는 소리에 감시하듯 식당 뒤편에 나란히 서 있던 생활교사들과 원장의 시선이 모두 혁수를 향했다.

"내가 복싱 선수를 했다면 라이트 훅, 두 방이면 챔피언 되지 않겠냐? 아, 근데 이 잘생긴 얼굴이 아까워서 복싱을 포기 했지! 정말 아깝다니까. 1학년 때 선생님이 복싱하라고 할 때 했으면 내가 지금 여기서 너희들이랑 밥 먹고 있을

군번은 아니지!”

그 찰나를 이용 초혜 뒤에 앉아 있던 진혁이 초혜 손에 쪽지 한 장을 전했다. 초혜는 표정도 변하지 않았고, 식사의 속도도 늦춰지지 않았다. 다만 허리춤으로 손을 넣어 골반 근처를 긁는 것처럼 행동했다. 초혜는 손에 쥐었던 쪽지를 팬티의 고무줄에 끼워 넣고 있는 중이었다. 그녀가 자리에서 일어났다. 어느새 식판에 있던 음식은 한 톨도 남아 있지 않았다. 수연은 속도를 맞추는 듯 천천히 먹으며 초혜가 나가는 모습을 흘깃 흘깃 훔쳐보고 있었다.

초혜가 막 식당을 나가려 할 때였다. 생활교사 중 여자 하나가 초혜를 가로 막았다.

“양 손 벌려!”

초혜는 조건반사처럼 말이 떨어지기 무섭게 양쪽으로 팔을 들었다. 여교사는 초혜의 주머니를 뒤적이더니 트레이닝 복 지퍼를 내리고 브래지어 안쪽까지 살피더니 고개를 갸웃거렸다.

“분명 아까 행동이 조금 이상했는데?”

초혜는 옆구리를 들어 보였다. 뻘겋게 손톱자국이 나 있었다.

“이게 뭐지?”

“어젯밤에 음식에 계란이 들어 간 게 있었나 봐요. 밤새 가려워서 긁었는데, 아침에도 가려워요”

“아, 네가 계란 알레르기 있지?”

"네!"

초혜는 아무렇지도 않은 듯 표정 하나 변하지 않고 식당을 빠져 나왔다. 그 뒤를 진혁이 따라 나갔고, 그 다음에서야 수연은 조심히 자리에서 일어났다. 혁수는 여전히 시끌벅적 입에서 밥알이 튀어나오도록 떠들었고, 몇 몇은 혁수의 말에 귀 기울이며 반응을 보였다. 이부장이 혁수 앞에 섰다. 그때서야 혁수는 자리에서 일어나 이부장에게 조폭들이나 하는 90도 각도 인사를 하며 자리에서 일어났다.

복도에는 CCTV가 아닌 소형 감시 카메라가 곳곳에 숨겨져 있었다. 목소리까지 녹음이 되는 소형 카메라였기에 아는 사람들만 알 뿐, 대부분은 카메라가 있는 것조차 알지 못했다. 방으로 돌아온 초혜는 언제나 그러하듯 물건들의 위치를 꼼꼼하게 살폈다. 누군가 들어왔다 나간 흔적은 없었다. 가끔 행복의 집에 시끄러운 소문이 돌거나, 좋지 않은 일이 생길 때는 어김없이 누군가 들어왔다가 흔적을 남기지 않으려 애쓰며 방을 뒤진 흔적들이 있었다. 초혜는 청소를 하는 리액션을 하며 방구석 구석, 그리고 작은 틈새하나까지 살폈다. 카메라가 그렇게 빨리 설치될 일은 없지만 조심해서 나쁠 것은 없다는 생각에서 방을 비운 뒤에는 습관처럼 흔적을 찾았다. 수연이 문을 벌컥 열며 들어왔다.

"오늘은 무슨 내용이었어?"

초혜는 말없이 침대 아래, 이층침대의 계단까지 꼼꼼하게 살피고 나서야 팬티에서 쪽지를 꺼냈다.

－혁수 차례가 된 것 같다. 혁수가 취업 상담을 했다. 오늘 학교에서도 방과 후 음악실에서 개인 상담하기로 했다. 5시쯤 될 것 같다.－

"혁수가 아무래도 팔려가는 게 결정 된 것 같은데 수업 끝나고 우리 아지트에서 5시쯤 만나자는 내용이야."

"우리 같이 가면 의심 할까?"

"아까 대충 눈치 보니까 너에게 미행이 붙을 것 같아. 숲으로 가는 샛길 근처에 이 부장 부하 두 사람 어슬렁거리고 있었어. 오늘은 나 혼자 다녀올게. 대신 절대 혼자 다니면 안돼. 알았지?"

수연은 입술을 삐죽 내밀며 삐진 시늉을 했다. 교복을 단정하게 입은 수연의 모습은 청아하기 그지없었다. 초혜는 수연에게 체육복 바지를 내밀었다. 매일 아침 반복되는 일상이었다.

"이거 꼭 입어야 돼? 진짜 교복만 입으면 예쁜데"

"꼭 입어. 왜 입어야 하는지 알잖아?"

수연은 교복 치마 안에 속바지를 입고, 속바지 위에 체육복 바지를 입었다. 하반신이 도톰해졌다. 언뜻 보면 하체비만의 소녀 같았다. 같은 교복을 입은 초혜 역시 교복치마 안에 체육복 바지를 입고, 치마 안에 입은 체육복 바지가 보이지 않게 허벅지까지 바지를 끌어 올렸다. 체육복 바지 발목 부분이 늘어져서 이제 쪼이거나 하지는 않았다. 수연이 먼저 방문을 나서자 한참 뒤 초혜가 방문을 나섰다. 수연의 뒤를 따라가다 뒤에서 싸늘한 기운이 느껴진다는 생각과 동시에 중얼중얼 욕설을 옆에서도 들을 수 있게 내뱉었다.

그리고 수연의 곁을 지나가며 큰소리로 외쳤다.

"야! 씨발. 내 물건에 손대지 말라했지? 너 나한테 한 번 죽어볼래? 너 왜 내 교과서에 커피 엎질러 놓고 모른 척 하는 건데?"

"그럴 수도 있잖아. 씨발. 별 것도 아닌 걸로 개 유난을 떨어. 재수 없게."

"내 물건에 한 번만 더 손대면 네 손모가지 잘라 버릴 테니까 조심해라!"

그녀들이 소리를 내지름에도 누구 하나 시선을 주지 않았다. 당연하다는 듯 제 갈 길을 가고 있을 뿐이었다. 누군가 혀를 차는 소리가 들렸다.

"저것들은 몇 년을 같은 방 쓰면서도 친해지지 못해서 저 지랄들이지. 악연이다 악연."

"방을 바꿔주면 되지 않나요?"

아침부터 자원봉사를 자처해서 손을 걷어붙인 나이 지긋한 중년 부인이 물었다. 운동장을 빠져나가는 학생들을 바라보던 김상수는 목례를 하며 대답을 망설였다. 옆에 있던 허영자가 끼어들었다.

"저 두 애가 성격이 좀 괴팍해요. 그래서 그 누구도 같이 방 쓰려고 하지 않아요. 그래서 어쩔 수 없이 둘이 몇 년째

저리 싸우면서 살아요. 호호호."

"우리 행복의 집 아이들은 정말 행복한 것 같아요. 원장님도 인자하시고, 부원장님이 이렇게 살뜰하시니, 아이들 표정이 저렇게 밝지요. 아이들이 복 받은 거죠?"

"부원장님이 워낙 아이들을 사랑하시니까요. 저야 자리만 지킬 뿐이죠."

"오늘 그이가 행복의 집에서 박 의원 자원봉사 있는 날이라고 준비 좀 도우라고 해서 왔는데 일찍 오기를 정말 잘한 것 같아요. 오후에는 어차피 정해져 있는 일정이잖아요? 초등학교 아이들만 있을 테고……."

"부시장 사모님을 이렇게 고생시켜서 정말 죄송합니다. 원생이 많다보니 일손이 턱없이 부족해서요. 좀 있으면 저희 안사람도 올 테니 잠시만 도와주시면 됩니다."

"별말씀을요. 박 의원님과 더 친분을 쌓을 수 있는 좋은 기회잖아요? 오늘 박 의원 사모님도 오신다면서요?"

그때 이정복이 급한 표정으로 김상수에게 다가와 귓속말을 전했다. 김상수는 중년 여인에게 목례를 한 후 건물 안으로 사라지고, 허영자는 싸늘한 눈길로 중년 여인을 뒤에서 바라보았다.

어린 아이들이 커다란 가방을 메고 운동장 밖으로 나왔다. 지나는 아이들 하나하나 모두 중년 여인에게 꾸벅 인사를 하고, 여인은 아이들의 옷매무새를 고쳐주며 인자한 미소를 지어보였다. 허영자는 무표정하고 근엄한 표정으로 아이들을 바라보았다. 태풍이 휩쓸고 가듯 한 차례 아이들이 빠져 나간 뒤, 정문으로 탑 차 몇 대가 들어오고 행복의 집은 분주하게 움직이고 있었다.

허영자는 중년 여인이 자원봉사자들과 어울려 음식을 준비하는 것을 확인한 후, 건물 뒷문을 열고 나갔다. 건물과 건물 사이에는 과실수가 싹이 돋아나더니 어느새 푸른 잎을 덮고 있었다. 훤하게 보이던 뒤편 건물이 나뭇잎에 가려 바람에 잎들이 흔들거릴 때만 슬쩍 보이는 듯 했다. 그녀는 혼잣말을 하듯 중얼거렸다.

'상록수를 심었어야 했어. 명상의 집이 보이는 건 참 마음에 들지 않아.'

지난 가을 떨어졌던 낙엽이 켜켜이 쌓여있는 담벼락을 보며 혀를 찼다. 말랐던 담쟁이에서 싹이 나오고 다시 담을 타고 오르는 것도 마뜩잖은 사실이었다.

'한 번 죽으면 그걸로 끝인 거지. 미련이란 미련한 감정의 부산물이지.'

한참을 걷던 허영자는 어디선가 들리는 고양이 소리에 귀기울였다. 길고양이가 틀림없다. 매번 식당의 음식물 쓰레기를 엎는가 하면 몰래 식당에서 생선을 훔쳐 먹기도 했다. 주변에 길 고양이를 잡기 위한 덫을 놓은 지 일주일 만에 한 마리가 잡힌 것 같다. 허영자는 주변을 두리번거렸다. 정원사가 지난겨울 나무의 잔가지를 치고 어딘가에 버려둔 낫이 담장 밑에 버려져 있었다. 허영자는 낫을 움켜쥐고 소리가 나는 방향으로 걸었다. 벽 뒤쪽이었다. 벽 사이에 난 작은 구멍을 통해 고양이가 들어오다 덫에 걸렸다. 고양이는 덫에 걸린 발을 빼기 위해 몸부림쳤다. 덫에 걸린 발에서는 피가 흐르고 괴성을 지르며 살려 달라 애원하는 듯 목소리는 애처로웠다. 허영자는 낫을 든 채 고양이 앞에 쪼그리고 앉았다.

"그래, 그렇게 살려달라고 애원하는 거야. 그럼 누군가가 너에게 나처럼 다가오는 거야. 그리고 너의 고통을 덜어주는 거지. 이렇게!"

허영자는 아무렇지도 않게 낫을 고양이의 목에 걸더니 일어서며 힘껏 잡아 당겼다. 피가 솟구치며 고양이의 목은 힘없이 땅바닥에 나뒹굴었다. 허영자의 입가에 싸늘한 미소가 번졌다. 옷에는 고양이의 피가 범벅이 되었지만 그녀는 아무렇지도 않은 듯 자리에서 일어나 다시 담장 안으로 사라졌다. 아직 고양이의 눈은 깜박이며 애절하게 그녀를 바라보다가 이내 솟구치던 피도 멈추고 눈도 감겼다. 고양이의 피는 풀잎을 붉게 물들이며 땅을 적셨다.

허영자가 지하실로 들어오자 김상수는 화들짝 놀라 뒤로 한 발짝 물러섰다. 이정복은 흘깃 허영자를 쳐다볼 뿐 시선은 유리벽 너머의 소녀에게 고정되어 있었다. 유리벽 너머의 좁은 공간에 희미한 불빛이 있을 뿐 어둠 그 자체였다.

희미하게 어린 소녀의 꼼지락 거리는 모습이 보였다. 가슴에 토끼 인형을 꼭 품고 두려움에 떨듯 사방을 두리번거리며 누군가를 찾는 듯 했다. 아무것도 없는 텅 빈 공간. 사방이 싸늘한 콘크리트 벽이고 아무소리도 들리지 않는다. 지나가는 고양이도 없다. 사람의 소리는 없고 자신의 숨소리와 울음소리 이외에 그 무엇도 보이지도 들리지도 않는 좁은 공간이었다. 그곳에 건장한 청년을 일주일만 가둬두면 얌전해지거나 정신이 이상해지기도 했다. 그런데 다섯 살난 어린 여자아이가 하룻밤을 그곳에서 인형과 함께 지냈다. 이정복은 소녀를 확인한 후에야 허영자를 바라보았다.

"덫에 걸린 고양이라도 죽이셨나봅니다."

허영자는 말없이 유리벽 앞에 섰다. 유심히 소녀를 바라보더니 이내 뒤돌아 계단을 오르고 있었다.

"하루 더 가둬. 오늘은 중요한 날이니 그 애가 밖으로 나오면 세상 시끄러워지니까."

김상수가 허영자를 뒤따르며 거들었다.

"부 원장님, 그러다 물건 버릴 텐데요. 다섯 살 여자아이잖아요."

"더 가둬도 돼욧. 죽은 애도 정상은 아니었으니까."

"상품 가치가 떨어지면 제 값 못 받아요."

"그건 10년 뒤 이야기죠. 지금은 기껏해야 정부 보조금이나 받는데 그냥 머릿수만 채우면 됐지 뭘."

그들이 나간 뒤 이정복은 문을 열고 좁은 공간으로 들어갔다. 명상실 비밀 계단을 이용해야 들어올 수 있는 밀실. 허영자가 말하는 명상 지도실이었다. 그럴듯한 명칭이 걸린 공간은 침묵의 고문실이나 다름없었다. 정복은 그의 발자국 소리에 미동도 하지 않는 아이를 살피기 위해 불을 켰다. 그때서야 아이는 정복을 바라보았다. 흔들리는 눈동자. 공포에 가득한 표정. 정복은 아이의 공포가 극에 달했음을 직감했다. 안쓰러운 마음에 정복은 아이 앞에 쪼그리고 앉았다. 유년 시절, 어느 고아원에서 결핵으로 쓰러지자 창고에 버려져 죽은 동생을 생각했다. 그 때문인지 항상 어린 아이들을 이곳에서 바라볼 때 심장에 칼날이 꽂혀지는 고통을 느꼈다. 정복이 유아반 일은 거부하는 이유 중에 하나였다. 아이의 흐트러진 머리를 쓰다듬기 위해 정복이 팔을 올렸다. 순간 아이의 거센 손이 그의 팔을 잡아 당겼고 이내 짐승이 죽음 앞에서 몸부림치듯 그의 팔을 물었다. 그러나 순식간에 일어난 일이라 놀랐을 뿐, 힘이 들어가지 않은 작은 몸부림일 뿐이었다. 아이의 숨소리는 거칠었고, 답답하게 느껴졌다. 정복은 팔을 휘저었다. 아이는 힘없이 구석으로 툭 떨어졌다. 정복은 자리에서 일어나 밖으로 뚜벅뚜벅 걸었다. 물린 팔의 소매를 걷었다. 희미한 이 자국이 남아 있었다.

'오늘밤 넘기기는 힘들겠군. 운명이 결정하겠지.'

피지 못하고 꺾인 꽃

　수업은 일찍 끝났지만, 오늘은 특별활동이 있는 날이라는 것을 수연은 알고 있었다. 행복의 집에서 행사가 있는 날이면 행복의 집 원생들은 항상 학교에 남아서 특별 활동을 마쳐야 돌아갈 수 있었다. 특별 활동이라고 해봐야 별다른 일이 아니었다. 각자 자신의 반 담임과 상담을 하거나, 특기 지도를 받거나 하는 것이 전부였다. 혁수나 진혁은 한 시간 전에 교문을 나가는 것을 확인했다. 초혜도 그들과 비슷한 시간에 가방을 들고 나갔다. 행복의 집 행사가 있는 날은 감시가 소홀하다. 대부분 인력이 행복의 집에 묶여 있는 탓이었다. 하나 둘씩 집으로 돌아가고, 수연도 자리에서 일어났다. 초혜의 당부가 귓가에 맴돌았다.

　"당분간은 절대 혼자 다니면 안 돼!"

　"어쩌라고, 다 가고 나 혼자 남았는데!"

수연은 어둑어둑해진 교실에 앉아 있었다. 누군가 미행이 있었더라도 지쳐서 돌아갔을 것 같았다. 완전히 어두워진 후에 수연은 교실 문을 나섰다. 교문을 나설 때 나이든 경비 하나가 그녀를 아는 체 했다.

"지금까지 공부한 거야? 취업 때문에 열심히 하는 구나."

"네, 이제 3학년이잖아요."

대학이 아닌 취업. 그녀도 대학생이 되어보고 싶었다. 누구나 갈 수 있는 대학. 하지만 그녀는 갈 수 없는 먼 꿈이었다. 행복의 집 원생이라고 해서 다 똑같은 것은 아니었다. 그 중 몇 몇은 이사장과 부시장, 국회의원의 후원을 받아 장학금 받으며 대학을 가기도 했다. 그들은 하나님의 축복을 훔친 아이들이라고 했다. 생활관도 달랐다. 식당도 따로 사용했다. 그들에게 주어진 특권이었다. 뿐만 아니라 다니는 학교도 달랐다. 이름만 대면 누구나 알 수 있는 상위계층 사람들의 자녀만 다닌다는 명문고에 다닐 수 있었다.

'그네들은 머리에 컴퓨터 칩을 넣고 태어났을 거야. 인조인간이지 사람은 아니야. 그네들이나 나나 어차피 버려진 인생들인데…….'

수연은 스산하게 불어오는 바람이 뼛속까지 아려오는 것을 느꼈다. 초혜가 초초하게 기다릴 것이라는 생각이 들었다. 바삐 발걸음을 옮겼다. 시내를 빠져 나와 외진 곳에 있는 행복의 집까지는 걸어서 삼십 분 거리에 있다. 진상학원

재단에서는 가도 가도 끝없는 대지에 초등학교부터 대학교까지 모두 한 곳에 설립했다. 고등학교 또한 보통 실업계, 인문계 고등학교를 비롯해 상위 계층 자녀들만 다닐 수 있는 고등학교까지 모두 진상학원재단 소속이었다. 상위 계층 자녀들이 다닐 수 있는 학교는 시내 중심가에 있었고, 그녀가 다니는 실업계 고등학교는 시내에서 조금 떨어져 외진 곳에 위치해 있었다. 학교가 있기에 주변에 건물들이 들어서고 하나의 군락을 이루며 점차 시내로 이어지고 있을 뿐이었다.

날씨 때문일까? 기분 탓일까 누군가 그녀의 뒤를 따른다는 생각이 들었다. 그러나 차마 뒤돌아 볼 수 없었다. 조금씩 그녀의 발걸음이 빨라지고 있었을 뿐이었다. 가까운 곳 어디선가 고양이 울음소리가 들렸다. 그녀가 지나온 뒤편 어딘가에서 개 짖는 소리가 우렁차게 들려왔다. 화려한 네온사인은 끝이 났다. 몇 채의 인가가 이어지고, 드문드문 희미한 가로등이 있는 한적한 들길을 오 분 정도 걸어야 했다. 들길이 끝나고 야트막한 산 입구에 행복의 집 정문이 있었다. 기분 탓인지 뒤에서 저벅저벅 남자 발자국 소리가 들려오는 것 같았다. 수연은 뒤돌아보지 않고 옆을 살피며 뛰다시피 걸었다. 마지막 인가가 끝나는 골목, 들길이 시작하는 사거리를 막 벗어나려 할 때, 벽에서 시커먼 사내가 불쑥 나타났다. 수연은 소스라치게 놀라며 뒷걸음질 쳤다. 누군가 그녀의 입을 틀어막았다. 숨이 막혀왔다. 커다란 팔로 옥죄어오는 짓눌림에 가슴이 답답했다.

'거들 입었지? 속바지도 입었지? 체육복 바지도 입었지? 그리고, 그리고…….'

그녀의 의식은 점점 희미해지고 있다는 것을 느꼈다. 희미해지는 의식 속에 수연은 진혁의 모습이 떠올랐다. 꿈을 꾸듯 진혁이의 손길이 느껴지는 것 같았다.

그녀가 어떻게 행복의 집에 들어왔는지 정확한 기억은 없다. 아니 누군가가 그녀의 머리를 뒤적거려서 깨끗하게 지워버린 듯 그 이전의 기억은 아무것도 생각이 나지 않는다. 그녀의 기억 속에서는 어느 날 느닷없이 그녀는 행복의 집에 있었다. 초등학교 6학년 쯤 되었을 때, 피부가 하얗고 손이 기다란 아이 하나가 까만 양복을 입고 행복의 집 문을 열고 들어왔다. 사회복지사가 데리고 온 소년의 커다란 눈망울에서는 금방이라도 눈물이 떨어질 것 같았다. 처음 진혁이 행복의 집에 들어왔을 때 모습을 수연은 잊을 수 없었다. 며칠이 지나서부터 하얗다 못해 뽀얗던 소년의 얼굴에 상처가 생겨났다. 얼굴에 칼자국이 있는 아저씨를 피해 숲 속으로 나 있는 쪽문 담벼락에서 울던 소년을 발견했다.

"왜 울어?"

"……."

"엄마가 버렸어?"

"아무것도 모르면서."

"말 안 해주니까 모르지. 오늘 우리 처음 이야기하잖아."

그때서야 소년은 소녀의 얼굴을 바라보았다. 그렇게 소년의 얼굴에 상처가 있는 날이면 소녀는 숲속으로 나 있는 쪽문 담장으로 소년을 찾아갔다. 그때는 지금처럼 감시카메라가 없었기에 사람들의 눈에 띄지 않으면 괜찮았었다.

"넌 여기 왜 왔어?"

"……."

"부모님 돌아가셨어?"

진혁은 고개를 끄덕였다. 소년은 벌떡 일어났다. 그리고 소녀의 손을 잡고 주변을 두리번거리더니 숲길을 따라 숲속으로 들어가고 있었다. 소녀는 아무런 저항 없이 소년의 손을 잡고 걸었다. 금방이라도 누군가 그들에게 달려들 것 같은 스산하고 칠흑처럼 어두운 숲이었다. 소녀는 무섭지 않았다. 소년만 있으면 겁나는 것이 없을 것 같았다. 이유는 없었다. 그 아이만 옆에 있으면 어둠도 무섭지 않았다. 불빛이 없는 곳이면 소녀의 마음과 다르게 몸은 움직이지 않았다. 하지만 그 소년의 손을 잡으니 어둠도 무섭지 않고 따뜻하다는 생각이 들었다. 아직 채 녹지 않은 눈을 밟으면 얼음 부서지는 소리가 들렸다. 눈이 내리지 않은지 꽤 오래됐지만, 추운 날씨 때문인지 숲속의 눈은 아직 그대로 쌓여 있었다. 소년은 조용했고 듬직했다. 숲이 끝나는 지점 자그만 입구가 있는 동굴을 발견했다. 소년은 주머니를 뒤적거리더니 라이터를 꺼내 들었다. 지포라이터를 켜더니 희미한 불빛으로 주변을 살폈다.

"담배 피워?"

"아니 아빠 거야."

"근데 아직 불이 켜지는 거야?"

"어떤 아저씨한테 아빠 유품인데 불이 켜지는 걸 보고 싶다고 했더니 켤 수 있게 해줬어."

소년은 소나무 마른 잎을 모으고 솔방울을 주웠다. 소녀도 소년을 따라 솔방울을 주워 동굴로 들어갔다. 입구는 좁았지만 들어갈수록 넓었다. 입구는 소나무 가지로 대충 가리고 안으로 들어갔다. 추웠다. 아직 채 녹지 않은 눈 때문에 젖은 운동화가 발을 더 시리게 했다. 소년은 마른 잎에 불을 지피더니 솔방울을 불 속으로 집어넣었다. 작은 불꽃이었지만 따뜻했다. 소녀의 배에서 꼬르륵 소리가 났다. 소녀는 민망한 표정을 지었다. 소년의 배에서도 꼬르륵 소리가 났다. 둘은 마주보며 웃었다. 허기진 배를 달랠만한 것은 동굴 안에 없었다.

"날 새면 마을에 내려가 보자. 배고파도 조금만 참아."

"응, 근데 추워."

소년은 점퍼를 벗어 소녀와 함께 양쪽 소매를 잡고 소녀를 감싸 안았다. 추위가 조금 덜한 것 같았다. 남은 솔방울을 모두 불 속에 넣었다. 하얀 연기가 모락모락 피어나고 있었다. 소녀는 소년의 따뜻한 품에서 사르르 잠이 들었다.

누군가 거칠게 그녀의 뺨을 때렸다. 깔깔거리는 웃음소리가 들려왔다. 수연은 초혜의 웃음소리를 들어본 적이 없다. 초혜가 웃고 있는 것 같아 번쩍 눈을 떴다. 화려하고 고급스러운 침대위에 그녀는 누워 있었다. 실오라기 하나 걸치지 않은 상태였다. 수연보다 좀 더 어려보이는 여자아이 둘이 재미있다는 듯 그녀의 몸을 빤히 바라보고 있었다. 수연은 침대시트로 자신의 몸을 감쌌다. 그리고 주변을 둘러보았다. 처음 보는 풍경이었다. 말로만 듣던 호텔 스위트룸이라는 것이 이런 것일까? 가끔 텔레비전 드라마에서나 볼 수 있었던 화려한 샹들리에가 천장에서 찰랑이고 고급스러운 와인과 과일이 침대 건너편 탁자에 놓여있었다. 여자 아이하나가 수연과 눈이 마주쳤다. 수연은 얼굴에서 반짝이는 별을 보았다. 눈빛이 마주친 여자 아이가 그녀의 뺨을 사정없이 내리쳤다.

"너 우리 아빠한테 꼬리쳤지?"

수연은 어리둥절한 표정으로 아이를 바라보았다. 아직 꿈을 꾸는 것이라고 생각했다. 초혜가 걱정하는 일이 수연에게 일어난 것은 아니라고 믿고 싶었다. 그녀는 불안한 마음에 주변을 살폈지만 꿈은 아니었다. 시커먼 그림자가 그녀의 가슴을 열고 저벅 저벅 걸어오는 것 같았다. 발자국 소리가 가슴을 울릴 때마다 심장박동수는 더 빨라졌다. 여자아이는 빤히 수연의 얼굴을 바라보았다. 수연의 눈동자가 흔들리는 것을 확인한 여자아이는 피식 웃더니 핸드폰을 꺼내 들었다. 그때 욕실에서 가운을 입은 중년 사내가 문을 열고 침실로 들어왔다.

"시작하자!"

"좋아, 지난번처럼 하면 되는 거지? 아빠?"

소녀 중 하나가 수연의 몸을 만지작거렸다. 수연은 벌레가 그녀의 몸에 달라붙어 기어 올라가는 듯 섬뜩함을 느꼈다. 시트를 꼭 쥐고 놓지 않았다. 중년의 사내는 시트를 힘차게 걷어냈다. 수연의 나체가 그대로 노출이 되자 소녀의 거센 손놀림이 시작되었다. 또 다른 소녀가 그 소녀의 뒤에서 그 모습을 핸드폰으로 찍고 있었다. 수연은 얼굴을 두 손으로 감쌌다. 수연의 몸을 만지작거리던 소녀는 수연의 손을 위로 하더니 수갑을 채우고 다른 수갑으로 침대 뒤에 있는 철봉에 채웠다. 꼼짝할 수 없는 상태가 되었다.

"살살 다뤄야지. 지난번처럼 물건에 상처 생기면 안 돼!"

"이 애도 물건이야? 진짜? 그럼 더 재미있게 놀아야지."

수연은 입술을 깨물었다. 그리고 서서히 중년의 사내를 바라보았다. 청소년의 대부라 자칭하는 박달중 국회의원이었다. 동영상을 찍던 소녀가 이번엔 사진을 찍기 시작했다. 사진 셔터에 맞춰 소녀의 손의 위치가 바뀌었다. 진혁의 숨결이 들리는 것 같았다. 진혁의 눈물이 그녀의 얼굴에 떨어지는 것 같았다.

"아빠 다 됐어. 이거 인터넷에 올리면 저 애는 레즈비언이 되는 거지? 다음 예술작품은 미리 준비 되어 있으니 걱정 마시고요."

소녀들이 자리를 떠나자 박달중은 가운을 벗고 침대로 올라왔다. 수연의 얼굴을 천천히 쓰다듬더니 조용히 그녀의 귓가에 읊조렸다.

"이제 여물었구나. 탐스럽게. 흐흐흐흐."

수연의 귓가에 짐승의 웃음소리가 들려왔다. 음산하고 스산한 목소리는 저 아랫도리 어디선가 시작해서 구불구불한 내장의 울림을 타고 목구멍으로 발정난 늑대의 목소리였다. 수연은 사내의 몸 한 구석이 자신의 입가에 닿자 깨물었다. 그것이 팔이든, 물건이든 닥치는 대로 깨물고, 사내의 억센 손이 그녀의 얼굴을 강타했다. 상관없었다. 그러나 박달중은 그녀가 발버둥 칠수록 더 거친 숨소리를 내는 발정난 수컷이었다.

초혜는 몇 번인가 창가를 서성거렸다. 새벽이 다 되도록 수연이 돌아오지 않았다. 지금 이 시각에 복도를 나간다는 것은 위험천만 했다. 몇 번이나 방문을 살며시 열어 복도를 살폈다. 쥐죽은 듯 고요했다. 그녀는 감시카메라의 위치를 확인했다. 대부분 거울이나, 액자에 숨겨진 복도 양쪽에 대각선으로 설치되어 있어 사각지대란 거의 없었다.

초혜는 다시 방으로 돌아와 자리에 주저앉았다. 실수였다. 아직 시간이 남아 있는 줄 알았다. 만약 오늘이라는 것을 알았다면 수연을 혼자 내버려두지는 않았을 것이다. 그리고 따로 행동하지도 않았을 것이다. 그러나 시간이 좀 더 남아 있을 것으로 계산했었다. 하지만 그녀의 계산은 어디선가 철저하게 틀어지고 있다는 생각이 들었다. 지금 수연이 어떤 상황에 처했는지 정확하게는 알 수 없지만 그 다음 일은 짐작할 수 있었다. 초혜는 머리를 쥐었다. 지금 그녀가 할 수 있는 일은 아무것도 없었다. 그저 넋 놓고 앉아 수연이 돌아오는 것을 기다리는 것 말고는 할 수 있는 일이 아무것도 없었다.

'분명 다른 애들은 아지트에 있을 텐데. 나도 가야해. 뭔가 방법을 찾아야해. 오늘 무엇인가 하지 않으면 후회할 것 같아. 나가야 해. 이 방에서…… 그리고 수연이를 찾아야해!'
　초혜는 묶었던 머리를 풀고 앞머리를 최대한 내렸다. 눈을 살며시 덮을 듯 말듯 길어 있었다. 후드 티에 달린 모자를 썼다. 혁수의 후드 티였기에 얼굴 전체를 가리기에 충분했다. 그동안 쓰지 않았던 동그랗고 커다란 안경을 쓰고, 마스크를 썼다. 일단 그녀의 방에서 나가는 것만 들키지 않으면 숲으로 난 길까지는 갈 수 있을 것 같았다. 혹시 걸린다 하더라도 현장에서만 잡히지 않으면 그녀인 것이 들통 나지 않을 수도 있다. 초혜는 조심조심 앉은 자세로 자리를 이동했다. 카메라의 각도를 봤을 때 보이지 않는 아래쪽을 계산해서 이동하고 있었다. 그녀의 방에서 나와 복도 끝까지 카메라는 4개, 모두 통과한 후 모서리에서 정면을 바라보았다. 액자가 걸려 있다. 분명 정면을 볼 수 있는 카메라가 있을 것이다. 초혜는 그동안 보지 못했던 니은(ㄴ)자 벽 모서리에 있는 기둥을 보았다. 그 쪽까지 이동만 할 수 있다면 그 복도에는 정면의 액자 이외에는 아무것도 없을 뿐만 아니라, 계단이 있었다. 초혜는 더 낮은 자세로 네발로 기었다. 후다닥 이동을 한 후 벽에 최대한 몸을 기대었다. 무언가 흔들리는 느낌이 있었다. 그녀는 살며시 금이 가 있는 기둥 모서리를 발견했다. 항상 붙어 있는 행복의 집 로고 포스터 가운데 부분이 약간 들춰져 있는 모습을 발견했다. 안쪽에 무엇인가 있을 것 같다는 생각에 손을 넣었다. 스위치 같은 것이 느껴졌다. 가운데 손가락을 이용해 살며시 누르니 미세하게 덜컥하는 소리가 들렸다. 한쪽 모서리를 살며시 밀자 어두운 계단이 나타났다. 실제 사람들이 오가는 계단과는 또 다른 모습이었다. 몇 계단을 내려가자 사방으로 갈라진 길의 정 중앙에 서 있다는 것을 알았다. 그곳에는 카메라도 보이지 않았다. 벽에는 아무것도 존재하지 않았고, 천장에 희미한 5촉짜리 백열등이 군데군데 켜져 있을 뿐이었다.

초혜는 두 눈을 감았다. 자신이 걸어온 동선을 계산한 후 자신의 위치를 파악했다. 그리고 행복의 집 전체 모습을 생각한 후, 각각의 구조와 형태 모양을 이미지 형상화를 시키고, 자신의 위치를 잡았다. 숲으로 나가는 길로 빠져 나갈 수 있는 가장 짧은 동선은 5개의 골목 중 오른쪽에서 두 번째 길이 확실했다. 초혜는 천천히 걸으며 벽을 유심히 살폈다. 아무것도 없던 벽에 액자가 걸려 있는 것이 보였다. 이 어두운 곳에서 적외선 카메라가 아닌 이상 카메라가 있을 리가 없었다. 초혜는 조심히 액자의 아래쪽을 살폈다. 건물 내부가 보이는 아주 작은 창문이었다. 그녀는 계단을 내려왔을 뿐, 올라 간 적이 없었다. 그렇다면 건물 내부 비밀의 방이 틀림없다. 위치는 부원장실 바로 아래쯤으로 계산 되었다.

'이곳에는 통로가 없고, 부원장실에서 내려가는 통로라면 중요한 문서나 돈은 여기에 있을 테지?'

하지만 지금 초혜에게 중요한 것은 부원장의 비밀 금고 방이 아니었다. 천천히 현재 위치를 계산하며 걸었다. 출입문 하나가 보였다. 하지만 그녀의 계산으로 숲 속으로 난 길까지 가려면 조금 더 가야했다. 명상실 지하쯤일까? 초혜는 살며시 손잡이를 잡았다. 잠기지 않았다. 살짝 문을 열었지만 어둠 그 자체였다. 복도에서 들어오는 희미한 불빛이 전부였다. 초혜는 소리 나지 않게 문을 닫고 다시 걸었다. 행복의 집 건물이 많은 만큼 그 지하 복도도 길었다. 한참을 걷다 보니 오르는 계단이 있었다. 초혜는 계단의 끝에 섰다. 현재 위치라면 명상실 복도가 틀림없다. 명상실은 벌을 주는 공간이었다. 말을 듣지 않거나 사고를 친 아이들을 며칠씩 가두고 명상하게 하는 공간이었다. 그러나 실제 명상실은 다른 이들에게 보여주기 위한 공간이었다. 방송에서 몇 몇 보육원의 실태와 아동학대에 대한 여론이 조성되자 원장이 비어 있던 창고를 명상실로 바꾼 것이었다. 명상실은 원생이라면 누구나 꺼리는 공간이었다. 명상실이나 지도실로 가면 며칠 동안 나타나지 않은 친구들을 보아야 했고, 돌아온 아이들은 모두 성격 자체가 바뀌는 무서운 곳이었다. 초혜는 문을 찾았다. 안에서 문은 쉽게 열 수 있었다. 다른 문처럼 손잡이를 잡아 열면 되는 것. 초혜는 문 밑바닥에 부드러운 천으로 살짝 덧씌워진 것을 발견했다. 여닫을 때 소리가 나지 않게 방지해둔 것이다. 모든 건물과 내실은 이 비밀 통로로 모두 들락거릴 수 있다는 것을 알 수 있었다. 초혜는 문에 귀를 가까이 가져갔다. 발자국 소리도 사람 소리도 들리지 않았다. 새벽 1시면 대충 경비가 야간 순찰을 돌거나 늦게 퇴근하는 부원장이 서성거릴 시간이기도 했다. 그러나 오늘 부원장은 건물 가장 끝에 있는 자신의 숙소로 일찍 퇴근했다. 24시간 모니터만 바라보고 있을 리는 없을 테고, 그녀가 카메라를 확인 할 때까지는 시간이 조금 있을 것 같았다. 또한 그녀의 숙소에서 이곳까지 오는 것도 생각보다 많은 시간이 걸린다. 사람들 눈에 띄지 않으면 될 것 같았다. 초혜는 자신의 숨소리 이외에는 조용하다는 것을 확인하고 살며시 문을 열었다. 지도실, 명상 1실, 명상 2실. 기타 등등 많은 푯말이 붙어 있는 복도에 카메라를 설치할 만한 장소는 없었다. 다만 출입구 부분에 CCTV 한 대가 있을 뿐이었다. 초혜는 CCTV를 통하지 않은 출입구가 있을 것이라 생각했다. 복도를 서성이던 초혜는 유아상담실 앞에 발걸음을 멈췄다. 명상실 건물에 있는 푯말 아래의 출입문에는 모두 유리창이 있는 문이었다. 하지만 유아 상담실만은 유리창이 없었다. 손잡이를 잡아 당겼다. 잠겨 있었다. 비밀통로 입구에 걸려있던 포스터가 걸려 있다. 초혜는 능숙하게 포스터 안쪽으로 손을 넣은 후 스위치를 눌렀다. 그리고 손잡이를 돌리자 문이 열렸다. 부원장이 이 비밀 공간을 드나들 때, CCTV 앞을 지나갈 리 없었다. 초혜의 입가에 쓴 미소가 흘렀다.

숲으로 난 길을 가기 위해서는 이제 큰 난관은 없다. 그곳에는 카메라가 설치되지 않았다. 탈출구를 찾기 위해 청소 시간에 중등반에 끼어 명상실 앞까지 뒤적거렸다. 그때 조사에 의하면 숲으로 난 길은 두 갈래가 있었다. 하나는 절벽으로 향하는 길이었고, 하나는 시내로 향하는 큰 길이 있다. 그러나 큰 길에는 중간에 문이 설치되어 있고, 비밀번호를 누르지 않으면 들어올 수도 나갈 수도 없다. 그리고 그 앞에 카메라가 한 대 설치되어 있지만 녹화되는 CCTV가 아니라 안쪽에서 누군지 확인할 수 있는 인터폰 역할을 하고 있었다. 초혜는 숲으로 난 길 안쪽으로 깊숙이 들어갔다. 자그만 입구가 있는 동굴 옆 커다란 나무 뒤로 들어갔다. 또 다른 동굴 입구가 하나 있었다. 어둠 속에서 희미한 불빛이 보였다. 언제 나와 있었는지 혁수와 진혁이 초조하게 발을 동동거리며 서 있었다.

"어떻게 빠져 나왔어?"

"나 비밀통로를 찾았어. 행복의 집 전체를 돌 수 있는 지하 통로. 이곳으로 나오는 중간에 밀실 몇 개를 봤는데 혹시 그곳에 감금되거나 하지 않았을까?"

"급한 건 수연이를 찾는 거야."

"경찰서를 갈 수도 없고, 시청으로 뛰어가서 신고해도 소용없으니……."

"분명 국회의원 그 새끼 일거야."

"아마도……. 행사가 있는 날에 사라졌다 돌아오는 아이들은 대부분 그랬으니까."

"어쩌지?"

"비밀 통로로 들어가서 밀실들을 한 번 뒤적거려 볼까? 우리가 시내로 나갈 수 없으니 우리가 할 수 있는 일은 그것 밖에 없을 것 같아. 그리고 며칠 전에 들어온 그 꼬마애도 좀……."

"혹시 수연이 이곳으로 올 수도 있으니까 여기에 흔적을 남겨놓고 가자."

"될 수 있으면 빨리 이곳을 빠져 나가야 해. 혁수도 문제지만 수연이가 더 급해졌어."

"일단 네 명이 소리 소문 없이 사라지기 위해서는 그만큼 현금이 필요해."

"그건 걱정하지 않아도 돼. 며칠 전에 컴퓨터실에서 작업

마쳤어"

"역시 우리 초혜야. 그래서 며칠 동안 해커에 관한 책만 뒤적거렸구나?"

"시간이 많지 않아. 수연이부터 찾자."

둘은 초혜를 따라 비밀통로로 들어갔다. 계단을 내려간 후 아주 천천히 손잡이가 있는 문은 물론이고 벽의 틈새까지 희미한 불빛에서 꼼꼼하게 살피며 걸었다. 혁수는 왼손을 벽에 대고 천천히 걸었다. 발소리를 죽이며 걷던 셋은 어디선가 들려오는 남자 목소리에 서로 얼굴을 바라보았다. 초혜가 그들의 손을 잡고 숨죽여 뛰더니 자그만 손잡이가 달려있는 방으로 들어갔다. 나갈 때 살짝 열어보았던 그 방이었다. 점점 그들의 목소리가 가까워지고 있었다. 초혜는 그 중 한사람이 이부장이라는 것을 알 수 있었다. 셋은 문옆에 놓여있는 책상 뒤로 몸을 숨겼다. 사내 둘이 문을 열고 들어왔다. 어둠 속에서 키가 큰 사내는 어깨에 들쳐 메고 있던 자루를 집어 던지다시피 다른 문 안으로 넣더니 자루를 풀었다. 교복 차림새로 보아 수연이 틀림없었다. 초혜는 자신의 입을 틀어막았다.

"이 아이는 건들지 말라고 했잖아!"

"그게……. 큰 형님 지시라서 어쩔 수 없었습니다. 큰 형님도 박달중이 직접 아이 이름까지 거론하며 지목했기에 어쩔 수 없었다고 합니다."

"그래서 부원장이 느닷없이 부산 다녀오라고 한 거였군. 아이 상태는?"

"그 놈한테 가서 대충 응급처치는 했는데, 아무래도 큰 병원으로 가야 치료가 가능할 것 같답니다. 입막음하기 위해서 집단 성폭행이 있었던 것 같아요. 부원장이 비싼 물건이라고 조심해서 다루라는 말을 했었는데, 내일 아침 한바탕 난리가 날 것도 같습니다."

"자칼, 저 아이 살 수 있겠나?"

"제가 의사도 아닌데 어찌 알겠습니까. 저 아이 의지에 달려있지 않겠습니까? 그나저나 형님은 언제 여기 정리하실 겁니까? 큰 형님이 요즘 좀 이상하십니다."

"왜?"

"전에는 인육 장사까지는 하지 않으셨잖습니까? 주로 어린 애들 말씀하시길래 이곳으로 데려오나 했더니 중국으로 팔아넘기는 것 보니 인육으로 나가는 것 같습니다."

"자칼, 말조심해라. 누가 듣겠다."

"엊그제 여기 학생 하나 토꼈다는 보고 했잖습니까. 그거 머릿수 채우기 위해서 빼돌렸습니다. 그러다 이사장한테 걸리면 우리 완전 작살나는 거 아니겠습니까?"

"그런 걱정은 하지 마라. 오늘 박 의원 영상 몰래 찍은 이유가 뭐겠냐? 다 비상구 만들기 위해서다."

그들은 밀실 안의 밀실의 문을 잠그고 열쇠를 그들이 숨어 있는 책상 서랍에 넣고 유유히 사라졌다. 속삭이는 사내들의 목소리가 점점 멀어지고, 이내 살며시 문 닫는 소리가 들렸다. 초혜는 벌떡 일어났다. 열쇠를 꺼낸 후 밀실의 문을 열었다. 아무 것도 보이지 않았다. 그때 혁수가 문 옆에 있는 스위치를 누르자 밀실에 불이 들어왔다. 초혜는 놀라서 뒤로 한 발짝 물러섰다. 진혁은 그 자리에 스르르 주저앉았다. 나중에 들어온 혁수는 주먹을 불끈 쥐더니 수연 옆으로 다가갔다. 수연의 얼굴은 난장판이 되어 있었다. 입술은 사방이 터져 있었고, 얼굴은 멍이 들어 있었다. 머리에서는 피가 흐르고 있었다. 진혁은 후들거리는 다리를 진정시키고 일어나 수연 옆에 앉더니 이내 수연을 끌어안았다. 수연의 다리 사이에서 피가 흘렀다. 수연은 희미한 의식 속에서 진혁을 밀어냈다. 그러나 진혁은 수연을 더 끌어안으며 울고 있었다.

"괜찮아. 난 아무렇지 않아. 네가 어떤 모습이든, 어떤 일을 당했든 난 상관하지 않아. 그냥 네가 살아 있다는 것. 내 옆에 있다는 것으로 족해. 밀어내지마!"

"아까 열쇠 꺼낼 때 보니까 구급약이 책상에 있는 것 같아. 그것 좀 가져 올게."

희미한 목소리가 들렸다. 수연이었다.

"안 돼……. 어떤 흔적도 남겨서는…… 안 돼. 너희들까지 위험해."

"수연아 이러다가 너 죽어. 출혈이 너무 심하단 말야."

"난…… 못 죽어. 아니, 안…… 죽어. 복수할 때까지는…….

박달중이를 내…… 손으로 죽이기 전까지…… 난 안 죽어.”

초혜는 하염없이 흘러내리는 눈물을 주체할 수 없었다.
혁수도 울고, 진혁이 울고, 수연은 흘릴 눈물조차 말라버렸
는지 입술을 깨물었다. 그리고 조용한 움직임. 진혁 뒤에서
작은 손 하나가 힘없이 움직였다. 초혜는 벌떡 일어나 아이
를 살폈다. 공포에 질려 이미 눈동자의 초점이 없었다. 초혜
는 빠르게 몸을 일으키더니 밀실 밖으로 나가 사방을 살폈
다. 누군가 먹다 던져놓은 작은 생수병 하나가 책상 밑에서
굴렀다. 초혜는 허리를 굽혀 생수통을 들고 꼬마 아이에게
다가갔다. 물병을 꼬마 아이 입술에 가져갔다. 벌컥 벌컥 물
을 마시던 아이는 조금은 힘이 생기는지 토끼 인형을 가슴
으로 꼭 안았다. 그러나 잠시 뿐이었다. 금세 손에서 힘이
점점 빠지는지 몇 번 손가락만 움직일 뿐 미동도 하지 않았
다.

“오늘밤 못 넘기겠다.”

“너희들…… 어서 돌아가. 부원장 올 거야……. 이 아이는…….”

수연은 희미한 의식으로 아이를 바라보더니 그때서야 눈
물을 흘렸다. 그녀는 아이를 향해 손을 뻗었다. 혁수는 눈물
을 훔치며 수연을 안더니 아이 옆에 놓았다.

“기억이…… 나 버렸어. 그 짐승의 목소리가……. 그리고
이곳이…… 낯설지 않는 이유가…….”

멀리서 희미하게 문 열리는 소리가 들려왔다. 초혜는 진
혁의 어깨를 잡았다. 재빠르지만 서두르지 않는 발놀림으로

셋은 밀실의 문을 잠그고 복도로 사라졌다. 진혁은 몇 번인가 뒤를 돌아보며 발걸음을 옮기지 못했다. 주먹을 꽉 쥐고 어금니를 물었다.

"모두 죽여 버리겠어. 불을 질러서라도 다 죽여 버릴 테야!"

초혜는 진혁의 팔을 잡더니 그의 귓가에 속삭였다. 조용하고 섬뜩한 목소리였다.

"그러면 우리는 모두 개죽음이야. 이놈들은 우리를 살인 방화로 집어넣을 것이고, 또 어디선가 힘없는 제 2의 수연이, 제 3의 수연이를 만들어 낼 테지."

진혁은 바르르 떨며 어둠 속에 주저앉았다. 무릎을 꿇은 채 그 자리에 꼼짝하지 않았다. 무릎 위에 올려진 그의 손등 위로 눈물만 뚝 뚝 떨어질 뿐이었다. 초혜는 진혁과 혁수의 손을 잡았다. 뜨거운 각오가 어둠 속에 타 올랐다.

초혜는 통로 벽에 숨어 건너편 통로를 바라보고 있었다. 이정복이 사방을 두리번거리며 밀실로 돌아와 안을 확인하더니 이내 밀실로 들어갔다. 초혜는 문 가까이 다가갔다. 혹시 증거 인멸을 위해 죽일 지도 모른다는 생각을 셋은 동시에 하고 있었다. 그 자리에서 떠날 수 없었다.

정복은 주변의 인기척이 없음을 확인했다. 허영자는 밀실을 잊고 있는 것 같았다. 정복은 밀실 안을 들여다보며 길게 한숨을 내리쉬었다. 수연이 아이를 꼭 끌어안고 희미해져

가는 의식을 붙잡고 있었다. 엄마가 죽어가는 아이를 안고 있듯 아무것도 없는 텅 빈 공간에 두 사람만이 덩그러니 서로의 의식을 붙잡는 듯 끌어안고 있는 모습이 애처롭기까지 했다. 정복은 수연의 앞에 쪼그리고 앉았다. 피를 흘리고 있는 얼굴을 손수건을 꺼내 닦았다. 무덤덤하고 높낮이 없는 목소리로 중얼거렸다.

"적당히 세상에 발맞춰 살아가는 것도 현명한 방법이다. 네 처지를 조금만 더 돌아봤다면 오늘 같은 일은 없었을 텐데. 죽지는 마라. 아무리 험악한 일을 당해도 숨 쉬고 있는 자체가 행운이라고 생각하는 날은 꼭 있을 테니까. 네 아버지도 현실과 타협하지 않았지. 네 아비와 꼭 닮았구나. 혹시 살아난다면 딱 한 번만은 내 목숨을 걸고라도 널 도와줄 수 있다. 내 목숨을 살려 준 네 아버지에 대한 빚이다. 빚은 갚아야지. 의식이 돌아와 이 말을 기억한다면 꼭 찾아와라."

정복은 밀실의 불을 끄더니 열쇠로 잠그고 이내 심난한 마음으로 비밀통로를 걸어 나와 명상실 뒤편 주차장으로 향했다. 마음이 복잡했다. 피해자는 있지만 가해자의 흔적은 없고, 재산은 모두 딸아이에게 상속이 되었지만 딸은 기억이 없다. 그의 재산은 가해자인 그들이 모두 나눴다. 다만 법정 상속인이 법정나이 만 24세가 되기 전에는 처분할 수 없는 가장 큰 덩어리 금싸라기 땅이 남았을 뿐이다.

'형님은 아셨던 거죠? 당신이 살해당할 수도 있다는 걸. 그래

서 유언장을 죽기 며칠 전에 작성한 것이고……. 차라리 타협을 하셨다면 이런 일은 없었을 텐데.'

정복은 차에 시동을 걸었다. 오늘 만큼은 공룡의 아가리 같은 행복의 집에서 잠들 수 없을 것 같았다. 시동을 걸어 놓고도 한참동안 미동도 하지 않았다. 정복은 차 문을 열고 밖으로 나왔다. 그리고 멍하니 명상실 쪽을 바라보았다.

'차라리 네가 죽으면 그 부지는 주인이 없는 부지이기에 국유지로 회수 되겠지? 만약 이사장이 그 땅을 사려면 수백 억이 필요할 테고……. 무엇이 네 아버지의 확실한 복수가 될까?'

정복은 다시 차에 들어가 등받이를 뒤로 젖히고 깊숙이 누웠다. 운명에 맡겨두기로 했다. 만약 오늘밤을 무사히 넘기고 살아난다면 그 아이가 25살이 될 때까지 이곳에서 수연을 지켜보는 것이 더 나을 것 같았다. 그때 딱 한 번 도와줄 것이다. 그 땅의 진실을 찾기 위해. 정복은 그때서야 몸을 일으켜 세워 유유히 숲길을 따라 행복의 집을 빠져나가고 있었다.

낙뢰가 떨어진 자리에는
꽃이 피지 않는다

방금 전까지 백화점 실내 놀이터에서 놀고 있던 아이가 흔적도 없이 사라졌다. 유난히 겁이 많고 어둠을 싫어하는 아이가 엄마를 떨어져 놀겠다고 한 것은 처음 있는 일이었다. 언제나 집에서 엄마와 단 둘이 놀거나 유치원에 가서도 아이들과 어울려 노는 것은 잠깐이었다. 항상 선생님을 엄마처럼 졸졸 따라다니며 어리광을 부리던 아이였다. 몇 번 엄마와 실내 놀이터에서 놀더니 금세 아이들과 친해진 모양이다. 또래 아이들과 어울리며 놀더니 엄마를 찾지 않았다. 성연희는 아이의 봄옷을 사기 위해 잠깐 10분 정도 사리를 비웠을 뿐이었다. 그 사이에 아이는 흔적도 없이 사라졌다. 처음 며칠은 유괴한 이로부터 전화가 올 것 같았다. 방송에서 떠들썩하던 연쇄 살인 사건을 해결한 검사로, 대한민국의 정의를 실현하는 유망한 검사로 이름이 알려진 마성진의 무남독녀 혜린이를 유괴할만한 전과자를 찾아봤지만 그럴만한 사람은 없었다. 아니 나타나지도 않았다. 3일이 지나도록 전화가 오지 않자 경찰 수사팀은 철수했다. 마성 진은 진행 중이던 사건은 모두 다른 검사에게 넘기고 딸을 찾는 일에 전념했다. 부장 검사의 눈치가 보이기는 했지만 그다지 오래 걸리지 않을 것 같았다. 다만, 살아있기를 진심 으로 빌 뿐이었다. 살아만 있다면 어찌되든 잡을 수 있을 것 같았다. 성진은 아침이 밝아오는 시간에도 모니터에서 눈을 떼지 않았다. 백화점 내에 설치되어 있는 CCTV 테이 프는 물론 반경 3km 이내의 CCTV 테이프는 모두 수거해 담당 형사 몇 명과 분담해서 보고 있었다. 담당 형사 둘은 소파에서 잠시 눈을 붙이고 성진은 커피 한 잔을 들고 창가 에 섰다. 어느새 빌딩 숲 사이로 아침 해가 떠오르고 있었 다. 아이의 환한 웃음이 유리창에 스치며 아이의 울음소리 가 들려오는 것 같았다. 금방이라도 숨이 넘어갈 듯 꼴깍거 리며 우는 소리. 성진은 웃옷을 들고 밖으로 뛰어 나갔다. 현장 근처에 작은 흔적이라도 남아 있을 것 같았다. 분명 놓치고 있는 무엇인가가 있는 듯했다.

성연희는 3일 동안 물 한 모금 넘기지 못하고 혜린의 사 진만 보며 울다가 쓰러져 잠들다를 반복하더니 이내 탈진 으로 병원에 입원했다. 간호사들의 수다가 병실로 흘러들 었다. 간간히 들려오는 웃음소리에 연희는 벌떡 일어났다.

팔에 꽂혀있는 링거를 잡아채 빼고 병실 밖으로 나갔다. 막 업무 인계를 받던 간호사들이 놀라 연희에게 뛰어왔다.

"이러시면 안돼요. 위험해요. 지금 탈진 상태에서 무리하시면 위험해요!"

"아이가 울고 있어요. 엄마 찾으며 거리를 헤매고 있어요. 가야해요."

"환자분 이러시면 안돼요. 김간호사 어서 의사 선생님 좀."

"네!"

잠시 뒤에 헐레벌떡 젊은 의사가 뛰어오고 그 뒤에 느릿한 걸음으로 나이 지긋한 사내가 능장을 부리며 뒤따랐다. 젊은 의사와 사내 둘은 강제로 그녀를 병실로 옮기고 링거를 팔에 꽂았다. 몸부림치는 연희의 손놀림에 바늘이 쉽게 꽂히진 않았다. 어렵게 바늘을 꽂고 시간이 지나자 지친 것인지 연희는 잠시 조용해지더니 이내 잠이 들었다.

"선생님 아무래도 안정제로는 어려울 것 같은데요?"

"오늘 지나면 좀 안정을 찾겠지. 경과를 좀 지켜볼 수밖에 없어."

연희는 피곤한 하루를 눕히듯 새근새근 잠이 들었다. 간호사와 의사 모두 나간 텅 빈 병실 유리창에서 햇살 한줄기가 그녀의 얼굴에 머물렀다. 연희의 눈에서 눈물이 또르르륵 흘러내렸다.

'결혼 10여년 만에 너무나 어렵게 만난 내 아이. 기침만 해도

가슴이 무너졌던 내 아이. 하나님 제발 제 아이를 돌려주세요. 제발…….'

간호사가 몇 번 그녀의 병실 문을 열어 보더니 이내 조용해졌다. 연희는 아까와 다르게 조용히 일어나 앉아 링거 바늘을 빼고 병실 문 가까이 다가갔다. 그리고 잠시 외출하듯 조용히 복도를 지나고 있었다. 그녀는 가슴 한 아름 전단지를 안고 있었다.

사람들이 북적거리는 명동거리 한복판에 환자복을 입은 연희가 시린 아스팔트 바닥에 맨발로 서서 사람들에게 전단지를 나눠주고 있었다. 입술은 파리하게 떨리고 있었고, 금방이라도 쓰러질 것 같은 모습이었다.

"보시면 꼭 연락주세요."

그냥 지나는 사람을 쫓아가 끝까지 전단지를 손에 쥐어주었다. 혜린이 또래의 아이가 지나면 자신도 모르게 그 아이 뒤를 쫓아가 얼굴을 확인할 때마다 눈물이 흘러내렸다. 재빠르게 걷던 소년 하나가 그녀의 옆으로 지나가다 툭 부딪혔다. 연희는 힘없이 자리에 주저앉았다.

혜린이 사진이 있는 전단지 하나가 바람에 날려 그녀의 무릎에 머물렀다. 하염없이 흘러내리는 눈물을 닦으며 바닥에 날리는 전단지를 주저앉은 채 한 장씩 가슴으로 품어 안았다.

"꼭 돌려주세요. 제발……. 차라리 절 데려가시고 우리 혜린이만은 제발……."

그녀의 애절한 마음이 명동 거리에 버려진 채 도로를 뒤덮고 있었다. 여기저기 흩어져 바람에 날리는 전단지를 밟고 지나가는 사람에게 저주를 퍼붓고 싶었다. 누군가 혜린의 얼굴을 밟고 지나가면 그녀의 가슴을 밟고 심장이 펌프질을 중단하듯 숨이 막혔다. 사진 속 얼굴이 구겨질세라 한 장, 한 장 가지런히 전단지를 챙기던 혜린은 가슴을 쥐어뜯다 이내 가슴을 자신의 손으로 세게 내리쳤다. 숨이 막히는 모양이다. 숨을 쉴 수 없을 만큼의 고통이 연희의 가슴을 짓누르고 있었다. 입술이 새파랗게 변하며 호흡이 거칠어지더니 싸늘한 바닥에 환자복을 입은 채로 쓰러졌다.

뚱뚱하고 어색한 모습으로 원피스를 입은 스모키 화장을 한 여자. 실내에서도 선글라스를 끼고 있었기에 누군가 그녀를 기억할 수 있을 것 같았다. 분명 백화점 밖으로 나오는 모습까지는 확인할 수 있었지만 그 이후 행적은 찾을 수 없었다. 김형사가 헐레벌떡 뛰어왔다. 그는 흐릿하고 형태를 알아볼 수 없는 사진이 인쇄된 전단지 한 장을 성진에게 내밀었다.

"인쇄를 하긴 했는데 사람 얼굴은 알아 볼 수가 없는데요? 더군다나 이 여자 원래는 마른여자가 아닌가 싶은데요?"

"왜?"

"원피스를 입은 형태도 좀 어색하구요. 몸 크기에 비해 얼굴에서 목으로 연결되는 선이 너무 가늘다는 생각이 들어서요. 발목도 상체나 하체 크기에 비해 너무 작고……."

"그럼 CCTV에 찍힐 것을 계산하고 변장했다는 이야기인가?"

"그럴 가능성이 크다는 거죠."

"그렇다면 우발 범죄가 아닌 계획된 범죄라는 이야기인데……. 내 딸이 대상이었다면 내 주변 인물부터 찾아봐야 하나? 내가 집어넣은 놈들 중에 요 근래 출소한 놈이 있던가?"

"일단 출소자와 가석방 된 사람들 위주로 찾아보겠습니다."

김형사는 전단지를 백화점 출입구 문에 연달아 붙였다. 백화점 관계자는 화가 난 표정으로 그 모습만 지켜보고 있을 뿐, 별다른 행동을 취하지는 않고 있었다. 백화점을 오가는 사람들은 전단지 앞에서 발걸음을 멈추고 사진을 유심히 바라보았다. 그러나 봤다는 사람은 아무도 없었다. 성진은 백화점 앞에서 아이를 데리고 걸어가고 있는 뚱뚱한 여자를 상상했다. 아이와 함께 있는 모습이 사람들에게 최대한 눈에 띄지 않는 동선은 어디였을까. 성진은 발걸음을 아이가 걸었을 속도에 맞춰 걸었다. 아이가 납치 된 시각과 비슷한 시각. 수십 명의 인파가 성진과 스치며 지나기도 하고, 뒤 따르기도 했다. 성진은 백화점 입구에서 10여 미터 걷다가 그 자리에 멈춰 섰다.

왕복 2차선 도로지만 중간 중간 차들이 주차되어 있어서 겨우 차 한 대가 지날 수 있는 골목이 그의 시야에 들어왔다. 주변을 살폈다. CCTV가 있을만한 건물을 찾았지만 보이지 않았다. 백화점 바로 옆에 주택가 골목이 있었다. 성진은 한 걸음 한 걸음 옮기며 주변 대문과 담장을 살폈다. 혹시 범인이 놓쳤을지도 모르는 CCTV를 찾는 중이었다. 몇 걸음 걸었을 때쯤 바닥에서 반짝이는 물건이 눈에 들어왔다. 유리조각처럼 아주 작지만 반짝이는 머리핀 하나가 주차되어 있는 차바퀴 바로 옆에 떨어져 있었다.

"여기였어. 여자는 이곳에 차를 주차시킨 뒤 백화점에 들어가서 10분 안에 혜린을 데리고 나와서 차에 태웠어. 그 과정에서 아이를 안았거나 밀어 넣었거나 했을 테고, 그 흔들림에 잔머리를 고정했던 작은 머리핀 하나가 떨어진 거야. 그래. 찾았어. 이 근처에서 또 다른 무엇인가 답을 찾을 수 있을 거야."

성진은 주먹을 불끈 쥐어보였다. 엉켜있는 실타래 한 가닥을 잡은 느낌이었다. 만약 잘 잡았다면 엉켜있는 것이 일순간에 풀릴 수도 있는 중요한 단서였다. 성진은 주변을 살폈다. 그래도 어느 정도 부유층이 사는 동네였다. 이정도 경제 능력이라면 한두 집 정도는 CCTV를 설치 할 수도 있을 것 같았다. 아직 CCTV가 보편화 되지 않았지만 대도 출현으로 시끄러워지며 몇몇 부유층은 유행처럼 감시카메라를 설치했다. 차가 주차되었을 만한 위치 건너편 담장 너머에 반짝이는 무엇인가가 그의 시야에 들어왔다. 확인하고 싶었지만 그의 키가 그다지 크지 않은 것인지 담장이 높은 것인지 잘 보이지 않았다. 성진은 초인종을 누르기 위해 대문에 섰다. 그때 성진의 품 안에 있던 핸드폰이 요란하게 울렸다. 번호를 확인한 성진은 전화를 받았다.

"검사님, 빨리 병원으로 오셔야 할 것 같습니다. 사모님이 위독하십니다."

"무슨 소립니까? 탈진으로 입원한 사람이 갑자기 왜?"

"한시가 급합니다 빨리 와주세요."

성진은 차가 주차되어 있는 백화점 주차장으로 뛰었다. 연희에게 아이는 특별했다. 부모라는 이름으로 아이가 특별하지 않은 사람이 있을까만 연희에게 아이는 자신의 목숨과 같았다. 건강하지 않은 그녀에게 임신은 곧 목숨과 바꿔야 할 상황이었지만 그녀는 자신의 목숨보다 아이를 선택했다. 태어난 아이가 자신이 심하게 앓고 있던 천식을 유전으로 안고 태어났다는 것을 알았을 때, 절망하듯 하염없이 울었다. 그리고 아이를 위한 하루하루를 살았다. 연희에게 혜린은 곧 목숨이며, 자신이었다. 성진은 마음이 급해졌다. 어떻게 운전하고 병원에 도착했는지 기억에 없다. 그의 머릿속에는 온통 혜린과 연희 생각뿐이었다. 성진은 병실 문을 벌컥 열고 들어갔다. 연희는 머리끝까지 하얀 침대시트를 덮고 얌전히 누워 있었다.

"어……. 어떻게 된 겁니까?"

"호흡곤란으로 거리에서 쓰러진 모양입니다. 그런데 관심을 두는 사람이 없어 30여분 방치 된 것 같아요. 다행히 지나던 여학생이 저희 병원 환자복을 발견하고 연락을 했습니다만 저희가 도착했을 때는 이미……."

"병원에 입원한 사람이 왜? 왜 거리에서 쓰러진 거냐고요!"

"오전에 한 차례 소동이 있어서 수면제를 투여 후 잠든 것을 확인했습니다. 그런데 그 사이에 전단지를 들고 나가신 것 같습니다"

"이런 게 어디 있어. 이런 게 어디 있냐고!!"

성진은 주저앉았다. 옛말에 복은 쌍으로 오지 않고, 화는 홀로 오지 않는다고 했던가? 혜린을 잃어버린 것만으로도 어둠 속에 빛 한줄기 보이지 않았는데, 연희의 급작스러운 죽음을 그는 받아드릴 수 없었다. 운명의 고리는 어디선가 어긋나기 시작하고 있었다. 평범한 검사로 행복한 가장으로 지냈던 10여년. 혜린이 태어나며 정의의 검사로 유명세를 달렸다. 그것이 전부였다. 어떤 운명을 역행한 것도 아니고, 다른 이들처럼 권력에 욕심내어 본 적도, 돈에 욕심내어 본적도 없었다. 검사가 그에게 천직이라는 생각으로 자부심을 안고 살았다. 그것이 죄인가. 성진은 꺼이꺼이 소리 내며 울었다. 영안실로 옮기기 위해 병실을 찾았던 이들도 성진의 울음소리에 숙연해지고, 그에게 어떤 말도 전할 수 없었다. 성진의 절규는 봄 하늘을 수놓은 붉은 노을 속으로 공허하게 울려 퍼졌다.

연희의 발인이 끝났지만 성진은 꼼짝할 수 없었다. 조용한 움직임으로 부산을 떨던 혜린의 모습도, 밝게 웃으며 혜린을 애처롭게 바라보던 연희의 모습도 더 이상 존재하지 않았다. 연희 가슴위에 혜린의 사진을 안겨줬다. 그녀가 목숨처럼 아꼈던 혜린을 잃어버린 연희의 충격이 고스란히 성진의 몫이 된 것 같았다. 가슴 속에서 치미는 울분을 감출 수 없었다. 주먹을 꽉 쥐고 입술을 깨물었다. 다시 시작해야 된다. 어디서부터 꼬였는지 모르지만, 그 꼬인 연결부위를 찾아 잘라내든 엮든 무엇인가 해결책을 찾지 않으면 더 이상 살아갈 이유도 없고, 방법도 없었다. 아직 한 가지 희망이 있다면 혜린을 찾는 것. 시체가 발견되지 않는 이상 혜린이 살아 있을 확률은 있다.

성진은 불도 켜지지 않은 어둠 속에서 소파에 기댄 채 주저앉아 있었다. 언제부터 그렇게 앉아 있었는지 기억도 없다. 그의 손에는 아직 하얀 장갑이 끼워진 상태였다. 건너편 아파트 불빛이 희미하게 성진이 앉아 있는 모습위로 흘러들어왔다. 성진은 고개를 들었다. 같은 하늘 어딘가에 울부짖을 혜린을 생각하니 가슴이 답답해졌다. 연희처럼 천식을 앓는 것도 아닌데 숨이 쉬어지지 않았다. 언제부터 울렸던 것일까. 초인종이 울렸다.

성진은 일어서며 잠시 비틀거렸다. 인터폰을 확인하니 김형사였다. 잔뜩 긴장한 표정으로 두리번거렸다. 문을 열자 김형사는 말똥말똥 성진을 바라보더니 문 앞에 쌓여있는 신문을 들고 성진을 따라 들어왔다.

"검사님 며칠 연락이 안 되더니 집에서 내내 이러고 계셨던 거예요? 아고 집에서 퀴퀴한 냄새까지."

김형사는 거실 탁자위에 들어있던 신문을 내려놓더니 창문을 열고 환기를 시켰다. 성진은 신문으로 시선을 옮겼다. 전면 광고에 혜린의 얼굴이 보였다. 신문을 펼쳤다. 연희가 죽기 전에 신문사에 광고를 냈던 모양이다. 혜린이 밝게 웃으며 토끼 인형을 안은 사진 아래 커다란 글씨로 아이에 대해 적고 있었다. 성진은 고개를 들어 천장을 바라보았다. 참으려 했지만 다시 눈물이 흘러내렸다.

"아이가 심한 천식을 앓고 있어요. 아이에게 담배연기나 탁한 공간, 밀폐되어 있는 공간, 찬바람은 위험해요. 보호하고 계신 분께서 한 번만 더 아이를 살펴주세요. 그리고 연락주세요. 사례는 얼마든지 하겠습니다."

김형사는 한숨을 내리쉬며 성진의 어깨를 감쌌다. 그의 눈가도 어느새 눈물이 그렁거렸다.

"검사님 힘내세요. 제가 어떤 일이 있더라도 이놈들 꼭 잡을 겁니다. 그래서 말인데 검사님이 말씀하신 그 집에 CCTV가 있긴 한데 차가 주차되어 있는 모습은 찍히지 않았고, 그 차가 빠져 나갈 때 차량 번호가 찍혔습니다. 뭐 대충 짐작하시겠지만 도난 차량이고요. 그 차량 번호로 인근 도로 CCTV를 확인했는데 인근 가령시로 향하는 도로에서 사라졌습니다."

"가령시? 이곳에서 멀지 않지?"

"거의 서울 인근이라고 봐도 무난하죠?"

"가령시라……. 진상학원재단 학교들이 밀집해 있는 곳. 비밀리에 수사 중이잖아?"

"설마, 그 쪽에서 눈치 챘을까요?"

"아직 그 누구에게도 발설하지 않은 수사인데, 그걸 아는 건 김형사와 나밖에 없잖아? 실제 본격적으로 시작도 하지 않은 것을 알 수 있나?"

"그렇죠? 사실 오늘 진상학원재단 근처까지 다녀왔습니다. 차량 번호와 혜린이 사진을 들고 탐문수사를 하긴 했는데 노인네 한 분이 아이는 모르겠고 차를 본 적이 있는 듯하다는데……. 그게 좀"

김형사는 망설이는 듯 고개를 갸웃거렸다. 성진은 눈을 감고 소파 깊숙이 몸을 밀어 넣었다. 그다지 신뢰성이 없는 진술이었을 터였다. 김형사는 말없이 일어나 식탁으로 걸었다. 깔끔하게 정리정돈 되어 있는 식탁에 먼지가 쌓인 것이 한 눈에 보였다.

"며칠 째 아무것도 안 드셨죠? 드실만한 게 있나?"

"그건 됐고, 그 노인네가 뭐라는데?"

"본 것이 아니라 옥상에서 손녀가 자신의 모습을 핸드폰으로 찍었는데 그 사진 배경으로 그 차 비슷한 것이 하나 지나가고 있어서 손녀가 다시 찍었답니다. 손녀 핸드폰에 사진이 있다면서 저녁 때 전송 해준다더니 아직이고요."

"어디로 향하는 길인데?"

"그쪽으로 가면 행복의 집이라고 진성재단에서 운영하는 보육원밖에 없답니다. 그 뒤에 마을이 있긴 한데, 전혀 다른 길을 통해야 뒷마을로 갈 수 있는 구조로 되어 있고요. 보육원까지 다녀오기는 했습니다만 워낙 유명한 보육원이어서 사람들 발길이 끊이지 않는다고 하더군요. 실제 보육원이 시끌벅적할 정도로 자원봉사자도 많았고요. 그래서인지 별다른 소득은 없었습니다."

냉장고를 뒤적이던 김형사는 다시 소파로 나와 앉았다. 여전히 소파 깊숙이 몸을 묻은 채 미동도 하지 않는 성진은 그때서야 몸을 일으켰다. 둘은 어색한 침묵 속으로 빨려 들어갔다. 멀리에서 음악소리가 잔잔하게 들려왔다. Ravel의 Pavane pour une infante defunte(죽은 황녀를 위한 파반느)였다. 조용하면서도 슬픈 음률이 성진의 가슴에 켜켜이 쌓여있는 울분을 달래듯 심장으로 파고들었다. 나지막하면서도 아련하고 슬픈 듯 하면서도 비상하는 갈매기 한 마리가 바다 위를 표류하는 모습이 그려지는 느낌으로 다가왔다.

"검사님 식사라도 하셔야죠. 그래야 혜린이 찾죠!"

"찾아야지. 어떤 짓을 해서라도 찾아야지."

"저도 함께 찾겠습니다."

둘은 자리에서 일어났다. 김형사는 성진을 일단 밖으로 데리고 나가는 것이 급선무라고 생각했다. 움직이면 무엇인가 답이 나올 것 같았다. 그가 아내의 죽음을 인정할 수 없겠지만 그렇다고 넋 놓고 있을 수만은 없는 일이었다. 아이 유괴, 납치 사건은 시간이 길어질수록 아이의 생명은 장담할 수 없었다. 더군다나 혜린은 소아 천식을 앓고 있기에 더더욱 위험했다. 아파트 건물에서 빠져 나와 김형사는 성진의 차 운전석에 앉았다. 핸드폰에서 문자 알림이 들렸다. 김형사는 핸드폰을 확인하더니 성진에게 핸드폰을 내밀었다.

"흐릿하기는 하지만 그 차가 맞는 것 같은데요? 차량 번호가 흐려지면 저 모습이 아닐까요?"

"저녁인데 괜찮을까? 보육원 한 번 둘러보고 싶은데?"

"일단 식사부터 하시고요."

조용한 달그림자가 어둑한 산기슭으로 기어오르고 있었다. 고요함과 아늑함이 공존하고 그림처럼 아름다운 동화 속 아담한 궁전 같은 풍경이었다. 행복의 집으로 들어가는 입구는 들길이었다. 그러나 양쪽의 플라타너스 가로수가 지나는 이에게 인사하는 듯 달빛에 하늘거렸고, 정문에 가까워질수록 양쪽에 앙증맞은 봄꽃이 그들에게 반갑게 손짓하는 듯했다. 정문에 걸린 문패가 그곳이 보육원임을 알렸다. 저녁 9시쯤이었지만 웬일인지 보육원은 쥐죽은 듯 고요했다. 가장 가운데에 있는 건물에서만 군데군데 불이 켜져 있을 뿐. 고요함과 적막함이었다.

"군대 같은 분위기네요? 9시 소등!"

"보육원이 너무 깔끔해. 누군가에게 보여주기 위한 장식처럼 정갈해."

"기분 탓일 것입니다. 그런데 이상하죠? 만 18살까지의 아이들이 머무는 곳이라면 시끌벅적 할 시간 아닌가요?"

"여기 정문에 CCTV가 있던데 확인해 봤나?"

"네. 정문뿐만 아니고 보육원 내에 감시카메라가 6대 정도가 있습니다. 각 건물마다 하나씩 인 것 같은데……. 제가 모두 돌아보지 않아서 잘은 모르겠지만 더 있을 것 같은데 보안실 갔더니 6대의 CCTV만 작동되고 있더라고요."

"결과는?"

"흔적도 없습니다."

"여기가 보육원 맞아? 건물이 도대체 몇 동이나 되는 거야?"

"구조도 좀 이상합니다. 복잡해요. 서로 연결 되어 있는 것 같은데 잘못 들어가면 다시 되돌아 나와야 하고요. 잠깐 돌아봤을 뿐인데 무슨 미로 찾기 하는 기분이었습니다."

그들은 차를 정문에 세워두고 걸어서 운동장을 가로 질러 들어갔다. 그들이 건물 앞에 다가서기도 전 김상수가 바쁜 걸음으로 그들에게 다가왔다.

"어떻게 오셨습니까? 아 이 분은 낮에 오셨던……."

"네, 경찰서에서 나왔습니다. 검사님께서 이곳을 한 번 둘러보고 싶다고 하셔서……."

성진은 전단지를 꺼내어 상수에게 건넸다. 상수는 쳐다보는 듯 마는 듯 전단지를 손에 쥐고 성진을 바라보았다.

"혹시 이 아이가 이곳에 들어오거나 하지는 않았습니까?"

"아, 저희는 가령시청 사회복지과를 통해 들어오는 아이들입니다. 가끔 서울시청이나 구청에서도 오는 경우도 있지만 이곳이 가령시청 관할지역이어서 사회복지과를 통하지 않은 아이들은 없습니다. 시청 가셔서 알아보시는 것이 더 빠릅니다만."

"가령시에서만 온 아이들이 이렇게 많습니까?"

"꼭 그런 것만은 아닙니다. 저희 보육원이 좀 유명세를 타다보니 이곳에 아이를 버리고 가는 경우도 있고, 다른 보육원이 더 이상 운영이 힘들 경우 저희 보육원으로 아이들을 보내고 있기 때문입니다."

성진은 듣는 듯 마는 듯 건물을 향해 걸어 들어갔다. 아이들의 그림자도 보이지 않았다. 성진은 건성으로 물었다.

"이곳에 전단지 몇 개만 붙여도 되죠?"

"여기는 만 20세 이하의 아이들만 있는 곳인데 별 소득 없을 것입니다."

"그래도 혹시 압니까? 큰 피해가 없다면 허락해주시기 바랍니다."

상수는 마지못해 대답했다. 성진은 제집 드나드는 주인처럼 성큼성큼 주변을 살피며 걸었다. 상수는 성진의 뒤를 따르며 그가 들어가려 하는 곳의 불을 켰고, 그가 뒤 돌면 불을 끄고 다시 뒤따랐다. 윗 층에서 허영자가 헛기침을 하며 내려왔다. 성진은 표독스러운 그녀의 눈동자를 보며 섬뜩함을 느꼈다.

"검사님? 지금은 업무시간이 끝났으니 볼일이 있으시거든 내일 정식으로 수색영장을 가지고 오시든지, 궁금한 사항이 있으시면 정식 공문부터 보내시기 바랍니다."

"아 실례 많았습니다. 마지막으로 저 뒤쪽 한 번만 봐도 되겠습니까? 방금 누가 지나간 것 같기도 한데."

본관 건물을 가로 지르면 자그만 정원이 나오고 그 정원 옆으로 유아와 초등생 생활관이 있고, 정면에는 중고생 생활관이 있었다. 자그만 정원에는 가운데 잉어가 유유자적 헤엄치는 연못이 있고, 담벼락을 올라탄 담쟁이가 시꺼먼 그림자를 만들어냈다. 정원 담벼락 쪽으로 커다란 나무가 있었다. 그 아래 자그맣고 깔끔한 벤치가 가지런히 놓여 있었다. 언뜻 보면 어느 부잣집 정원에 서 있는 착각이 들 정도로 깔끔하고 정갈한 정원이었다.

그곳이 끝은 아니었다. 가로등에 의존하는 어둠이었지만 성진은 하얗게 빛이 나는 돌길을 따라가고 있었다. 담벼락과 생활관 건물 사이로 연결되고 있었다.

"뒤편에도 건물이 있습니까?"

"네 아이들 지도실과 명상실이 있습니다."

성진은 뒷 건물이 궁금했다. 그가 한 발자국 움직였을 때 허영자는 그의 앞을 가로막았다.

"여기까지입니다."

"아, 죄송합니다. 내일 찾아뵙겠습니다."

김형사는 성진의 팔을 잡아끌었다. 집요함이었다. 성진이 그런 집요함을 보일 때는 동물적 감각이 발동하는 때였다. 분명 무엇인가 그의 감각을 잡아 끌어당기는 힘을 느꼈을 터였다. 그의 감각이 발동할 때는 누구도 말릴 수 없었다. 범법행위라 할지라도 자신의 소신을 굽히지 않은 고집불통일 때가 있었다. 김형사는 더 이상 방관할 수 없다는 것을 알았다. 성진은 꼼짝하지 않으려 팔에 힘을 주고 있었다. 김형사는 귓가에 속삭였다.

"형님, 아시잖습니까? 지금 잘못 건드리면 저희는 이 근처 발도 못 붙입니다. 그러니 오늘은 여기서 그만 하십다."

그때서야 성진은 뒷걸음질 치며 그 자리에서 돌아섰다. 그러나 차마 고개를 돌리지 못하고 시선은 여전히 뒤편 건물에 머물러 있었다. 성진은 중고생 생활관 건물을 둘러보았다. 3층 건물이었다. 미련이 남은 탓에 유리창을 눈으로 뒤적이던 성진은 어느 학생이 커튼 뒤에서 그들을 보고 있는 듯한 느낌을 받았다. 가로등 불빛에 의존하는 것이어서 남학생인지 여학생인지는 알 수 없었지만 커튼이 움직이면서 그 뒤에 누군가 있다는 것을 알 수 있었다. 불이 꺼져 있지만 모두가 잠든 것은 아니라는 생각이 들었다. 성진은 미련을 떨치고 행복의 집을 빠져 나오고 있었다. 혹시나 하는 마음에 군데군데 전단지 한 장씩을 흘렸다.

"내일 아침 아이들이 일어나기도 전에 전단지 모두 쓰레기장으로 들어갈 것 뻔한데 왜 돈을 뿌리세요."

"1%의 확률이라도 있다면 시도해 봐야지"

성진이 정문 밖으로 사라질 때까지 허영자는 지켜보고 있었다. 그리고 그 건물 위 여학생 생활관에서 초혜는 성진의 차가 사라질 때까지 그들을 지켜보고 있었다. 시간이 아래층 복도 불이 하나 둘씩 소등 되고, 군데군데 희미한 불빛만 남았다. 초혜는 조심스럽게 발자국 소리를 죽이며 계단으로 내려갔다. 본관 현관문을 안에서 잠그던 원장이 유리문에 붙어 있는 전단지를 신경질적으로 찢어 쓰레기통으로 던져버렸다. 부원장의 걸음을 따라 원장은 복도 끝으로 사라졌다. 초혜는 쓰레기통에서 찢겨지지 않은 전단지 한 장을 곱게 접어 주머니에 넣었다. 밀실에서 숨진 소녀였다.

초혜는 침대에 쪼그리고 앉아있는 수연을 바라보았다. 며칠 째 꼼짝하지 않았다. 학교도 가지 않았고, 말도 하지 않았고, 그녀를 바라보지도 않았다. 미련하리만큼 말이 많던 아이가 단 한마디 말도 하지 않았다. 아프다는 비명조차 지르지 않았다. 초혜는 수연의 앞에 앉았다. 하지만 수연의 초점 없는 눈동자는 그녀를 바라보지 않았다.

"수연아, 조금만 힘내. 이제 우리 움직여야 해. 너도 위험하지만 혁수도 위험해."

"⋯⋯."

"수연아. 그 아이를 찾는 사람이 온 것 같아. 이름이 혜린이래."

수연은 혜린이라는 단어에 반응을 보였다. 고개를 들더니 주위를 두리번거렸다. 초혜는 주머니에 넣어두었던 전단지를 수연에게 건넸다. 한동안 말없이 전단지 내용을 읽던 그녀의 눈에서 눈물이 그렁그렁 맺혔다. 수연은 동그란 눈으로 초혜를 지긋이 바라보았다. 그리고 그동안 꼭 쥐고 절대 펴지 않았던 손을 폈다. 작은 보석이 달린 머리핀 몇 개와 머리를 묶는 고무줄이었다.

"혜린이 거야?"

수연은 고개를 끄덕였다. 수연의 침대 옆에는 혜린이가 안고 있던 인형이 피가 묻은 채 누워 있었다. 혜린의 유품을 그녀는 희미한 의식에서도 그녀의 교복 안에 숨겼다. 아이들이 안기에 딱 좋은 인형이어서 조금 커다란 느낌은 있었지만 면으로 되어 있고 부드러운 솜이어서 손으로 꼭 쥐면 한 주먹이 조금 넘는 크기로 줄어들었다.

"아이가 죽기 전에 나에게 건네주었어. 엄마라면서."

그녀가 지하 밀실에서 올라와 처음 꺼낸 말이었다. 며칠 동안 겨우 물만 마실 뿐, 먹지도 않았고, 울지도 않았고, 말도 하지 않다가 처음 꺼낸 말이 엄마라는 단어였다. 수연의 볼에서 눈물이 흘러 내렸다. 이내 초혜를 끌어안고 그동안 참았던 눈물을 쏟아내는 듯 하염없이 소리죽여 울기만 했다. 초혜는 그녀의 가슴으로 수연의 눈물이 고여 흐를 때까지 수연을 안고 함께 울었다. 둘은 그렇게 밤새 울다 지쳐 수연의 침대에 나란히 누워 잠이 들었다. 먼저 눈을 뜬 것은 수연이었다. 얼굴에 난 상처도 말끔해졌다. 다리 사이에서 더 이상 피도 흐르지 않았다. 흐트러진 머리카락을 정리하며 거울 앞에 서 있었다. 누군가 노크를 했다. 초혜는 노크 소리에 자리에서 벌떡 일어나더니 수연의 침대라는 걸 잊었던 모양인지 몸을 일으키다 2층 침대에 머리를 찧었다. 수연이 빙긋 웃었다. 초혜는 수연의 미소에 가슴을 쓸어내리며 방문을 열었다. 김수진이었다. 며칠 사이에 무척 달라진 느낌이다.

"수진 언니, 웬일이세요?"

"언니? 김실장님이라고 했잖아!"

초혜는 말문을 닫고 수진을 바라보았다. 수진은 수연의 모습을 위 아래로 훑어보더니 이내 문을 꽝 소리 나게 닫으며 사라졌다. 며칠 동안의 변화를 알 리 없는 수연은 어리둥절한 표정으로 초혜에게 눈짓해 보였다.

"저 언니 무슨 일 있어? 왜 저래? 김실장님? 그게 뭐야? 그냥 청소하는 언니였잖아?"

"옷 봤어?"

"응?"

"나도 몰랐는데 다른 아이들이 말하는 거 보니까 S사 명품 신상 옷인데, 저 원피스 하나에 500만 원이 넘는데. 요즘 부쩍 외출도 많아졌고, 돈 씀씀이가 장난 아니래."

"왜?"

"…… 부 원장의 게임이 시작된 거지."

"게임? 무슨 게임?"

"너 영화 '쏘우' 알아? 거기에서 사이코패스 직쏘는 뇌암 때문에 자신이 죽는다는 것을 알고 삶에 감사하지 못하는 사람들을 무작위로 데려다 삶과 죽음의 게임을 시작해. 어떤 게임이냐면 아만다라는 여자가 납치 되어서 어느 건물에 갇히게 돼. 마취에서 깨어나니 자신의 머리에 마스크가 씌워졌고 직쏘의 음성이 들려. 한정된 시간 안에 열쇠를 찾아 마스크를 풀지 않으면 마스크에 있는 송곳 수십 개가 머리에 닿을 것이고 그러면 머리는 송곳에 찔려 박살이 난다는 거지. 그리고 그 열쇠의 위치를 알려줘. 그건 아만다 자신의 위장 안에 있다는 것이지. 여기서 살아남을 수 있다면 게임에 이기는 거야. 아만다는 살아남았지. 게임에서 이긴 거지. 면도칼로 자신의 배를 갈라서 열쇠를 꺼냈거든. 그 또한 죽음을 각오하지 않으면 할 수 없는 도전인 거지. 지금 부원장은 인생의 게임을 시작한 거야."

"수진 언니는 갇히지도 않았잖아?"

"더 무서운 게임. 죽음보다 더 무서운 삶 전체를 다루는 게임. 만약 단 한 번도 돈을 자유자재로 써 본적 없는 사람이 아주 많은 돈이 생겼어. 어떻게 될까?"

"마음껏 쓰겠지?"

"그러다가 그 돈이 바닥이 나면?"

"써 봤으니까 미련 없지 않을까?"

"아니, 훔쳐서라도 사람을 죽여서라도 돈을 마련해서 쓰게 될 거야. 도박이나 마약에 빠지면 현상이 더 심해지겠지?

그런데 원장이 수진언니 돈을 마음껏 쓰게 보고만 있을까? 게임을 하다가 보면 중간 중간 악당도 나오고, 작은 악당을 물리치면 갈수록 더 큰 악당이 나오지? 레벨이 올라갈수록 더 강한 악당들이 나오잖아. 수진 언니에게 부원장은 끊임 없이 유혹의 물질들을 던지게 될 거야. 그 유혹을 이기면 수진 언니는 여기서 탈출할 수 있는 것이고 유혹에 넘어가면 가장 밑바닥 인생으로 살아도 살아있지 않은, 차라리 죽음이 훨씬 편한 삶을 살아야 할 거야."

"그럼 다른 사람의 인생을 게임으로 생각한다는 거야?"

"아마도……. 우리는 부원장의 게임 속 캐릭터일 뿐인지도 모르지."

"잔인해!"

"넌 결정한 거야?"

"뭘?"

"…… 너 고민 했잖아. 살아야 할지. 생을 포기해야 할지."

"…… 어떻게 알았어? 결정을 못 했었는데 어제 내가 잊고 있었던 걸 하나 알게 되었어. 아이의 부탁은 들어줘야지. 살리진 못했어도 주검이라도 엄마 아빠 곁에 있게 해야지."

"다행이다. 아직 아무런 희망을 찾지 못한 너를 데리고 이곳에서 어떻게 나가야 할 지 많이 고민 했거든. 우선 해야할 일 하나가 생겼으니까. 일단 나가자."

"지금?"

"아니, 네가 원한다면 오늘 밤에. 아니면 일주일 더 기다려야 해. 그렇게 되면 혁수가 좀 위험하고, 네가 원래 모습으로 돌아온 걸 수진언니가 보고 갔으니 부원장에게 보고 할 거야. 그렇다면 너도 촌각을 다투게 될 거고…….”

“지금 내 모습이 너무 추악해. 다른 모습으로 바꾸고 싶어.”

“그건 나가서 하자. 갑자기 너무 변하게 되면 원장이나 부원장 움직임이 달라지게 돼. 눈에 띄는 행동은 금물인 거 알잖아.”

“더 이상 나빠질 것도 없지.”

“부원장은 그걸 원해. 네가 어떤 희망도 갖지 않는 것. 게임에서 이기는 방법은 긍정적 사고, 교과서적 삶이야. 부원장은 네가 누군가에게 쫓기는 설정을 하고, 지름길로 가는 방법과 횡단보도로 가는 길을 설정해 놓고 있어. 만약 네가 누군가에게 잡히더라도 횡단보도로 건너려고 신호를 기다린다면 잡을 수도 죽일 수도 없어. 하지만 지름길, 무단횡단을 하면 교통사고를 위장해서 널 차로 밀어버릴 거야. 그게 부원장의 게임 원칙이야.”

“그럼 지금 난 어떤 위치에 있는 건데?”

“널 절망의 끝으로 밀어 넣은 거지. 네가 어둠속에서 희망을 찾아 나온다면 첫 번째 게임에서 승리하는 거였어. 그래서 넌 이겼지. 다음은 두 번째 게임이 기다리겠지. 며칠이 지나면 너에게 두 개의 갈림길에 놓이게 될 거야. 선택이지. 어떤 조건을 준비하고 있는지 알 수 없지만 분명한 것은 둘 다 그다지 좋은 조건은 아니지만, 하나는 네가 당당하게 살아갈 수 있는 것이고, 하나는 더 절망으로 빠져 들 수 있는 조건이 될 거야. 수진 언니에게는 마음껏 쓸 수 있는 법인 카드라는 명제가 주어졌어. 얼마든지 써도 된다는 유혹을 던진 거지. 하지만 그것이 사채 이자가 붙는 개인 카드라는 것을 수진 언니는 모르는 거야. 쓰지 않았다면 게임에서 이겼을 테고, 자신에게 남겨진 유산과 그리고 지금까지의 월급이 모아진 통장을 들고 이곳에서 당당하게 나갈 수 있는 기회를 얻은 거였는데……."

수연은 초혜의 반짝이는 눈동자를 바라보았다. 이렇게 말이 많은 아이는 아니었다. 어느 때는 엉뚱하고, 어느 때는 민첩해서 도통 어떤 캐릭터인지 구분이 가지 않을 정도이기는 했지만 말을 많이 하는 성격은 아니었다. 초혜의 성격이 갑자기 변했다고 느낀 건 지난해 가을부터였다. 이틀 동안 사라졌던 초혜가 멀쩡한 얼굴로 아무 일도 없었던 것처럼 나타났다. 일주일정도 노트에 무엇인가 기록하고 계산하는 듯 했다. 그러더니 컴퓨터실을 자주 방문했고, 학교에서도 수업에 빠지면서까지 컴퓨터를 이용했다. 그 이후 초혜는 점점 자상하고 상세한 설명을 시작했다. 어릴 때부터 항상 같이 행동하던 4명의 사이가 나빠진 것으로 설정한 것은 초혜였다. 19살이 되자 주변에 있던 친구들이 하나 둘씩 사라졌고, 취업했다며 보육원을 떠나기 시작했다. 그 이후 그 누구도 연락이 되는 친구가 없었다. 아무것도 모르고 있던 혁수와 진혁, 그리고 수연이 보육원에서 일어난 일을 하나씩 알아가게 된 것 또한 초혜의 명석한 두뇌 때문이었다.

수연은 다시 전단지를 꺼내 들었다.

"전화할까?"

"전화기 옆에 소형 카메라 있어. 네가 하는 말 모두 녹음 돼."

"…… 하루 더 기다려야겠지? 내가 먼저 나갈까?"

"아니야 같이 나가. 이런 상황에서도 티격태격 싸우는 건 위험하지. 설정이라는 걸 눈치 챌 거야."

"그런데 왜 오늘 밤이야?"

"일단 나가기 전에 간단한 소지품만 챙겨. 아이 인형이랑. 필요한 건 네가 없는 동안 모두 준비했어. 이곳에서 빠져 나가기만 하면 돼."

"빠져 나간다 해도 집게파 조직원들이 전국을 찾아 돌아 다닐 텐데? 우리가 외국으로 나가지 않는 이상 어떻게 도망 다녀?"

초혜는 조용히 일어서더니 수연의 어깨를 양손으로 잡았다. 그리고 팔에 힘을 주며 수연을 끌어안더니 귓가에 조용히 속삭였다.

"나 믿지? 조용히 따라오면 모든 것이 해결 돼! 아까도 설명했잖아. 옳은 선택에는 항상 위험이 뒤따른다고. 그것이 부원장의 조건이라고. 우린 그 조건을 거슬러 올라가면 되는 거야."

혜린의 아버지가 또 한 번 보육원을 찾아왔지만 수색영장이 없는 탓에 경비실에서 쫓겨났다. 보육원 안으로 들어갈 수 없었다. 수연과 초혜는 행사 준비 때문에 보육원 청소하는 아이들 틈에 끼어 있었다.

부시장의 선전용 행사였다. 그들은 보육원을 도구로 사용한다. 사회의 가장 어두운 곳을 밝히는 사람들. 어려운 이웃에 일생을 바친 사람들이라는 타이틀을 얻기 위한 조작이다. 지난 지방선거에서 시장으로 출마를 시도했지만, 박달중의 반대로 포기 했었다. 사람들에게 그다지 알려지지 않았기에 출마를 해도 떨어질 수밖에 없다는 이유였다. 다음 지방선거를 위한 밑거름을 만드는 작업 중이다.

정문으로 식당 자재를 실은 탑 차가 들어왔다. 수연은 초혜를 바라보았다. 초혜는 고개를 저었다. 부원장의 시선이 느껴졌다. 본관 앞에서 수연과 초혜의 동선을 따라 시선이 움직이는 것을 느낄 수 있었다. 초혜는 고개를 들어 부원장과 시선이 마주쳤다. 첫 번째 라운드에서 KO패를 당한 부원장의 표정이 일그러져 있었다.

"수연아 밝게 소리 내서 웃고 난 후에 부원장 표정 한 번만 봐 줄래?"

"응? 야아, 바람이 거기서 부는데 방귀를 뀌면 어떡해. 냄새 나잖아? 지지바야, 하지 말라니까 더 하고 그래. 하하하하. 나도 뀔 거다. 방귀."

수연은 허영자를 바라보았다. 화가 잔뜩 나 있는 표정이었다. 일그러진 표정에 쓰고 있던 안경을 획 잡아 빼며 본관 안으로 사라졌다. 수연은 초혜를 바라보았다. 초혜가 게임이라고 설명한 이유가 납득이 되어가고 있는 중이었다.

어둑한 밤이 되고 소등을 알리는 음악이 그들의 신호였다. 이제 빠져 나가는 것은 걱정하지 않아도 되었다. 비밀 통로의 구조는 며칠 동안 그림으로 그릴 수 있을 정도로 외웠다. 작은 가방을 하나씩 등에 메고 비밀 통로를 걸었다. 어디선가 웅성거리는 소리가 들렸다. 초혜는 소리가 나는 방 가까이 다가갔다.

"그러니까 서장님께서 차단을 해 주셔야 되잖습니까?"

"그 사람이 검사였어요. 검사. 그것도 요즘 잘나간다는 마성진 검사. 제가 어찌 감당합니까? 박의원님이라면 어찌 해 보실 수 있겠지요."

"국회의원들도 마검사 이름만 들어도 꼬리 내리는 세상입니다. 기고만장한 검사 아닙니까. 아니 도대체 김원장은 생각이 있는 겁니까, 없는 겁니까? 검사 딸을 건드려서 좋을 게 뭐 있다고!"

"이사장님께서 머릿수 채우라고 하셔서 백화점에서 아무나 데려오다 보니 그런 실수가 있었던 것 같습니다. 하지만 우리가 연관 되었다고 생각할 수 있는 증거는 어디에도 없습니다. 걱정 마세요."

"지금 내일 내 행사 의논하기 위해서 모인 자리에서 이게 뭡니까. 그것보다 이번에 큰 프로젝트 건수가 있다면서요?"

"심사장, 들어나 봅시다."

"태민 건설이라고 회사 자체는 작지만 자산이 많은 회사가 하나 있습니다. 거기 태사장이 이번에 췌장암 말기 판정을 받았어요. 그래서 유언장을 작성했는데 모든 유산을 큰 아들에게 상속한다는 내용이었죠. 큰 아들은 7년 전, 행방불명되었다는 소문이 있는데, 다른 정보에 의하면 태민 건설 둘째 아들이 장난을 친 것 같습니다."

"장난이라면?"

"술에 마취제를 타서 잠들게 한 후에 여자가 피를 흘리고 침대에 누워 있고, 큰 아들이 피 묻은 칼을 손에 쥐고 있는 사진을 연출했죠. 그리고 큰 아들이 잠에서 깼을 때, 그 사진을 보여주며 뒤처리는 자신이 다 했지만, 들통 나는 것은 시간문제라며 외국으로 도피 시킨 거죠."

"자신이 살인을 했는지 안했는지 모른다는 게 말이 되나?"

"큰 아들이 유능한 경영인인데 술을 마시면 폭력이 심해지는 성향이 있었던 모양입니다. 평소에는 술을 안마시다 한 번 마시면 폭주를 하고, 그리고 전 날의 일은 전혀 기억을 하지 못하는 성향이 있었다는 군요. 그런데 태사장이 둘째 아들이 한 짓을 알아버렸죠. 재산을 큰아들이 모두 탕진하더라도 둘째 아들은 손 댈 수 없게 해버렸죠."

"그럼 큰 아들의 행방은?"

"벌써 파악했습니다. 완전히 폐인이 되어 있더라고요. 일단, 회사에 관련된 것은 법적인 절차가 복잡하니 빼더라도 자산만 100억이 넘습니다. 사기나 횡령은 둘째 아들이 워낙 눈치 빠르고 돈에 대해 아주 민감한 사람이라 어렵습니다. 그리고 지금 아버지에게 독기가 오른 상태라서 저희보다 먼저 손을 쓸 수 있습니다. 그래서 빠른 시일 내에 합법적으로 우리 것으로 만들어야 되는데, 저는 머리가 따라주지 않으니……."

초혜는 발자국 소리를 죽이며 수연의 어깨를 끌었다. 수연은 머뭇거리며 초혜의 뒤를 따랐다. 지하 통로를 통해 숲으로 난 길로 빠져 나온 초혜는 나무 뒤에 숨어 고양이 소리를 냈다. 뒤에서 혁수와 진혁이 그림자를 드러내 보였다. 넷은 숲에서 시내로 나가는 큰 도로 옆 나무 뒤에 숨었다. 잠시 후 자동차 불빛이 어두운 숲을 가로 질렀다. 진혁은 불빛에 놀라 뒤로 살짝 물러섰다. 이내 입을 틀어막으며 나지막이 비명을 질렀다.

"왜?"

"철조망 가시가 등을 찔렀어."

"조심해야지. 이곳 바닥도 조심해야 돼. 철조망 근처로 모두 함정이야. 압정도 쭉 깔려있고, 들고양이도 이쪽 길은 피해서 다니는 거 보면 더 한 것이 있을 수도 있어."

혁수의 말이 끝나기도 전 초혜는 살금살금 보육원 뒷마당을 살폈다. 역시 뒷문 주차장이 아닌 명상실 앞 공터에 차를 세우고 식재료를 내리고 있었다. 필요한 식재료를 다 내린 것인지 사내는 우직한 팔로 식재료를 들고 건물 안쪽으로 사라졌다. 초혜는 손을 들어 그들에게 오라는 신호를 하고 재빠르게 탑 차 안으로 숨어들었다. 수연이 초혜 뒤를 따르고 진혁과 혁수가 그 뒤를 따랐다. 모두 가방에서 겨울 점퍼를 꺼내 입고 식자재 박스 뒤에 몸을 숨겼다. 사내는 몇 번 박스를 들고 건물로 사라졌다 나오기를 반복하더니 허영자와 밖으로 나왔다. 허영자는 탑 차 가까이 다가오더니 미간을 찌푸렸다.

"물건 나를 때는 항상 문을 닫고 하시라고 말했잖아요!"

"아 또 열려 있었나요? 죄송합니다."

"안을 한 번 더 살펴 주세요!"

사내는 탑 차 안으로 들어와 박스를 들추며 살폈다. 모두 몸을 최대한 낮추고 있었지만 사내의 눈에 띄지 않을 리 없었다. 초혜와 사내의 눈이 마주쳤다. 초혜는 고개를 저었다. 사내는 귀찮다는 표정으로 차에서 내리더니 말없이 차 문을 닫았다. 밖의 소리가 차단되었다. 넷은 손을 마주잡고 기도하는 마음으로 고개를 숙였다. 그리고 간절히 빌었다. 다시 문이 열리지 않고 차가 출발하기를. 시간이 얼마나 지났을까. 꽤 많은 시간이 흘렀음에도 차는 출발하지 않았다. 누군가 차 몸통을 손으로 때리는 것인지 통하는 소리가 들리더니 운전석 문이 열리고 차가 덜컹이기 시작했다.

"출발한다는 신호였나 봐!"

"애들아 춥지? 그래도 영하 온도는 아니니까 견딜만하지?" 혁수는 초혜와 수연을 감싸고 그 위로 진혁이 그들을 감쌌다. 처음에 덜컹이던 차는 어느새 부드럽게 요란한 소리를 내며 달리고 있었다. 산길을 벗어나와 아스팔트로 진입을 한 모양이다. 그렇게 몇 시간을 달렸을 것 같았다. 긴장한 탓인지 졸음이 몰려왔다. 춥고 어두운 탑 차 안에서 의지할 수 있는 것은 네 사람의 체온뿐이었다. 한참을 달리던 차는 몇 번 쉬는 것 같더니 이내 움직이지 않았다. 초혜는 초조하게 문을 바라보고 있었다. 아직 알 수 없는 노릇이다. 중간에 마음이 바뀌어서 다시 보육원으로 돌아왔을 수도 있다. 다시 한 번 아이들의 손을 찾아 꼭 잡았다. 마음의 안정이 되지 않았다. 밖에서 요란한 웃음소리가 들려오더니 이내 탑 차의 문이 열렸다. 밖은 이미 밝은 아침을 맞이했고, 사내는 어제 표정과는 다르게 활짝 웃고 있었다.

"걱정하지 말고 내려와!"

초혜는 커졌던 동공이 작아질 때까지 기다렸다. 하얀 빛 사이로 사내의 형태만 보일 뿐 밖의 풍경은 아무것도 보이지 않았다. 그곳이 어디인지 가늠할 수 없었다. 서서히 밖의 풍경이 눈에 들어오기 시작했다. 시원한 파도소리가 들려왔다. 넷은 그때서야 조심스럽게 자리에서 일어나 차에서 내렸다. 따뜻한 기운이 그들을 감싸는 듯 온 몸에 퍼져 들었다. 초혜는 그때서야 사내의 얼굴을 살폈다. 혁수의 키가

185cm 지만 그거보다 더 크고 덩치는 혁수의 배가 넘는 것 같았다. 떡 벌어진 어깨와 팔 근육들이 그가 단순한 식재료 배달원이 아닌 것 같았다. 짙은 눈썹에 깊게 들어간 눈. 두툼하면서도 다부진 입술에 콧대도 시원스럽게 쭉 뻗어 내린 산등성이 같았다. 잘 생겼다라고는 할 수 없지만 멋진 얼굴이라고 이야기할 수 있을 것 같았다. 사내는 씩 웃으며 그들에게 다가왔다.

"춥지? 중간에 휴게소에서 따뜻한 거라도 넣어주고 싶었는데, 너희들이 없어진 걸 알고 내 차를 미행할까봐 그러지도 못했다."

"감사합니다. 그런데 여기는……."

"걱정하지 않아도 된다. 뭐 안전하다고는 할 수 없지만, 당분간 시간은 좀 벌었다고 생각하면 되지 않을까? 전남 고흥이다. 바닷가 마을이지. 너희들이 여기까지 하룻밤에 왔다고는 생각하지 못할 거야."

초혜는 난감한 표정을 감추지 못했다. 그다지 많은 현금을 준비하지 못한 상태였다. 여러 경로를 통해 다른 사람의 명의로 통장을 만들었고 그 안에 현금이 있었다. 물론 몇 년 동안 은행을 이용하지 않은 사람의 명의를 이용하기는 했지만 그렇다고 해도 며칠 안에 안전한 곳으로 옮겨야 하는 일이 아직 남아 있었다. 사내는 초혜의 표정을 살피더니 이내 방긋 웃었다.

"너희들이 탈출을 시도했을 때는 그만큼의 준비를 했을 테지? 계획에 어긋났다고 해서 실망할 필요는 없다. 새로운 준비를 할 시간은 충분하니까. 자! 춥고 배고플 텐데 밥부터 먹어야지?"

초혜는 방긋 웃어보였다. 사내는 식당이 아닌 어느 허름하고 다 쓰러져가는 바다가 보이는 작은 집에 그들을 데리고 들어갔다. 아무도 살지 않는 빈 집인 것 같았다. 넷은 봄날의 제비 새끼들이 먹이를 물고 오는 어미를 둥지 밖에서 기다리듯 나란히 마루에 앉았다. 사내는 아이들을 남겨두고 어디론가 사라졌고, 넷은 불안한 표정으로 서로를 마주보고 있었다.

"믿어도 될까?"

"일단 보육원으로 돌아가지는 않았잖아. 그것만으로도 믿을 수 있는 것 아닐까?"

초혜가 자리에서 일어났다. 쓰러져가는 작은 파란 슬레이트 지붕을 가진 집이었지만 눈에 보이는 풍경은 한 폭의 그림 같았다. 그녀의 발아래에 집들이 옹기종기 모여 있었다. 멀리 마을로 내려가는 사내의 뒷모습이 보였다. 누군가 그들을 찾아 온다해도 미리 볼 수 있는 위치였다. 마당은 그다지 넓지 않았지만 한 편에 수도가 있었다. 그 옆에 커다란 목련 나무가 있었고, 그 뒤로 흙담이 둘러져 있었다. 얼마 전까지 사람이 살았던 모양이다. 담장 아래에 자그만 꽃들이 옹기종이 모여 피어나고 있었다. 마을 입구에 그들이 타고 온 탑 차가 보였다. 마을로 들어오는 차들도 한 눈에 보였다. 도로 건너편에 넓게 펼쳐진 바다. 초혜는 바다의 푸른 물결을 가르며 서서히 들어오는 어선을 바라보고 있었다.

"고깃배가 들어온다. 정말 이 집 너무 신기하다. 저 바다는 무대가 되고, 우린 무대가 가장 잘 보이는 특석에서 세상을 내려다보고 있는 것 같아!"

"우리 예쁜 초혜가 이곳에 오니 시인이 되었어! 초혜야, 이리 와 오빠가 뽀뽀해 줄게!"

"혁수, 죽고 싶지?"

셋은 깔깔거리며 웃고 있었다. 수연은 초혜를 바라보았다. 방긋 웃는 모습은 자주 볼 수 있었지만 소리 내어 깔깔거리는 모습은 처음 보는 낯선 모습이었다. 혁수도 알아 본 모양이다. 짓궂은 농담을 하며 초혜에게 다가갔다. 그럴수록 초혜는 더 행복한 얼굴로 웃고 있었다. 수연은 조용히 마루에서 일어나 대문 앞에 섰다. 등에 멘 가방에서 토끼 인형을 꺼내 혜린이 그랬던 것처럼 가슴에 안았다. 순간 웃음은 사라지고 침묵이 흘렀다. 혁수는 진혁에게 눈짓을 했다. 진혁은 수연이 서 있는 대문에 서서 그녀의 손을 잡았다. 그녀는 진혁이 잡은 손을 슬그머니 빼더니 주머니에 넣었다.

"시간이 좀 더 필요하니? 진심이야. 난……."

"내가 괜찮지 않아. 그냥 친구로 있었으면 좋겠어."

"네가 원할 때까지 난 지금 이 상태에서 꼼짝하지 않을 거야. 네가 나를 싫어한다 해도 난 네 곁에 있을 테니까. 언제나 네가 손 내밀면 손잡을 수 있는 이만큼의 거리에서 너와 함께 할 거니까. 수연아. 안아주지 않아도 돼. 다만 밀어내지만 말아줘. 그게 내 소원이야. 더 이상 다가가지는 않을게. 밀어내지는 마."

수연은 초혜 곁으로 다가가 초혜 가슴에 얼굴을 묻었다. 초혜는 수연의 등을 토닥이며 침묵의 위로를 건넸다. 사내는 두 손에 무언가 잔뜩 들고 나타났다.

"예쁜 아가씨들 밥 할 줄 알아?"

"아니오. 한 번도 해본 적 없어요."

"그럼 넷 모두 와서 배워야지. 이제 살아가는 방법을 하나씩 터득해야 되잖아?"

사내는 커다란 손으로 자그만 함지박에 쌀을 넣더니 물에 담그고 휘휘 저어 물을 버렸다. 혁수가 사내 옆에 앉았다.

"아저씨라고 부르면 되요?"

"아니, 형이라고 불러라. 아직 장가도 안 갔는데 무슨 아저씨냐?"

"형이라고 하기엔 좀……."

"왜? 나이가 많아서? 그래 봐야 너희하고 띠동갑쯤 되려나?"

"설마요."

"이제 겨우 서른 갓 넘었으니 그냥 형이라고 불러라."

"히힛 그럼 형!"

"하하하하. 거 봐라 듣기 좋군. 제 작년엔가? 어떤 여자 아이가 내 탑 차에 올라탄 적이 있었다. 몸이 만신창이가 되어 있었어. 난 그냥 모른 척하고 수산시장으로 갔지. 그 보육원이 방송에서 떠들어 대는 것만큼 좋은 보육원이 아니라는 건 이미 알고 있었어. 정상적인 방법으로는 먹고 살길이 없어서 이 짓을 하고 있지만, 상품 가치가 없는 싸디 싼 식자재를 그렇게 큰 보육원에서 비밀리에 들여다 쓴다는 것은 정상적이지 못하다는 이야기거든. 여하튼 수산시장에 도착해서 후미진 곳에서 탑 차 문을 열고 여자 아이를 내렸는데, 뒤에서 누군가 둔기로 날 내려친 거야. 순간 기절했지. 내가 눈을 떴을 때는 병원이었어. 아이는 사라졌고."

잠시 말을 멈춘 사내는 전기밥솥의 버튼을 누른 후 담배를 꺼내 물었다. 깊게 담배연기를 빨아들이더니 이내 허공으로 연기를 내뱉으며 이야기를 계속했다.

"그런데 말이야. 그 아이 때문에 내가 식자재 비를 받지 못한 것은 뭐 그렇다 쳐. 한동안 그 보육원에서는 날 부르지 않았어. 그래서 유흥업소 쪽으로 파고들었지. 그리고 거기에서 그 아이를 봤어. 주방 뒤에서 룸살롱 주인에게 맞고 있더라고. 그 주인이 소리치는 내용이 천만 원도 안되는 싸구려 주제에 어디서 자존심 내세우는 거냐며 인정사정없이 발로 차더라고. 그 아이 그때 나이가 잘해야 19살, 20살 정도일 텐데. 그래서 내가 큰 실수 했다는 걸 깨달았어. 그리고 나름대로 그 보육원에 대해서 귀동냥 했는데, 잔인하다 못해 무자비한 곳이란 걸 알았지. 그래서 너희들처럼 무모한 짓을 하는 애들이 하나라도 있을지도 모른다는 생각을 했지. 그래서 부원장에게 사정했지. 근데 나처럼 싼값에 표시 나지 않은 식자재를 구할 곳이 없었나봐 의외로 쉽게 허락하더라고. 그래서 매일 차 문을 열고 누군가를 기다렸지. 내 실수로 한 아이의 인생이 엉망 되어버렸잖아? 아니지. 두 사람의 인생이 엉망 된 거군. 나를 포함해서. 하하하."

사내는 깊게 한숨을 내리 쉬었다. 초혜는 사내의 눈을 바라보았다. 깊은 후회가 보이는 그러나 절망하지 않은 눈이었다. 초혜는 서툰 솜씨로 오이를 가지런히 자르기 시작했다. 사내가 초혜를 툭 치며 손끝을 모으라는 시늉을 해 보였다. 초혜는 방긋 웃었다. 수연은 수돗가에서 야채를 씻으며 콧노래를 흥얼거렸다.

"근데 형, 이름은 안 알려주세요?"

"창피해서 못 알려주겠는데?"

"에이, 그런 게 어디 있어요."

"안창민"

"어? 나 초등학교 때 유명한 권투선수. 근데 마약······."

"이 녀석. 내 이름을 기억하네? 유명하다는 건 불편한 거야. 한 번 실수가 돌이킬 수 없는 인생의 무덤이 되기도 하거든. 그리고 여기에 있는 물건들은 될 수 있으면 깨끗이 써야 한다. 죽은 친구 녀석의 노모가 사시던 집인데, 노환으로 입원하셨거든. 근데 너희들 때문에 오늘 장사는 글렀구나.

미리 전화를 해 줘야겠다. 맞아 죽기는 싫거든. 아무래도 오늘은 좀 위험하니까 내일 아침까지는 너희들과 같이 있는 게 나을 것 같지? 네 녀석들 때문에 오늘 전국 일주를 했더니 피곤하구나. 수산 시장에 들러서 일부러 시간을 좀 끌고, 소래포구에서 대천으로, 대천에서 군산, 군산에서 목포, 목포에서 강진 그리고 이곳 고흥까지. 너희들은 몰랐겠지만 서해안 바다를 타고 전국일주를 한 셈이야. 한숨 잘 테니. 밥 다 되면 깨워라."

사내는 제집 안방을 들어가듯 방으로 들어가더니 이내 코를 골며 잠이 들었다. 초혜는 들떠 있었다. 소풍 나온 것 같았다. 처음 잡아보는 칼도, 칙칙거리며 공기를 빼고 있는 전기밥솥도 모두 신기하게 보였다. 처음 보는 풍경도 아니런만 숨 쉬는 것 하나까지 처음 경험하는 것 같았다. 자유였다.

나는 야누스 Janus

게임의 법칙

안가 모임에서 돌아온 신중환은 집으로 돌아가지 않고 경찰서로 들어왔다. 아직 불이 켜져 있는 강력반을 지나며 마음이 더욱 무거워졌다. 신중환은 엘리베이터를 타지 않고 계단을 걸어서 서장실로 올라갔다. 계단 하나를 오를 때마다 무게 중심이 가슴으로 쏠리는 것 같았다. 중요한 네 명의 아이들이 행복의 집에서 탈출했다. 심진국의 말로는 이번 프로젝트에 사용될 미끼라고 했다. 신중환은 서장실 문을 잠그고 책상 의자에 네 명의 사진을 차례차례 책상 위에 펼쳤다. 그들의 얼굴은 사진을 보고 있지 않아도 기억할 수 있었다. 그 중 총명해 보였던 여자아이. 보육원에서 가끔 마주칠 때는 그저 어리버리한 여학생으로 알고 있었다. 수줍음도 많고 말이 없고 자잘한 실수로 생활교사들의 눈치를 자주 받던 아이였다. 신중환은 의자에 몸을 의지한 채 눈을 감았다. 카랑카랑한 초혜의 목소리가 그의 귓전에 맴도는 것 같았다.

"경찰서장. 청소년 선도에 모범을 보이며 차후 경찰청장으로 유력한 자그만 지방의 경찰서장. 경찰청장의 표창을 받은 지 한 달 지났나요? 어때요? 경찰서장이 머문 숙소에서 여고생 시체 발견. 기사 제목으로 멋지죠?"

초혜의 손에는 과도가 들려 있었다. 두 손으로 칼 손잡이를 잡고 칼날을 정확하게 가슴 한 가운데에서 20센치 떨어진 상태에서 언제라도 찌를 수 있고 치명상이 될 수 있는 위치에 놓여 있었다. 질끈 묶은 머리는 이미 몇 차례 맞은 탓인지 몇 가닥이 그녀의 얼굴을 가렸다. 싸늘하고 냉기어린 시선으로 그를 바라보는 눈은 흔들림이 없었다. 밖에서는 안쪽에서 잠긴 문을 열기 위해 안간힘을 쓰는 소리가 들려왔다. 신중환은 핸드폰을 들었다. 나지막이 조용히 속삭였다.

"물러가 있어. 이곳은 호텔이야. 시끄러워서 좋을 일 없잖아. 내가 해결 할 테니. 모두 돌아가!"

밖의 소요가 조용해지자 중환은 옷을 갖춰 입었다. 하지만 초혜는 여전히 언제라도 자신의 가슴을 찌를 태세였다.

"위험해. 너에게 아무 짓도 하지 않을 테니 칼 내려라."

"당신도 알겠지만 보육원에 있는 애들은 그 누구도 안 믿어! 내가 지금 여기 있는 이유도 그제 당신을 찾아갔기 때문이잖아!"

"난…… 말하지 않았다. 믿지 않겠지만 너희를 감시하는 그들이 보고를 한 것이지 난 아무 말 하지 않았어."

"하지만 우리가 가져온 증거는 모두 소멸 시켰지. 어렵게 훔쳐 온 동영상도, 장부도, 사진도 모두 다시 돌려줬잖아!"

"네가 원하는 게 뭔데? 내가 해 줄 수 있는 것은 지금 이 자리에서 너를 조용히 돌려보내는 것 말고는 아무런 힘도 없단다."

"오늘 이곳에서 자고, 내일 아침 저를 직접 보육원으로 데려다 주세요."

"다른 곳으로 도망치는 게 아니고?"

"도망갔다가 잡혀온 언니들이 어떻게 되었는지 잘 알죠. 반송장이 되어서 돌아오거나, 거의 반미치광이가 되어 돌아오기도 하죠. 전 제 인생을 그렇게 버리진 않아요!"

"여기서 무사히 돌아간다 해도, 다시 이런 상황이 될 텐데? 아니면 더 험악해지거나."

"부원장한테 한마디만 해줘요. 당신이 소유하고 싶다고."

"그…… 그건."

"단 한 번도 그런 말 한 적 없으니 들어 줄 테죠. 그리고 한 달에 한 번 저를 불러서 몇 시간 같이 있다 보내면 되요."

신중환은 당돌하기도 하고 당찬 아이의 말을 그대로 들어 주었다. 보상 심리 같은 것이었다. 힘으로 초혜를 제압할 수도 있었다. 그러나 싸늘한 눈빛은 그의 심장이 얼어붙는 듯 숨을 쉴 수 없는 강렬한 힘을 가지고 있었다. 그녀가 입술을 움직일 때마다. '난 너의 비밀을 다 알고 있어. 날 건들면 같이 죽는 거야'라고 이야기 하는 것 같았다. 중환은 침대에 누워 있었다. 초혜는 미동도 하지 않은 채 의자에 앉아 손에 과도를 꼭 쥐고 중환을 바라보았다. 긴장을 풀어도 된다, 너의 말은 다 들어줄 테다 아무리 말을 해도 믿지 않았다. 중환은 가슴이 싸하게 아파오는 것을 느꼈다.

'껍데기만 경찰. 가장 어둡고 음침한 곳. 그곳의 가장 밑바닥에 내가 존재한다는 것 자체를 나 자신도 용납할 수 없는데, 너희들이 보는 나는 오죽할까.'

아침이 밝을 때까지 신중환도 초혜도 단 한순간도 잠들 수 없었다. 중환은 다음날 초혜가 말한 그대로 모든 것을 들어주었다. 부원장은 당황한 눈치를 보였지만 기분 좋은 눈빛으로 대답했다. 그리고 매달 셋째 주 토요일에 초혜를 불렀다. 처음에는 단 한마디도 하지 않고 그녀는 의자에 앉아 있다가 돌아가곤 했다. 그가 준비해 놓은 음식은 물 한 모금 마시지 않았다.

중환은 의자에서 몸을 일으켜 세우며 사진을 모두 서랍에 쳐 넣었다. 이들을 찾을 이유는 그에게 없었다. 아니 네 명의 아이들이 어디선가 조용히 살아갈 수 있으면 그것으로 만족할 수 있었다. 신중환은 서랍 안에 있는 통장을 꺼냈다. 매달 들어오는 상납금. 단 한 푼도 쓰지 않았다. 프로젝트 하나가 실행 될 때마다 들어오는 적게는 몇 백에서 많게는 억 대로 들어오는 돈도 그 통장에 고스란히 들어 있다. 안가 모임에서 허영자는 중환을 무시하듯 퉁명스럽게 몇 마디 건넸다.

"서장님 통장은 입금은 있는데 출금은 없죠?"

"아, 네. 정년퇴임 하면 어느 한적한 곳에서 노후를 보내려고……."

"그러기엔 너무 큰 액수 아닐까요?"

"마땅히 쓸 곳도 없어서."

"그렇게 돈을 아껴서 어디 경찰청장님 되시겠습니까? 로비라도 하셔야지요. 그 자금은 세탁이 되어서 서장님께 들어가고 있습니다만, 개인 자금은 아니지요. 저희 모임을 위해서라면 경찰청장님이 되셔야지요. 그건 서장님을 위한 게 아니라 우리 모임을 위한 것이지요. 박달중 의원님께서 당당하게 국회의원이 되셨잖아요? 머지않아 당 대표가 되고, 대선을 꿈꾸는 것 또한 개인을 위한 것은 아니지요!"

협박이었다. 어디서부터 꼬이기 시작했는지 아득하다. 공소시효가 끝났다 하더라도 더 이상 빠져 나올 수 있는 길은 없었다. 그들과 너무 깊숙이 엮여 있었다. 매듭의 실마리는 어디에 있는지 알지만 풀 수도 없다. 풀어도, 풀어도 엮여 있는 매듭이었다. 중환은 내선 전화를 들었다.

"이 형사 오늘 야간 근무인가? 사무실에 있으면 내 방으로 좀 보내지."

잠시 후, 형사 하나가 헐레벌떡 들어왔다. 신중환은 책상 위에 내 놓은 사진 네 장을 그에게 건넸다.

"보육원에서 금품을 훔쳐서 달아난 아이들이야. 그 피해 액이 5백만 원이 넘는다는 군."

"어린 것들이 통도 크네요? 보육원에서는 무슨 돈을 그리 많이 가지고 있었답니까?"

"어제 후원행사 있었잖아. 후원금을 원장 책상에 올려놓 고 임원들과 인사 하는 사이에 훔쳐 달아 난 모양이야. 수 배 때리고 보육원에서부터 동선 좀 찾아봐. 그리고 이건 수 고비."

이 형사는 씽긋 웃으며 봉투를 안쪽 주머니에 넣었다. 눈 가리고 아웅이다. 이 형사도 알고 있다. 그들은 범죄자가 아 니라 단순히 보육원에서 탈출했다는 것을. 하지만 서로 알 면서 이런 대화를 나눈다는 것이 신중환은 마뜩찮았다. 이 형사가 밖으로 나가자 신중환은 머리를 감싸 쥐었다. 자유 롭지 않다. 이 상황을 벗어나고 싶어 몸부림쳤지만 벗어나 려 할수록 점점 옥죄어 오는 것이 느껴졌다. 초혜가 탈출하 기 며칠 전 마지막으로 남긴 말이 있었다. 그때 대충 그 아 이들이 탈출을 계획하고 있다는 것을 짐작했지만 침묵했다.

"게임에서 이기는 방법은 정도(正道)에요."

초혜는 몇 번인가 게임이야기를 했다. 어떤 영화 이야기 도 했었고, 중얼거리듯 잘 기억해 보면 어디서부터 게임이

116

시작 됐는지 알 수 있는데 하며 피식 웃었다. 초혜는 그가 사준 물건 중에 유일하게 노트북만 가지고 갔다. 그를 만나러 오는 날, 중환이 사무실에서 들고 와야 했다. 보육원에서는 소유할 수 없는 물건 중에 하나가 핸드폰과 노트북이었다. 하지만 며칠 전 초혜는 노트북을 가져가면 안 되냐고 물었다. 그때 알 수 있었다. 그녀가 탈출을 꿈꾸고 있다는 것을. 중환은 초혜가 매번 그러듯 중얼거렸다.

"게임의 시작이라. 이사장과 처음 엮였던 때. 사고? 아닌데…… 그 전에 술자리였던가?"

중환은 가로등만 듬성듬성 켜 있는 거리를 바라보았다. 시간이 아침으로 향하고 있었기에 거리의 차들도 거의 지나지 않는 한산한 시각이었다.

강력반 형사 시절. 중학교 다니는 아들 녀석이 가출한 사건이 발생했다. 그때 마침 성진학원재단 이사장에 대한 무성한 소문이 나돌던 때라 경찰에서도 비밀리에 수사명령이 내려왔다. 중환은 사명감에 종횡무진 휩쓸고 다녔다. 같은 형사들도 혀를 내두를 정도였다. 자식 같은 아이들을 상대로 인신매매와 성폭행을 한다는 소문은 모두 들었던 터였다. 정의감에 사로잡혀 있었다. 형사는 그에게 있어 천직이었다. 아이들에게 가장 훌륭한 아빠의 모습을 보여줄 수 있었고, 유년의 꿈을 이룬 셈이었다. 서장이나 청장 따위는 그에게 별다른 의미가 없었다. 강력반 형사면 그만이었다.

아들을 찾아 서울을 오가며 유흥가 거리를 돌았지만 찾을 수 없었다. 학교에서 모범생이었던 아들이 가출이라는 것을 믿을 수 없을 뿐만 아니라 유괴라고 생각할 수밖에 없었다. 그러나 어떤 협박 전화도 오지 않았고, 가끔 걱정하지 말라는 전화가 왔었다. 위치는 말하지 않았다. 틀림없는 가출인데, 아들이 가출할 이유는 아무리 찾아도 찾을 수 없었다.

그때도 지금처럼 뿌옇게 아침이 밝아오는 시간이었다. 서울 유흥가를 돌며 수소문하다 출소해서 작은 선술집을 운영하고 있는 일명 진돗개를 만났다. 한 번 목표를 삼은 사람은 자신의 몸이 두 동강 나더라도 절대 놓치지 않는 성격에서 비롯한 별명이었다. 한동안 잠적 했다는 말도 들렸던 진돗개가 포장마차 골목을 벗어난 한적한 거리에서 자그만 술집을 차린 것이다.

"신형사님한테는 술값 받지 않을 테니 한 잔 하고 가세요. 제가 마음잡고 사는 것이 모두 신형사님 덕 아니겠습니까?"

그가 권하는 술을 마다할 수 없었다. 혹시나 하는 마음에 아들의 사진을 꺼내 확인을 시켰지만 그 근처에서 본 적이 없다했다. 중환을 꼭 빼닮은 아들을 못 알아볼 리 없다는 말도 덧붙였다. 진돗개와 이야기를 나누며 한 잔 한다는 것이 소주 한 병을 거뜬히 비웠다. 술도 깰 겸 거리에 쓰러진 취객들을 깨워 돌려보내고, 떠도는 아이들을 확인하며 30여분이 지났을 때 집에서 전화가 왔다.

"아이가 들어왔는데 이상해요. 말도하지 못하고 바르르 떨고만 있어요. 못 볼 것을 본 것인지 당신이 빨리 와야 할 것 같아요."

아내의 전화를 받은 중환은 급한 마음에 술을 마셨음에도 운전석에 앉았다. 가속페달을 밟았다. 한산한 새벽 거리에 차도 없었고, 사람은 거의 찾아보기 힘들 정도였다. 술집 거리에서 술에 취해 쓰러져 자는 이들이 간간히 보일 뿐이었다. 아들은 그의 꿈이자 희망이었다. 자신은 강력반 형사에서 만족하지만 아들은 법관을 꿈꾸는 모범생. 딸은 그의 모습을 존경하고 있기에 경찰관이 되는 것이 꿈이었다. 평범하면서도 행복한 가정. 톱니바퀴 하나가 빠지면 모든 것이 일그러질 수밖에 없는 노릇이다. 위태한 행복은 그의 삶에는 없었다. 어느 정도 가속이 붙었을 때였다. 무엇인가 그의 차를 향해 날아오더니 다시 하늘로 붕 떠서 바닥에 툭 떨어졌다. 급브레이크를 밟았지만 이미 늦었다. 중환은 망설였다. 운전석에서 내릴 수 없었다. 운전대를 잡고 고개를 쳐박았다. 호흡할 때마다 술 냄새가 느껴졌다. 누군가 그의 창문을 두들겼다. 진돗개였다. 그때서야 중환은 운전석 문을 열고 밖으로 나올 수 있었다.

"죽었어요. 신형사님. 어쩌죠?"

"신고해야지. 교통사고 신고……."

"신형사님 음주운전이세요. 면허취소는 물론이고 사망사고라 옷 벗어야 되는 거 아닙니까?"

"…… 그래도 해야지."

"신형사님, 피하세요. 일단 제가 아이들 좀 불러다가 뒷수습할 테니 신형사님 음주운전만 피해가야해요. 제 책임도 있으니."

중환은 숨이 답답해지는 것을 느꼈다. 태극기가 걸려있는 벽을 맨주먹으로 내리쳤다. 초혜가 말하는 게임의 시작을 찾았다. 사고를 당한 여학생은 행복의 집에서 가출한 여학생이었다. 그리고 다시 진돗개를 만난 것은 몇 년 뒤, 행복의 집 비밀 안가에서였다.

'그때부터 게임은 시작된 것이었어. 그 뒤로 진상재단 수사는 흐지부지 되어 버리고, 난 그들과 함께 엮였지. 허영자의 게임이라. 그렇다면 그곳에 있는 모든 이가 허영자의 게임 대상이라는 이야기군. 정도라고 했던가? 바른 길. 그렇군. 그때 원리원칙대로 정당한 처벌을 받았다면 한 번의 실수로 끝날 일이었지."

멀리 빌딩 숲 사이로 해가 떠오르고 있었다. 붉게 물든 아침 하늘은 그의 끓고 있는 분노와 같았다. 확실하게 붉은색도 아니고, 그렇다고 하얀색도 아닌, 그들의 혼합색. 그리고 잿빛이 엉켜있는 이도저도 아닌 다만 붉은 빛이 더 많이 감돌고 있는 분노. 허영자의 손에는 그 동안의 모든 사건들이 모두 있을 터였다. 빠져 나올 수 없는 깊은 수렁이 그의 목 부분까지 차 있다는 것을 이제 알았다.

"마지막 조언이에요. 현재 서장님의 정도(正道)는 검사로 임명받은 아드님의 인생까지 함께 포함되어 있어요. 가장 피해를 줄일 수 있는 방법은 아들이 아버지를 심판하는 방법이에요. 아들은 동정표 더하기 정의로운 검사로 남을 수 있으니까. 다만 아버지의 권위는 없겠죠?"

그렇게 초혜는 사라졌다. 19살의 당돌하지만 현명한 아이. 중환은 민초혜의 신상명세를 찾기 시작했다. 학교 서버를 접속한 후, 생활기록부를 살폈다. 부모는 미상이었고, 특별한 이력은 없었다. 컴퓨터를 닫으려던 중환은 초등학교 아이큐검사 결과를 뚫어지게 바라보았다. 그리고 조용히 컴퓨터 전원을 껐다. 의자에 몸을 의지한 채 잠시 잠들고 싶었지만 머리 위에서 째깍이는 초침소리는 그의 의식 속에서 째깍이고 있었다. 심장을 갉아먹는 초침이었다. 아침 9시가 되자 중환은 수화기를 들었다. 몇 마디 건네고 수화기를 내려놓았다.

핸드폰이 몇 번 울리더니 이내 조용해졌다. 행복의 집은 그가 들어갈 수 없는 금지구역이었다. 아무것도 없는 심증만으로 수색영장을 신청했지만 받아들어지지 않았다. 무모한 도전이긴 했다. 아무것도 없는 심증만으로 영장신청을 했다. 부장 검사에게 심한 욕설은 기본이었고, 시말서를 쓰라는 명령을 받았다. 이제 아이가 살아 있다는 희망은 없었다. 벌써 한 달이 지났고, 수사는 보육원 앞에서 더 이상 발걸음을 옮길 수 없었다. 절망이었다.

"검사님, 무엇인가 방법이 있을 것 같아요. 방법이……."

"어떤 방법? 범인의 차량은 찍혔지만, 보육원으로 들어갔다는 확실한 증거도 없고. 아이는 사라졌지만 보육원에 있을 가능성을 증명하는 그 무엇도 없고. 살았는지 죽었는지, 누군가 전화를 해서 알려주는 사람도 없고……. 도대체 무슨 방법?"

다시 전화벨이 울렸다. 마성진은 귀찮은 듯 핸드폰을 받았다.

"마성진입니다. 말씀하세요"

아무 말이 없었다. 성진은 말없이 조용히 듣고 있었다. 혹시나 싶은 마음에서였다.

"저……. 혜린이 봤어요."

성진은 무기력하게 앉아 있던 의자에서 벌떡 일어났다. 핸드폰으로 전화번호를 확인하고, 볼펜으로 전화번호를 적었다. 김형사도 전화 목소리에 귀 기울였다.

"행복의 집. 지하에 비밀 통로가 있어요. 그 지하에 창고 비슷한 공간이 몇 개 있는데요. 거기에서 혜린이 죽었어요. 데니라는 토끼 인형을 안고 있었고, 머리핀의 장식이 유리가 아니라 정말 보석이었어요. 머리 묶는 고무줄에 달린 방울도……."

"죽……. 죽었다고? 그럼 아이는 어디에 있지?"

"행복의 집 정문이 아닌 숲길로 난 길이 있어요. 정문으로

122

들어오는 길이 아니라, 진상대학교 경영대학 후문 쪽 도로에서 숲으로 들어가는 논길이 있어요. 그 길을 쭉 타고 들어가시면 문이 하나 나와요. 그 문을 통해 들어간 후, 보육원 안으로 들어가지 않고 벽을 타고 오른쪽으로 돌다보면 주차장이 보이는 쯤에 아주 큰 소나무 하나가 있고 그 소나무 뒤로 돌면 작은 동굴 입구가 있는데 그 안에 버려졌어요."

"지금 전화한 너는 누구지?"

"혜린이가 죽던 날 밤. 그 밀실에 함께 갇혀 있었어요. 지금 말할 수 있는 건 그것 밖에 없어요. 혜린이를 엄마, 아빠 곁으로 보내주고 싶어서……."

전화는 끊어졌다. 성진은 김형사 얼굴을 빤히 바라보고 있었다. 만약 보육원 안에서 전화를 했다면 지역번호가 이 번호는 아니었다.

"061이면 전남인데요?"

"혹시 가령시 경찰서에 행복의 집에 관련된 신고가 있는지 한 번 찾아봐줘. 아니 우선 행복의 집부터 가야하나? 뭘 해야 하지?"

"검사님, 자 일단 물 한 잔 드시면서 기다려 보세요. 지금 급한 건 지금 걸려온 전화를 믿을 수 있느냐가 중요하겠죠?"

김형사는 사무실 밖으로 나가 본청으로 돌아가는 듯 했다. 검찰청에서도 할 수 있는 일이지만 김형사는 아주 작은 것 하나에도 실수하는 법이 없었다. 30분쯤 지났을 때 김형사

는 헐레벌떡 뛰어 들어왔다. 성진은 여전히 안절부절 자리
에 앉지 못하는 상태였다.

"절도범으로 4명이 수배 내려졌는데요? 행복의 집 후원금
으로 들어온 5백만 원을 훔쳐서 달아났답니다."

"절도범?"

"탈출한 아이들을 합법적으로 잡기 위한 올가미 아닐까
요?"

"그렇겠지? 일단 행복의 집으로 들어갈 수 있는 방법을
찾아봐야 할 것 같아. 아니면 그 자그만 동굴이라도 찾을
수 있는 방법 말이야."

"정상적인 방법을 찾을 수 없다면 약간의 편법을 이용하
거나, 아니면 몰래……."

"주변으로 가보자고. 아이가 죽었다면 시신을 찾는 것이
중요해! 그 인근에서 찾았다면 뭔가 엮을 방법이 있지 않을
까?"

성진은 외투를 들고 밖으로 달렸다. 김형사는 느긋하게
주변 사람들에게 인사를 하며 거드름을 피웠다. 성진은 못
마땅하다는 표정으로 엘리베이터를 누른 상태로 김형사를
기다렸다. 김형사는 히죽거리며 성진과 나란히 섰다.

"서두르다 실수 하시는 거예요. 일단 마음부터 진정시키
세요."

성진은 길게 숨을 들이마시더니 내뱉었다. 지금 흥분할 상황

이 아님은 틀림없었다. 혜린이 사라지고 한 달. 모든 것이 변했다. 깔끔하고 정갈했던 그의 모습이 변했고, 그의 생활이 변했고, 웃음이 사라졌다. 그리고 지금은 죽은 딸아이를 확인하러 가는 길이다. 찾은 것이 아니라 확인하러 가는 길. 그 확인마저도 불투명한.

차에 오른 마성진은 조수석에 앉아 조용히 눈을 감았다. 김형사는 안주머니에서 몇 장의 인쇄물을 건넸다. 성진은 김형사를 유심히 바라봤다.

"제 얼굴에 뭐 묻었습니까?"

"내가 김형사를 얼마나 믿을 수 있지?"

"믿고 싶은 만큼 믿어 보세요. 전 벌써 검사님께 5년 전에 목숨 맡겼잖습니까. 기억 안 나세요? 제가 칼에 맞아 죽을 수도 있었던 사건. 그 자식 연쇄 살인범으로 종신형 받았잖아요. 그때 검사님의 사격 실력 아니었으면 저 바로 저 세상으로 간 놈입니다."

"만약 내가 검사 옷을 벗고 이 수사에만 전념한다면 도와줄 수 있나?"

"뭘 묻습니까? 제가 자처해서 마검사님 옆에서 보호자로 따라 다니는 걸 보면서도 참 의심도 많으십니다."

"김형사, 나 지금 진지하게 묻는 중이야!"

"저도 진지하게 대답 중입니다! 그리고 웬만하면 옷은 벗지 마십시오. 공소시효가 얼마 남지 않은 궁금한 사건을 하나 캐고 있습니다만 제 수준에서는 도저히 풀리지 않는 수수

께끼 같은 사건을 검사님께 부탁할 생각이었거든요."

성진은 그때서야 김형사가 건넨 인쇄물을 펼쳤다. 수배가 내려진 4명의 아이들에 관한 정보였다. 그 중 진수연이라는 이름에 밑줄이 그어진 것을 발견할 수 있었다. 성진은 꼼꼼하게 아이들에 대한 정보를 읽어 내려갔다. 주민등록증은 발부되었지만 아직 법적 미성년자였기에 특이할만한 기록은 없었다. 4명 모두 무단횡단 같은 경범죄 하나도 존재하지 않았다. 성진대학교 경영대학 후문쯤 도착했을 때였다. 성진의 핸드폰이 다시 울렸다.

"저희 4명의 기록은 벌써 확인하셨을 테고, 지금쯤 행복의 집으로 가시는 중이겠네요?"

"넌 누구지?"

"민초혜. 혜린이와 같이 있었던 사람은 진수연. 저도 그 아이를 봤습니다. 살아 있을 때였죠. 그건 나중에 전해드릴 말씀이고. 지금 행복의 집에 가신다 해도 아무것도 찾을 수 없을 겁니다. 아니, 찾는다 해도 오히려 검사님만 다칠 가능성이 더 많습니다. 이미 게임은 시작 됐으니까요."

"게임이라고?"

"행복의 집은 단순하게 이사장과 원장 부원장만 연결 되어 있는 것이 아니에요. 경찰서장, 국회의원, 경찰청장, 시장, 부시장, 청와대 비서실까지 모두 연결되어 있어요. 뭐 조직폭력배는 기본이겠죠? 엄청난 자금으로 권력을 행사할 만한 사람들은 모두 포섭이 되어 있죠. 그들 말대로 일개 검사

나부랭이가 건들 수 있는 사람들은 아니라는 거죠."

"넌 이 모든 사실을 어떻게 알고 있는 거지?"

"허영자 부원장이 집에서 사용하는 컴퓨터, 사무실에서 사용하는 노트북 안에 모든 자료들이 있어요. 지금은 그게 중요한 것이 아니고, 아마 무기력만 안고 집으로 돌아가게 될 거에요. 그리고 죄책감에 시달리다 자신의 인생을 포기할 수도 있겠죠? 허영자의 게임 법칙이 그래요. 답은 정면 돌파. 하지만 그 방법은 검사님의 모든 것을 내려놓으라는 이야기죠. 아이의 시신은 확인할 수 있지만, 그 뒤에는 아무 것도 할 수 없게 되죠. 허영자의 1라운드 시나리오가 그래요."

성진은 차를 세우라는 신호를 김형사에게 보냈다. 논 길 한 가운데 세워진 차는 한동안 그렇게 미동도 하지 않았다. 30분 쯤 지났다. 차는 서서히 미끄러지듯 후진을 했고, 이내 오던 길을 돌아갔다. 성진과 김형사는 사무실이 아닌 성진의 집에 있었다. 게임이라는 단어에 자신이 심한 집착을 보이는 것을 깨닫고 있는 중이었다. 성진은 거실을 오가며 깊은 생각에 빠졌다. 김형사는 성진의 눈치를 보며 종이에 ᄒᆞ시 열심히 적고 있었다. 그리고 벌떡 일어나 켜져 있는 불은 모두 끄고 ᄋᆞ있던 커튼을 살짝만 남기고 닫았다. 건너편 아파트 옥상이나 어느 ᄉ ᄇ된 베란다에서 성진의 집을 누군가가 지켜보고 있을지도 모른다는 생각이 들었다.

"뭐 하는 거야?"

"게임이라면 누군가 검사님을 지켜보고 있을 거라는 이야기죠. 컴퓨터 게임을 하는데 모니터를 보지 않고 게임할 수 있어요? 없죠?"

"허영자는 지능형 사이코패스?"

"아마도 그런 것 같아요. 부원장이라는 직함 때문에 우리가 놓치고 있었던 부분이죠? 하긴 뭐 조사했던 원장도 깨끗하긴 했어요. 의문점이 있긴 했지만."

"허영자에 대해 아는 것이 없으니 섣불리 행동할 수 없다는 이야기군."

"힌트는 있는 것 같은데요? 그 게임을 모두 알면서도 탈출에 성공한 아이들이 있잖아요. 그 중 민초혜라는 아이가 보통은 아닌 것 같아요. 게임의 내용을 파악하는 것도 그렇고, 대처하는 방법도 그렇고 허영자를 능가하는 지능을 가진 것 아닐까요?"

"그건 만나 본 후에 판단해도 늦지 않을 것 같은데? 아니면 제 2라운드 시나리오 일 수도 있지 않나?"

"관건은 그 아이들을 어떻게 만날 수 있느냐가 되네요? 위치는 알고 있지만 함부로 움직일 수 없다는 것. 이게 문제네요."

이빨 빠진 톱니바퀴에
걸린 인연의 고리

　한적하다 못해 스산한 어촌 마을. 성진은 언덕을 오르며
이런 곳에서 노년을 보내는 것도 나쁘지 않을 것 같다는 생
각이 들었다. 아이들은 드문드문 보이지만 도시의 아이들
과는 달리 얼굴에 웃음이 가득 담겨 있었다. 아이들의 노랫
소리가 언덕의 가장 높은 곳에 위치한 그들이 있는 집 가까
이 오를 때까지 들려오는 듯했다. 멀리서 뱃고동 소리가 들
려왔다. 저녁 무렵이 다 되어서 귀항하는 배인 것 같다. 대
문을 들어서기 전 성진은 먼 바다까지 내다보이는 풍경을
바라보고 섰다. 그가 타고 온 차가 마을 입구에 세워진 것
이 한 눈에 보였다. 비릿한 바다냄새에 역한 냄새가 섞여
있는 것 같았다. 생각에 잠겨 있느라 느끼지 못했던 썩은
냄새였다. 여름이 점점 가까워지고 있는 탓이리라. 성진은
대문 앞에 서서 안을 들여다보았다. 대문은 열려 있었고, 아

이들은 마루에 나란히 앉아 있었다. 성진은 애써 웃으며 마당으로 들어섰다.

"너희가 맞지?"

"이미 얼굴 다 알고 계시잖아요!"

수연은 성진을 보자 눈물부터 글썽거렸다. 성진은 수연이 안고 있는 인형에 시선을 고정시켰다. 그때서야 수연은 토끼인형을 성진에게 내밀었다. 그는 토끼 인형을 보는 것만으로도 호흡이 정지되는 고통을 느꼈다. 숨을 깊게 들이 쉬었다. 진정하기 위해서였다. 그러나 쉼 없이 그의 눈에서는 소리 없는 절규가 흐르고 있었다. 성진은 수연의 어깨를 감싸고 그녀의 얼굴을 바라보았다. 울고 있었다. 성진과 똑같이 소리 없는 외침을 흘리고 있었다.

"아이가 숨 쉬는 게 이상했어요. 색색 소리가 나기도 하고 가릉가릉하며 가래가 끓는 것 같은 소리가 나기도 했어요. 그러더니 가슴을 움켜쥐고 마지막 힘을 다해 인형을 내밀었어요. 엄마라는 말과 함께. 그리고 숨을 쉬지 않았어요."

"…… 그날 날짜를 기억하니?"

옆에 있던 초혜가 중얼거렸다.

"4월 21일 새벽 2시에서 4시 사이."

"그곳은 너무 어두워서 낮인지 밤인지 구분할 수 없었어요. 그래서 날짜도 알 수 없고요. 하지만 친구들이 모두가 잠든 새벽에 내려왔었거든요. 아이가 죽던 날까지. 그 다음은 부원장이 퇴근을 하지 않았어요. 내려올 수 없었죠."

성진은 하늘을 올려다보았다. 연희보다 먼저 숨을 거두었다. 사라진지 3일 만에 아이는 힘없이 그렇게 떠나고, 엄마를 찾아 간 것이라는 생각이 들었다. 한동안 모두 말을 이어가지 못했다. 그저 훌쩍이고 멍하니 하늘만 쳐다볼 뿐이었다. 성진은 인형을 수연에게 내밀었다.

"혜린이를 기억해 줄만한 엄마가 없어. 이미 데려가 버렸거든."

"그럼?"

"혜린이 천식은 제 엄마의 유전이었어. 아주 극심한 천식을 앓고 있었거든. 혜린이가 사라지자 극심한 스트레스와 아이를 찾기 위해 명동거리를 헤매다 쓰러져 그대로 떠났어. 수연이가 혜린을 기억해 주면 좋겠다. 마지막을 함께 했잖아. 자 이제 우리들의 이야기를 해볼까?"

성진은 목소리를 가다듬고 그들의 어깨를 토닥거렸다. 초혜는 마루에 노트북을 펼쳤다.

"인터넷이 되지 않아서 상세하게 설명은 할 수 없지만, 일단 커다란 계획은 모두 만들었어요. 다만, 준비가 좀 필요하죠."

"자금도 물론 필요하겠지?"

"처음에만 조금 필요해요. 시간이 지나면 충분한 자금이 들어오거든요. 그리고 자신도 모르게 재벌이 될 수 있는 마음여린 순한 양 한 마리도 여기 있고!"

131

그들의 이야기는 밤이 새도록 끊이지 않았다. 가로등도 수명을 다했는지 눈을 깜박이고, 골목을 지키고 있던 혁수도 머리를 꾸벅였다. 진혁은 언제부터인가 벽에 기대 잠이 들었고, 수연은 토끼인형을 꼭 안고 초혜의 무릎을 베고 잠들었다. 깨어 있는 것은 성진과 초혜뿐이었다. 초혜는 일어나서 기지개를 폈다. 그리고 골목에 앉아서 졸고 있는 혁수에게 다가갔다.

"들어가서 자."

"이야기 다 끝났어?"

"응."

"근데 정말 우리 헤어지는 거야? 얼마나?"

"시간은 너에게 달린 것 같은데?"

"최대한 빨리 네 곁으로 가겠어!"

"지금은 어서 들어가 잠이나 자!"

성진은 마루에 앉아 담배를 꺼내 들었다. 초혜에게 담배를 내밀었지만 그녀는 고개를 저었다. 시원하게 불어오는 바닷바람에 성진은 크게 숨을 내리쉬었다. 답답함이 조금은 풀리는 것 같았다. 그러나 그가 결정해야 하는 것은 한두 가지가 아니었다. 아니 이 아이들을 데리고 그 엄청난 일을 해 낼 수 있을지 엄두가 나지 않았다. 성진은 옆에 서 있는 초혜를 바라보았다. 금방까지 커다란 눈을 초롱이며 섬뜩하리만큼 예리했던 표정은 사라지고 그저 평범하고 귀여운 19살 소녀로 돌아와 있었다.

"학교는 어떻게 할 거지?"

"편법은 사용하지 않아요. 모든 것이 마무리 되면 우리 넷 모두 검정고시 준비하기로 했어요."

"정도(正道)라고 했나? 절대 편법, 불법적인 행동을 하지 않고 합법적인 것만 해야 한다는 이야기군."

"가끔 법망에 걸리지 않는 정도의 편법은 필요할 걸요? 그리고 불법적인 행동을 하더라도 절대 누구인지 들키지 않으면 되는 거고. 뭐 사기 칠 때, 내가 사기 치는 거야 광고 하지는 않잖아요?"

"정도이기는 하나 가끔 샛길은 필요하다? 다만 걸리지만 마라?"

"어른들 사이에 그런 것 있잖아요. 지하경제라는 것. 분명 불법적인 경제활동이기는 하지만, 지하경제가 사라지면 모든 경제가 정지되는 필요 악! 하지만 진성재단의 악은 도를 넘어선 악이죠. 필요악이 아니라."

"법칙 몇 가지를 정하면 되겠군. 절대 하지 말아야 할 것과 꼭 지켜야 할 것."

"그건 이미 정해져 있어요. 아이들은 모두 숙지하고 있고."

"그런데 이것 때문에 너희들의 인생이 흔들리거나 바뀌는 것은 원하지 않아. 내 일생을 바쳐서라도 그들의 비리를 파헤치는데 전념할 수 있다. 그러니 너희들은 그냥, 너희들 인생을 살아가는 것이 좋을 것도 같은데?"

"그들이 존재하는 한, 저희는 자유롭지 못해요. 이 세상에서 사라질 때까지. 매일 불안 속에 살겠죠? 그렇다면 저희가 탈출한 의미도 없고요."

"…… 복수란 가장 어리석은 인생의 낭비라고 생각한다."

"생각이 바뀌면 편해요. 복수가 아니라, 내가 가장 열망하는 것 한 가지를 배우고, 그것을 사회 정의를 위해 봉사한다고 생각하면 쉽죠? 모든 일이 끝나면 저희는 배웠던 것들을 평범한 삶을 살아가는데 사용할 수 있겠죠!"

성진은 자리에서 일어나 바다가 보이는 마당으로 걸었다. 평범함과 특별함의 기준은 자신의 마음속에 존재하는 것. 그들이 원하는 평범함이란 지금 성진이 생각하는 평범함이 아닐지도 모른다는 생각이 들었다. 배불리 먹고 여유 있는 경제생활을 할 수 있는 평범함이 아닌, 배고픔을 참으면서도 자유를 누릴 수 있고, 마음껏 웃을 수 있는 인간의 가장 기본 조건을 이야기 하고 있다는 생각이 들었다. 성진은 마루 기둥에 기대어 하늘을 바라보고 있는 초혜를 흘깃 훔쳐보았다. 평범한 19살의 소녀. 하지만 그들은 성장과정에서 또 어떤 인격을 갖추게 될 지 알 수 없었다. 눈치 보며 공포와 싸워야 했던 유년 시절부터 지금까지의 삶이 이미 그들의 몸에 배여 있어서 어느 순간 돌변할 수 없는 질풍노도의 시기가 아니던가. 성진은 차마 결정하지 못하고 이미 어둠이 삼켜버린 밤바다를 바라보고 있을 뿐이었다.

"아저씨, 꼭 아저씨가 저희를 보호하고 책임지셔야 하는 의

무는 없어요. 앞으로의 계획 또한 아저씨 없이 저희들끼리 해내기 위한 계획이었으니 올라가셔서 모른 체 하셔도 상관없으니 부담은 갖지 마세요."

"초혜야, 그건 지금까지 내가 맡아서 해오던 일이란다. 다만 내가 고민하는 것은 아직 성년이 되지 않는 너희들을 이용해야만 그들을 처벌할 수 있는지에 대해 망설이고 있을 뿐이야."

"저희가 풀어야 할 숙제가 그곳에 있어요. 비상하기 위한 숙제가."

"그렇구나. 한 가지 물어도 되나? 엄마, 아빠에 대한 기억은 없니? 6살에 보육원으로 왔던데?"

순간 초혜의 표정이 싸늘해졌다. 웃고 있던 초혜의 눈은 어느새 날카로운 칼날이 서듯 반짝이며 예리하게 바뀌어 있었다. 그녀는 더 이상 말하고 싶지 않다는 듯 뒤 돌아 마루 건너편에 있는 방으로 들어가 버렸다. 성진은 멋쩍은 얼굴로 초혜의 뒷모습을 바라보다 안방으로 들어갔다. 잠이 오지 않았다. 방금 전 초혜와 나눈 이야기가 어떤 내용이었는지 벌써 잊어버린 것 같았다. 많은 이야기들을 나눴고, 많은 계획이 있었다. 유년 시절부터 천재라는 수식어를 달고 다녔던 성진이었지만, 초혜의 계획과 설명에는 토씨하나 달 수 없었다. 완벽한 시나리오였다. 검사라는 직업을 이용할 수 있는 최대한의 조건이었다.

"아저씨가 정도(正道)를 지킨다면 아마 희대의 사건으로 남게 될 거에요. 지금처럼만 하신다면."

초혜가 남긴 한마디가 그의 머릿속에서 기계음처럼 반복되고 있을 뿐, 그 어떤 생각도 그를 지배하지 못했다.

초혜가 아침에 눈을 떴을 때 성진은 사라지고 없었다. 대신 방 안에는 그동안 사용할 용돈과 음식들이 놓여 있을 뿐이었다. 초혜는 자신의 손에 쥐어져 있는 핸드폰을 발견했다. 작은 쪽지와 함께였다.

－비상 연락은 이쪽으로 할게. －

초혜는 마당에 나가 아침 햇살을 가득 가슴에 품었다. 언제 떠나게 될지, 언제 돌아올지 모르는 이 마당의 아침 햇살을 마음껏 기억하고 싶었다. 혁수가 부산을 떨며 안방에서 나왔다. 마루에 털썩 앉더니 기둥에 기대어 다시 졸았다. 초혜는 마당에 쪼그리고 앉아 혁수를 한참동안 바라보고 있었다.

8살의 남자 아이.

더러운 모습으로 거리를 헤맸던 모양이다. 신발도 모두 낡았고, 아이의 머리는 새가 둥지를 틀 수 있을 정도로 거칠고 덕지덕지 오물들이 붙어있는 상태였다. 어린 초혜가 보기에도 더러워 가까이 다가갈 수 없었다. 원장실에 들어가 전자제품이며 서류며 할 것 없이 모두 물을 흥건하게 적셔놓고 나와 어딘가 숨을 곳을 찾는 중이었다. 점점 초혜를 향해 거지 하나가 걸어온다. 혁수가 보육원에 들어와 가장 먼저 마주친 것은 초혜였다. 비슷한 또래를 만난 기쁨이었을까. 혁수는 초혜를 보자 단숨에 달려왔다. 초혜는 냄새나는 아이가 다가오는 것이 무서웠다. 울먹거리며 금방이라도 울음을 터질 것 같았다. 멀리서 부원장의 거위소리 같은 목쉰 목소리가 들려왔다. 혁수 뒤에서 우락부락 화를 내며 초혜에게 다가오는 부원장이 보였다. 하지만 초혜는 혁수의 무서운 얼굴에 질려 발이 꼼짝하지 않았다. 부원장은 주변에 던질만한 무엇인가 들었다. 이내 초혜를 향해 휙 던졌다.

'아! 거지가 맞을 텐데.'

그 생각이 끝나기 전 혁수는 초혜의 손을 잡고 자리에 푹 앉았다. 어린 초혜가 보기엔 우연이 아니고 피한 것 같았다.

"너, 뒤에도 눈 있어?"

"아니야, 나 눈 두 개야. 그냥 뒤에서 무서운 것이 느껴졌을 뿐이야."

그때부터 혁수는 내내 초혜 곁에서 떠나지 않았다. 처음 만난 혁수가 깨끗이 씻고 나왔을 때는 전혀 다른 모습이었다. 아이들 사이에서 이상한 소문이 떠돌기 시작했다. 엄마가 병으로 죽었는데 1년을 엄마 시체를 뜯어 먹고 살았다는 둥. 괴물같이 생겨서 엄마 아빠가 버렸다는 둥. 흉악한 소문이 돌았고, 몇 몇 아이들은 혁수를 괴롭혔지만 그 아이는 그냥 웃기만 했다. 세상 모든 것을 통달한 어른처럼.

중학교 입학식이 끝난 후, 초혜는 물었다.

"근데 아이들이 괴롭히는데 왜 웃기만 했어?"

"내가 때리면 아이들이 아프잖아. 난 아이들이 아무리 때려도 별로 아프지 않으니까."

초혜는 피식 웃고 말았다. 그냥 단순한 아이였다. 그리고 착한 아이였다. 초혜는 시간이 지날수록 혁수의 동물적 감각을 믿었다. 보통 사람과는 다른 감각을 지닌 혁수는 그녀의 머리로 계산되지 않는 것, 직접 보지 않은 일들까지 머리가 아닌 감각, 느낌으로 더 정확하게 아는 경우가 많았다. 그녀가 갖지 못한 또 한 가지의 능력을 혁수는 가지고 있었다.

초혜가 빤히 바라보고 있다는 것을 혁수는 느꼈던 것일까. 슬며시 눈을 떴다. 초혜와 눈이 마주치자 쑥스러운 듯 배시시 웃더니 기지개를 켜고 마당을 어슬렁거렸다. 다른 날의 움직임과 달리 생각이 많은 듯 행동이 조금 더디고 굼뜨다는 생각이 들었다. 초혜는 혁수의 행동을 그대로 따라 팔을 들고 허리를 젖혀 거꾸로 바다를 바라보았다.

"하늘이 바다 같고, 바다가 하늘 같아"

"가끔 우리가 세상을 뒤집어 볼 필요도 있을 것 같지? 내가 생각하는 세상과는 또 다른 모습으로 우리를 내려다보고 있잖아!"

초혜는 깜짝 놀랐다는 듯 바른 자세를 하고 혁수를 바라보았다. 어제와 다른 혁수의 모습이었다. 아니 10여년을 넘게 같이 생활했던 혁수가 아닌 것 같았다. 자신의 본 모습을 숨겼던 것이 아닌가 하는 의심이 드는 말투에 초혜는 혁수에게서 눈을 뗄 수 없었다. 혁수는 아무렇지도 않다는 듯 씩 웃어보였다. 초혜는 예전의 모습으로 돌아온 그를 바라보고 피식 웃었다.

"차혁수! 이제 고백해봐. 넌 엄마 아빠에 대해 알잖아?"

"아빠? 유명한 스턴트맨이면서 무술 지도자. 엄마? 역시 뭐 비슷한 일을 했었고, 둘 다 사고로 죽었지."

"형제는?"

"위로 형이 하나 있었는데 전에 있던 고아원에서 형이랑 같이 도망쳤다가 잃어버렸어. 나보다 3살 더 많아. 어릴 때 기억으로는 운동을 엄청 잘해서 최연소 무술 사범이라는 소리까지 들었던 것 같아."

"그럼 넌?"

"나? 운동은 참 좋아했는데 무술은 싫었어. 사람 죽이는 것 같아서. 사람 죽이는 것은 절대 배우지 말아야지 했거든. 중학교 들어가면서 후회하긴 했지만……."

"오호, 이제 보육원 아니라고 막 이야기 하는데?"

"그곳에서 이야기하면 형을 잡아 올까봐 겁이 나서 못하고 있었던 거지. 형이 원장이나 부원장 보다 더 무서웠거든."

혁수는 주머니를 뒤적거려 사자문양이 있는 특이한 목걸이를 꺼내 초혜의 목에 걸었다. 그녀에게 처음 주는 선물이었다. 악세서리는 물론이고 어떤 개인적인 취향이 있는 사물은 소유하지 못하게 했던 보육원 방침이었기에 무엇인가 선물을 할 수도 받을 수도 없었다.

"이게 뭐야? 뭔가 특별한 것 같은데?"

"형도 똑같은 문양을 가지고 있을 거야. 반지든 목걸이든 단추든……. 이건 내가 강찬민라는 증거거든. 우리 가족만이 문양을 가지고 있어."

"강찬민?"

"응, 원래 이름은 강찬민인데 여기 와서 보니까 내 이름이 차혁수가 되어 버렸어."

"너도 대용품으로 잡혀 온 거구나?"

"나중에 생각해 보니 차혁수라는 이름을 가진 애가 죽었던 것 같아."

"이걸 어떻게 감추고 있었던 거야? 일주일에 한 두 번은 모든 소지품 다 뒤적거렸잖아?"

"아이들 몰래 벽에 구멍을 뚫어 넣고 고무 찰흙으로 덮고 물감 발라놨지. 히힛."

초혜는 고개를 끄덕였다. 가장 가까운 사람이었지만 그 누구도 믿을 수 없었던 보육원 생활. 혁수는 초혜가 말하지 않아도 자신을 감춰야만 살아남을 수 있다는 것을 알고 있었던 것 같다. 자신의 본 모습은 가장 가까웠던 그들에게도 숨기고 있었다. 초혜는 혁수의 손을 잡았다. 따뜻한 그의 체온이 전해지는 것 같았다. 이쯤이면 수줍은 듯 까불거렸을 혁수의 모습은 없고 진지한 표정으로 하늘을 바라보는 혁수가 되어버렸다.

 가장 먼저 떠난 것은 혁수였다. 그의 스승이 정해졌다. 그리고 2주 뒤 진혁과 수연이 나란히 떠났다. 초혜는 마루에 앉아 허공을 바라보았다. 그들이 누렸던 한 달간의 자유와 어울림이 많은 추억을 남겼던 모양이다. 금방이라도 생선 장사를 했다며 바구니 가득 생선을 들고 들어오는 혁수가 나타날 것 같았다. 아직 상처를 떨쳐버리지 못한 수연은 꿈결에서도 울었다. 그 모습을 진혁은 안타깝게 바라보았지만 다가가지 못했고, 수연은 그래서 더 울었다. 그렇게 하나, 둘 모두 떠나고 초혜 혼자 남았다. 가끔 들락거리던 안창민이 보육원의 분위기만 전해 줄 뿐 세상과는 단절 된 외딴집에서 혼자 살아가기엔 무료했다. 몇 번 혁수가 전화를 했다. 혼자 이곳에 남겨두는 것이 불안해서 집중이 되지 않는다 했다. 초혜도 불안하기는 마찬가지였다. 그녀는 마루에 앉았다. 무릎을 안고 고개를 숙였다.
 '어둠 속에서 혼자라는 공포를 이길 수 있는 사람은 세상에 존재하지 않는다.'
 문득 부원장의 기록에서 읽은 문장이 떠올랐다. 그래서 세상은 사람들과 어울려 서로의 그룹을 이루며 살아가는 것인지도 모른다. 혼자라는 미약한 존재가 둘이었을 때, 용기라는 힘이 생기는 것인지도.

못생긴 얼굴, 멍청한 머리, 아무데도 쓸모없어 팔리지도 않는 물건. 수진은 거울 속의 자신을 바라보았다. 고개를 숙였다. 아무리 비싼 화장품으로 분장을 해도 여전히 못생긴 얼굴이었다. 비싼 옷으로 치장을 해도 멍청한 머리는 가릴 수 없고, 어정쩡한 몸은 예쁘지 않았다. 수진은 절망하듯 침대에 털썩 주저앉았다. 그들은 오늘 밤에도 지하 비밀의 방에 모였다. 그녀는 부원장의 부름이 있을 때만 움직일 수 있는 밤이 싫었다. 요 근래 그녀에게 많은 변화가 있었다. 언제부터인가 생활교사들이 그녀를 보고 먼저 말을 걸었다. 대답은 하지 않고 미소만 보낼 뿐이었지만 그들이 먼저 말을 건네고 부러워하는 눈빛을 보낼 때마다 어깨가 으쓱해지는 것을 느꼈다.

처음에는 그녀의 손에 법인 카드가 쥐어졌지만 그녀는 쓸 수 없었다. 아니 어떻게 사용해야 할지 엄두가 나지 않았다. 며칠 동안 밖에 나가지 못했다. 부원장도 며칠 동안 심부름도 시키지 않고 부르지도 않았다. 그녀의 방에서 카드만 바라보고 있었다. 일주일 정도 지났을 때, 부원장은 그녀를 불렀다. 그리고 자칼이라는 사내와 함께 쇼핑센터에 다녀오라는 지시를 받았다.

그러나 심부름 목록은 없었다. 사내는 그저 그녀의 뒤만 따를 뿐, 아무런 말이 없었다. 수진은 선글라스를 벗고 사내에게 물었다.

"부원장님 심부름이 뭐죠?"

"김수진씨 필요한 물품을 사게 도와주라는 지시를 받았는데요?"

"네?"

"부원장님 말씀으로는 사람들 말이 많으니 입고 있는 옷부터 소지품까지 모두 명품으로 바꾸라고 하시던데……. 법인카드 맡겼으니 그걸로 결제하면 된다고."

"사고 싶은 것 사도 되요? 난 노트북이 제일 갖고 싶은데."

사내는 말없이 전자제품 판매장으로 수진을 데려갔다. 그녀 옆에 서서 지켜볼 뿐 어떠한 조언도 하지 않았다. 수진은 다른 이가 쓰던 물건이 아닌 자신의 물건을 가질 수 있다는 것에 한껏 들떠 있었다. 판매 직원이 어려운 말로 설명을 했지만 무슨 말인지는 알 수 없었다. 작고 앙증맞은 노트북이 많았다. 수진은 가격표를 보며 입을 다물지 못하고 주변을 살폈다. 사내는 귀찮다는 듯 손을 저어 보였다. 마음껏 하라는 이야기였다.

'비싼 게 좋은 거 맞지? 노트북은 제일 좋은 것으로 살 테야. 내일이라도 법인카드 뺏어 갈지도 모르잖아.'

수진은 태어나 처음 자신의 소유로 산 물건이 노트북이라는 것에 너무 뿌듯했다. 자칼은 옷 매장과 가방 매장으로 그녀를 데려갔지만 그녀는 손에 들고 있는 노트북이 자기 것이라는 사실에 그 무엇도 눈에 들어오지 않았다. 그녀가 보육원으로 돌아왔을 때, 사람들의 반응이 이상했다. 모두 그녀의 노트북 구경하자며 주변으로 몰려들었다. 수진은 자신에게 누군가 관심을 보이고 말을 걸어주고, 부러워하는 모습을 처음 봤다. 뿌듯했다. 자신도 이 사람들 가운데 한 사람으로 함께 할 수 있다는 것에 깜짝 놀라고 있었다.

그렇게 시작했던 쇼핑은 점점 늘어만 갔다. 처음에 백만 원대에 놀라 심장이 두근거렸던 것과 사뭇 달라져있었다. 씀씀이가 점점 커져갔다. 그러던 중 초혜 일당의 탈출 사건이 일어났다.

초혜 일당이 사라진 다음날. 보육원은 한바탕 소란이 있었다. 강진상은 점심무렵에 득달같이 달려왔고, 낮에는 보는 눈이 있어 오지 못했던 국회의원 박달중이나, 부시장 강중호와 심진국은 어둠이 내린 후에야 뒷문으로 슬그머니 들어왔다. 가장 마지막에 온 것은 신중환이었다. 수진은 자신의 방으로 들어와 옷장을 열었다. 화려한 옷들이 옷장 안에 가득 채우고 있었다. 수진은 외출하고 싶었다. 화려한 옷을 입고 시내에 나가면 자신도 조금은 예뻐 보일 것만 같았다. 보육원 사람들이 아닌 다른 사람들에게도 보여주고 싶었다. 자신의 모습을. 초혜 일당이 탈출하기 며칠 전에 샀던 옷을 꺼냈다. 그동안 샀던 옷 중에 가장 마음에 드는 옷이었다. 소매 사이에 무엇인가 있었던 모양이다. 방바닥으로 하얀 물체가 떨어지는 것을 보았다. 수진은 침대에 옷을 곱게 모셔두고 쪼그리고 앉았다. 종이를 곱게 접은 쪽지였다.

—주먹만한 눈덩이가 산처럼 커지면 깔려 죽는 것은 바로 자신. 행운을 빌어요.—

수연이라는 생각이 들었다. 마음이 여린 수연은 누군가 아파하는 모습을 보지 못했다. 그녀가 원장의 노리개가 되는 밤이면 불빛이 없는 어두운 담장 밑에서 울었다. 어찌된 일인지 어둠을 무서워하는 수연이 바르르 떨면서 그 담장 밑으로 다가왔다. 그리고 그녀의 손을 꼭 쥐어 주곤 했었다. 그녀보다 한참 어린 아이였지만 그 자그만 손이 위로가 되었던 것을 수진은 기억했다. 어느 날 허영자는 밤에 숙소에서 나왔다는 이유로 수진이 보는 앞에서 수연의 입술이 터지도록 폭력을 휘둘렀다. 그 이후 담장 밑은 찾지 않았고, 수연과 눈도 마주치지 않았다. 그녀 때문에 수연이 또 맞을 것 같은 생각이 들어서였다.

'무슨 말인지 모르겠지만 너에게도 행운이 있기를……'

지하 밀실이 시끄러웠다. 원장실 지하에 있는 이들의 안가였다. 아이들을 가두는 밀실처럼 음침하고 스산한 분위기가 아니었다. 고급 와인이 있고 칵테일을 만들 수 있는 바가 마련이 되어 있었다. 딱딱한 회의 분위기는 아니었다. 모인 사람들이 모두 고급소파에 앉아 나름 고민하는 풍경을 보였다. 서로의 눈치를 보고 있는 중이었다. 여기서 누군가 말을 잘못 꺼내면 불똥이 모두 그에게로 날아들 판국이라 누구 하나 쉽게 말을 꺼내지 못하고 있었다. 허영자는 무표정한 얼굴로 소파에서 아이들의 신상명세가 담긴 서류만 쳐다보고 있었다.

"그나저나 애들은 찾기는 하는 거요?"

"신서장님이 늦으시네요? 보육원 근처는 물론이고 가령 시를 쥐 잡듯 뒤적이지만 없는 모양입니다."

"마음먹고 나간 놈들이 여기 있겠소?"

"심사장 쪽은 어때요?"

"저희도 별 소득 없습니다. 연결 될만한 놈들까지 다 지켜 보고 수소문 했지만 도통 모습이 보이질 않습니다."

그때 헛기침을 하며 신중환이 안가로 들어왔다. 제복차림 이었다. 들어오자마자 소파에 털썩 앉더니 피곤하다는 듯 의자 깊숙이 몸을 묻었다. 모두가 모였다. 국회의원 박달중, 부시장 강중호, 경찰서장 신중환, 그의 보스 심진국, 이사장 강진상, 원장 김상수, 부원장 허영자 순으로 소파에 둘러앉 았다. 정복은 그들이 자주 마시는 술잔을 그들 앞에 하나씩 놓았다. 유일하게 허영자는 물을 마셨다.

"저 잠시 나가 있겠습니다."

"아니, 이부장도 오늘은 함께 해야지!"

"네. 사장님"

정복이 밖으로 나가려하자, 심진국은 손짓을 하며 자리에 앉으라는 시늉을 해보였다. 정복은 그들이 함께 앉아 있는 소파에는 앉을 수 없었다. 소파가 있는 위치에서 조금 떨어 진 곳에 바 의자에 앉았다.

허영자가 허리를 곧추 세우고 바로 앉았다. 오래 된 친분을 자랑하는 그들은 허영자의 헛기침에도 그녀를 쳐다보는 사람이 없었다. 허영자는 들고 있던 서류를 탁자에 소리 나게 놓았다. 그때서야 하나 둘씩 그녀의 얼굴을 바라보았다.

　"일찍 처리하자고 했죠? 이런 사단이 벌어지기 전에."

　"처리 할 수 있는 일이 아니었잖소. 그 썩을 놈의 법정 대리인인가 하는 놈이 어떤 협박에도 꼼짝하지 않으니."

　"꼭 그 아이가 있어야 가능하답니까?"

　"그걸 말이라고, 법정 대리인 앞에서 직접 사인해야만 된다잖소. 그것도 법정대리인 세 명이 모인 자리에서."

　"진재만 그 자식은 죽어서도 말썽이군. 살아서도 아주 지랄 맞더니."

　"강 부시장님이 실수만 하지 않으셨어도 일단 그 땅을 넘겨받고 처리하는 거였는데……."

　"그 점에 대해서는 할 말이 없소. 욱하는 성질에 그만. 그리고 그건 말 그대로 사고였소."

　"신서장님? 오늘 별다른 소식 있습니까?"

　모두 신중환에게 시선이 집중 되었다. 중환은 여전히 소파 깊숙이 몸을 묻은 채 꼼짝하지 않고 눈을 감고 있었다. 매사 귀찮다는 표정이었다. 중환의 대답을 기다리던 허영자는 입 꼬리가 살짝 올라가더니 매서운 눈으로 신중환을 바라보았다. 중복은 헛기침을 했다. 그때서야 중환은 상체를 반쯤 일으켜 자신을 바라보고 있는 이들의 표정을 하나 하나 살폈다. 그리곤 피곤하다는 듯 엄지와 중지로 양쪽 관자놀이를 쥐며 시큰둥하게 대답했다.

"연기처럼 흔적도 없습니다. 이 근처는 물론 서울 쪽에 아이들이 잘 모이는 유흥가며, 가출 청소년 보호 시설 등을 뒤적거려도 아예 흔적도 없습니다. 심사장님도 다른 아이들까지 다 지켜보셨을 테고, 흔적 없지요?"

심진국은 대답 없이 머리만 끄덕였다. 흔적도 없이 사라진 아이들에 대해 다들 의아한 표정이었다. 그 중 허영자는 아이들이 사라진 후 한동안 자신의 숙소에서 꼼짝하지 않았다. 그동안 감시카메라에 찍힌 아이들의 모습에서 이상한 점을 찾으려고 부단한 노력을 했던 것 같았다. 그러나 그녀도 어떤 답도 찾지 못했던 모양이다. 표정이 일그러져 있다. 허영자는 신중환에게 아이들 신상명세를 내밀었다. 중환은 고개를 저었다.

"가장 먼저 그들의 출생지, 여기 들어오기 전까지 살았던 곳, 조금이라도 연관이 되어 있는 사람들 모두 수소문 했습니다만 전혀!"

"아이들이 사라진 날, 그 다음날 이곳에 오간 사람들에 대해서는요?"

"모두 살폈습니다. 하물며 밤늦게 들어오는 식자재 납품 업자까지."

"가장 가능성 있는 것은 그 식자재 차인데, 잡아다 반 죽여도 모른다고 하니, 정말 모르는 것 같고, 실제 아이들이 명상실 앞까지 가려면 감시 카메라 몇 대를 지나쳐야 하는데, 단 한 곳도 찍히지 않았죠?"

허영자는 고개만 끄덕였다. 강중호는 귀찮다는 듯 자리에서 일어났다.

"아직 몇 년 남았잖소. 천천히 찾아봅시다. 그 년이 해외로 떠나서 안 나타면 뭐 그만 인거고, 죽지만 않으면 되는 거잖소?"

"부시장님, 그건 아니지요. 그 놈들이 우리에 대해 무엇을 알고 있는지, 어떤 증거를 가지고 있는지는 아무도 모르는 일 아닙니까? 또, 그 땅에 대해 어렴풋이라도 기억했다면 그날 일도 기억할 수 있다는 일입니다."

밤새 탁상공론을 한다한들 답은 나오지 않는 일이었다. 새벽이 가까워졌지만 누구나 일어날 수 없었고, 그렇다고 방법이 있는 것도 아니었다. 허영자가 자리에서 일어났다. 이어 박달중이 귀찮다는 듯 툭툭 털고 일어나자 약속이나 한 듯 우르르 안가에서 몰려나갔다. 박달중은 혼잣말처럼 중얼거렸다.

"이런 저런 일들로 요즘 정말 정신없어요. 중요한 결정을 할 때만 참석하면 될 것 같은데……."

"2선까지 무난했는데, 3선인들 어렵겠습니까?"

"모르지요. 해 먹을만큼 해 먹었으니 내려오라는 놈들도 있으니. 그래서 요즘 신경이 좀 바짝 서 있는데, 이런 자질구레한 일까지 시간 낭비한다는 것이 좀……."

"이제 선거자금도 두둑하다는 말씀으로 들립니다. 그려."

"아이고, 이사장님 그런 뜻은 아니었습니다."

"어떻게 국회에 나가셨는지 생각 잘해보십시오!"

강진상은 못마땅하다는 듯 문을 거세게 닫고 밖으로 나갔다. 박달중은 허영자에게 허리를 굽혀 작별 인사를 하고 거드름 피우듯 느릿한 걸음으로 사라졌다. 가장 마지막에 일어난 것은 신중환이었다. 정복과 심진국이 문에서 모두 나가기를 기다리고 있을 때, 중환은 피곤함에 자고 싶다는 시늉을 해보이며 어두운 지하통로를 걸어 나갔다. 피곤함이 어깨 위에 내려앉은 축 처진 어깨로 한 발자국도 옮기기 어렵다는 듯 그의 행동은 굼뜨기만 했다.

심진국은 모두 나간 것을 확인하자 정복에게 다가갔다. 들릴 듯 말 듯 귀엣말로 속삭이고 있었다. 항상 덜렁대던 것과는 달리 꽤 신중한 표정이었다.

"신 서장 뒤 좀 캐봤어?"

"별다른 것 없던데요? 거의 서장실에서 꼼짝하지 않고 있고, 아이들 찾는 이 형사 연락이 올 때 현장으로 가장 먼저 뛰어 간다는 것 말고는 별다른 점 못 찾았습니다. 형님!"

"허 부원장은?"

"부원장실에 밀실까지는 확인했습니다. 생활 교사들 방과 복도에 설치된 카메라 말고는 없는 것 같습니다."

"아니 뭔가 있어. 우리를 감시하는 무엇인가 있는 것 같단 말이야. 그렇지 않고서야 비밀리에 들여온 물건에 대해서 어떻게 그리 상세히 알고 있지? 그건 너한테도 말 안했던 거잖아?"

"어찌하기로 했습니까?"

"젠장, 저 들개 같은 년한테 입막음으로 2할 줬다."

"그래도 그렇지 너무하는 거 아닙니까?"

"신중환 서장이 그것만큼은 절대 못 막아준다잖아. 미친 새끼. 저나 나나 껍질만 다를 뿐, 범죄로 먹고 사는 놈 주제에. 원장은 어차피 허수아비고, 저 들개 약점은 꼭 찾아야 된다. 그게 우리가 살 길이다. 알았지?"

"네, 형님. 조심히 살펴 가십쇼."

정복은 머리가 땅바닥에 닿을 만큼 허리를 조아렸다. 심진국은 어둑한 통로에서 보일 듯 말듯 손을 흔들며 어둠속으로 사라졌다.

정복은 발신번호가 없는 전화를 한통 받았었다. 수연이었다. 단 한마디만 들을 수 있었다.

"꼭 한 번은 찾을게요. 아버지의 죽음, 그리고 진상재단 학교가 있는 그 땅에 대해 물어볼 것이 있으니. 죽지 말고 기다리세요."

일방적인 말만하고 끊어버렸다. 무사하다는 안도감과 함께 땅이라는 단어에 의문점이 생겼다. 분명 정복은 수연에게 땅에 대해서는 언급한 적이 없었다. 그저 아버지에 대한 빚을 갚겠다는 이야기만 했을 뿐이었다. 그러나 수연은 땅에 대해 물어볼 것이 있다고 했다. 며칠 전 수연의 전화를 받고 머릿속이 뒤엉켜 있었다. 수연이 아버지의 죽음은 기억할 수 있다지만 땅에 대해서는 알 리 없었다. 나이도 어렸을 뿐만 아니라, 법정 대리인을 만날 시간적인 여유도 없었고, 만났다 한들, 어린 나이였기에 말할 수 있는 여건도 되지 않았다. 그날 밤. 자신이 했던 말을 아무리 기억해 보아도 수연에게 땅 이야기는 한 기억이 없었다. 정복은 자신의 숙소로 가지 않고 주차장으로 향했다. 주차장에는 대부분 차들은 빠져나가고 자신의 차와 신중환의 차가 있었다. 정복은 중환의 차로 뚜벅뚜벅 걸었다. 어두운 차 안은 보이지 않았다. 그의 차 곁에서 서성일 때, 창문이 스르르 열렸다.

"오늘은 퇴근 하려고?"

"제가 갈 데가 있습니까? 그냥 서울이나 다녀올까 해서요."

"왜 말하지 않았나?"

"네?"

"내 뒷조사 하고 있다는 것 알아. 내가 아이들이 어디에 있는지 알고 있다는 거 자네가 알고 있지 않나?"

"그건……."

"내 짐작이 맞다면 진재만의 여식 때문이겠지?"

정복은 서장의 차에 올랐다. 서장은 차에 시동을 걸더니 서서히 주차장을 빠져 나갔다. 정복은 뒤를 돌아보았다. 부원장실의 불이 아직 훤하게 켜져 있었다. 분명 그녀는 주차장을 보고 있을 것이라 생각했다. 그러나 불이 켜져 있다는 것은 주차장에 그다지 신경 쓰지 않고 있다는 말이기도 했다. 어둠의 아가리에 빛이 그려졌다. 주변을 모두 삼켜버리고 그 무엇도 내어주지 않으려는 어둠은 선명하고 밝은 자동차의 불빛에 점점 힘을 잃어가는 듯 허물어지고 있었다. 정복은 어떤 말부터 해야 할지 몰라 신중환의 얼굴을 흘깃흘깃 바라보았다. 그는 무표정한 얼굴로 앞만 주시하고 있을 뿐, 평소의 그와 같았다.

"어떻게 알았는지 궁금한 표정이군."

"진재만 사장과 제 사이는 아무도 모르는 것이라서……."

"자네 과거를 좀 들여다봤지. 세탁된 과거 말고 진짜 과거. 하나 묻지 내 사건에 자네가 개입 되어 있나?"

"아니오, 그때 전 어린데다가 막내여서 그렇게 큰 사건에 개입할 수 있는 자리가 아니었습니다. 진재만 사건은 어쩔 수 없이 그 자리에 있었지만요."

"어찌할 생각이지?"

"아직은 이렇다 할 계획은 없습니다. 그 아이의 생명을 보호해 주겠다는 것 밖에는."

"목숨이 전부는 아니라네. 아마 그 아인 살아있는 지옥일 거야. 마음의 지옥이지."

"서장님께서 아이들을 보호하는 이유를 물어도 됩니까?"

"아이들 때문이 아니라 이 모든 관계가 싫을 뿐이네. 나도 저 곳의 아이들처럼 자유를 갈망하는 거지. 누군가 그러더군.

게임에서 이기는 것은 정도(正道)라고."

"게임이라뇨?"

신중환은 입가에 씁쓸한 미소를 지어보였다. 정복은 사이드미러로 지나가는 어둠속의 숲길을 멍하게 바라보았다. 중환은 그 뒤 아무런 대답도 하지 않고 그저 운전만 할 뿐이었다. 정복은 신중환의 변화를 진작부터 알고 있었다. 초혜가 서장을 처음 만나던 날. 그때부터 변화는 시작된 것 같았다. 그래서인지 허영자는 초혜를 밀착 감시할 것을 지시했다. 초혜는 철저하리만큼 치밀했다. 조금은 엉뚱했고, 진지할 때는 눈매가 매섭기는 했지만 한 사람이라도 그녀의 곁을 지나칠 때는 그저 평범한 여학생의 눈빛으로 돌아오곤 했다. 초혜는 고등학교 들어서면서부터 해킹에 관련된 서적들을 뒤적거리기 시작했다. 가끔 사람들의 눈을 피해 PC방에서 살기도 했고, 학교 컴퓨터실에서 숙제를 한다며 밤늦게까지 머물다 경비에게 쫓겨난 적도 있었다. 늦은 날에는 허영자에게 심한 학대를 받으면서도 컴퓨터실에 머무는 날이 점점 많아졌었다. 신중환은 공식적인 한 달에 한 번 뿐만 아니라, 가끔 학교로 초혜를 찾아가 수업 중에 데리고 나가기도 했다. 그러나 허영자에게는 보고하지 않았다. 굳이 해야 될 필요성을 느끼지 않았을 뿐이었다.

'게임이라. 하긴 우리 인생 자체가 게임이지. 연습 없는 게임. 먼저 죽이고 먼저 속여야만 삶이라는 게임에서 승리를 할 수 있는 거지. 그 승리가 무엇을 의미하는지 모르는 채 그렇게 살아가는 거지. 가진 놈이나 못 가진 놈이나 다 같은 칩을 들고 게임을 하는 거야. 목숨이라는 칩!'

신중환은 정복을 유흥가 거리에 내려주었다. 정복이 차에서 내리자 멀리서 사내 몇이 뛰어오더니 허리를 90도로 꺾어 인사했다. 중환은 피식 웃었다. 사이드미러로 보이는 정복의 얼굴에는 수심이 가득 차 있었다. 중환은 중얼거렸다.

'동지냐, 적이냐!'

환락의 도시를 빠져나간 차는 다시 한적하고 조용한 시골길을 달리고 있었다. 그리고 또 다른 차 한 대가 눈치재지 못하도록 멀찌감치 떨어져 그의 꼬리를 따라 한적한 시골길의 어둠속으로 미끄러지듯 빠져 들었다.

더딘 발걸음으로
다가서는 희망의 계단

　파도가 일렁이는 바닷가에 갈매기도 날지 않는 무더운 날
은 계속되고 있었다. 온 몸을 적시는 땀방울은 입고 있던
옷에서 뚝뚝 떨어지고, 뜨겁게 달구어진 모래는 혁수의 허
벅지를 화상 입힐 기세였다. 두 눈을 질끈 감은 혁수는 양
손을 가슴에 모으고 바람을 느끼며 명상하듯 평온한 표정
이었다. 저 멀리 더위를 가로지르는 갈매기 한 마리가 힘겨
운 날갯짓으로 바다를 가로질러 혁수에게 가까이 다가왔다.
그는 허리춤에서 돌 하나를 집어 갈매기 방향으로 짧고 강
한 스냅으로 던졌다. 갈매기는 사내를 비웃듯 머리 위를 지
나 멀리 사라졌다.
　"그랑께, 집중을 혀야제. 그것이 머시여?"
　뜨거운 태양을 피하듯 파라솔 아래에 절반쯤 누운 사내가
혀를 차며 자리에서 반쯤 일어났다. 50대를 넘기는 나이였

지만, 나이답지 않게 젊은 몸을 자랑하듯 근육이 드러나 보이는 민소매 티셔츠와 짧은 반바지를 입은 사내였다. 사내는 덥다는 듯 얼음이 가득 채워진 아이스박스에서 캔 음료수를 하나 꺼내어 꿀꺽꿀꺽 마시더니 모래에 묻혀있는 혁수 앞에 쪼그리고 앉았다.

"더위에 정신이 흩어져 있으니께 기를 읽지 못하는 것이제!"

"말은 쉽죠. 뒤통수에 눈 달린 것도 아니고, 그렇다고 저 갈매기가 나를 위협하는 것도 아닌데, 아무리 육감이 뛰어나다 하더라도 쉬운 일은 아니지요."

"쉬운 일이 아닝께 이 땡볕에서 그 지랄하지. 안 그러믄 그 지랄을 허것냐? 너를 이기는 것이여. 어떤 극한 상황에서도 집중할 수 있는 너를 맹그는 것이제."

철썩이는 파도소리에 어디선가 들려오는 바람소리가 혁수의 귓가를 맴돌았다. 이글거리는 태양이 바로 머리 위에 있는 듯 뜨거움이 느껴졌다. 금방이라도 이글이글 타 버릴 것 같은 생각이 들었다. 머리카락 사이에 맺혔던 땀방울 하나가 머리카락 사이를 지나 자신의 얼굴로 또르륵 떨어지는 것을 느꼈다. 바람 한줄기가 땀방울을 스쳐 지나는 듯하더니 털끝 하나가 곤두세워지는 것이 느껴졌다. 바람 사이를 가르는 낯선 느낌이 혁수의 몸에 난 털을 긴장 시켰다. 혁수는 재빠르게 상반신을 앞으로 살짝 숙였다. 세차게 날아오던 돌 하나가 혁수의 허벅지 앞의 모래를 파고들었다.

"워따. 오사헐놈. 그렁 것은 금방 눈치 챈다니께. 살아 있는 놈들 기는 못 느끼고 생명 없는 돌맹이는 느껴지냐?"

"사부님이 돌에 살기를 넣었으니 느껴지는 것 아닐까요?"

"음마? 절로 터진 입이라고 말은 겁나게 잘해잉. 그랑께 내가 너를 죽일라고 돌댕이 던졌다는 것이여 시방?"

"아니 그게 아니고……."

"썩을 놈. 잔소리 말고 저녁 찬 거리나 잡드라고잉."

"갈매기는 맛없어요!"

"시끄럽당께. 잡으라면 잡을 것이제. 말이 많어. 갈매기 못 잡으면 저녁 없다잉."

혁수는 사내를 째려보며 중얼거렸다. 사내는 아무렇지도 않다는 듯 그늘이 만들어진 파라솔 아래에서 의자를 두 개 세워놓고 한쪽 의자에는 엉덩이를 다른 한쪽 의자에는 다리를 걸치고 손으로 바람을 느끼려는 듯, 한 손을 높이 들고 있었다.

"저녁때는 비 오긋다. 비 오면 더 힘들 거인디? 쪼깜 있음 물도 찰 거시고……. 어찌야 쓰끄나잉?"

혁수는 다시 눈을 감았다. 자신의 상반신에 전해오는 바람을 느끼며 흐르는 땀방울에 자신의 모든 감각을 곤추세웠다. 하늘거리던 바람은 어느새 강한 에너지로 그의 몸에 부딪혔다.

좁아터진 밀실이었다. 어둠이었다. 손에 잡히지도 않고 눈으로는 보이지도 않는 작은 부품들이 책상 위에 어지럽게 놓여있었다. 진혁은 현미경을 안대처럼 착용하고 작은 부품들에 집중했다. 핀셋으로 집어 작은 칩에 놓일 때까지 떨리는 손을 진정시키지 않으면 안 되는 고난도 집중력이 필요했다. 처음 그의 스승을 만났을 때, 스승은 일주일 동안 단 한마디도 하지 않았다. 그저 자신이 하고 있는 일만 할 뿐, 그에게 눈길조차 주지 않았다. 진혁은 처음 문을 열고 들어왔던 자리에 꼼짝하지 않고 서 있었다. 그가 간이침대로 가서 잠이 들면 자그만 소파에 앉아서 잠을 청하고, 그가 움직이는 것 같으면 그의 옆에 서서 그가 하는 것만 바라보았다. 그렇게 일주일을 단 한마디도 없이 그의 옆에 서 있기만 했다. 그리고 일주일이 되던 날. 진혁이 잠들어 있는 소파 앞에 사내는 말없이 그의 얼굴만 바라보고 있었다.

"배 안고프나?"

진혁은 깜짝 놀라 벌떡 일어났다. 사내는 언제 그랬냐는 듯 인자한 웃음을 지으며 진혁의 눈과 마주쳤다.

"일주일 동안 물만 묵었다 아이가. 니 말이다."

"견딜만 해요."

"인자 고마 됐다. 니 인내력 시험하느라 그캤는데 니 대단하다. 내는 하루도 못 버티고 울었다 아이가."

사내는 진혁의 손을 붙잡고 근처 식당으로 향했다. 며칠 동안 물만 먹었지만 음식이 쉬이 들어가지는 않았다. 진혁은 사내의 속도에 맞춰 천천히 식사를 했다.

"내가 갈카 줄 수 있는 것은 별로 엄따. 니 그 손에 달렸는

기라. 기계라 하는 거이 어렵게 보면 마 한없이 어려운 기고, 쉽게 보면 식은 죽 먹기인 기라. 다만 니 그 손이 문젠 기라. 하지만도 니 인내력을 보니까네 쉬이 할 수 있을기다."

그 이후 사내는 그다지 말을 하지 않았다. 잔뜩 쌓인 부품 상자를 내밀고 도면을 내밀 뿐이었다. 비슷비슷한 크기와 비슷비슷한 모양. 처음에는 도면조차 이해할 수 없었다. 처음에는 차를 조립하고, 다음은 분해하고, 반복하는 과정에서 몇 대의 차가 쓰레기로 분리수거 되어야 했다. 그리고 다시 차 안에 있는 기계들이 분해되고, 조립되는 그 과정이 끝나자 컴퓨터 메인보드가 분해됐다. 점점 복잡하고 어려운 과제들이 주어질 때마다 그는 칭찬도 질타도 하지 않았다.

진혁은 지름 0.5센티 정도 되는 아주 작은 기계를 액자에 붙였다. 그리고 컴퓨터 앞에 앉았다. 초혜가 보내 준 프로그램에 숫자를 입력하니 사무실 모습이 보였다. 선명하고 깨끗한 모습에 진혁은 활짝 웃었다. 어느새 그의 스승이 뒤에서 그 모습을 지켜보며 어깨를 토닥였다.

"1미터 거리는 성공. 어느 정도 거리까지 가능한지는 실험 해 봤나?"

"아뇨. 아직."

"니 노력하는 거는 따라올 사람 아무도 엄따. 머리 좋은 놈도 노력하지 않고 성공할 수 있는 놈은 세상에 없는 기라.

161

니 그 인내력이 성공을 가져 온거니까네. 더 하다가보면 되지 않것나?"

"해 봐야죠."

"그래, 그라고 니 밤마다 뭐하는 기고? 잠도 안자고?"

"외국어 좀 익히고 있어요."

"니 지난번에는 어디고? 그 캄보디아? 그거는 다 했나?"

"간단한 용어 정도하고 대화정도는 가능할 정도만……."

"벌써 몇 개 국어고?"

진혁은 말없이 웃었다. 다른 아이들에게 짐이 되지 않겠다는 다짐이 독한 자신을 만들어 간다는 생각이 들었지만 더 독해지기로 했다. 뛰어난 운동신경을 타고난 혁수, 천재적인 두뇌의 초혜, 자신을 감추는 변장술과 화장으로 전혀 다른 사람으로 변신하는 수연. 그들에 비해 그가 할 수 있는 일은 없었다. 어떤 특별한 재주도 능력도 없을 뿐 아니라 열망하는 것도 없었기에 필요한 것을 배우는 중이었다. 행복의 집에 대한 분노는 그 누구보다 더 컸지만 그 사람들 때문에 자신의 인생이 낭비 된다는 것이 생각에 미치니 모든 것이 부질없이 느껴지는 것 또한 사실이었다. 사내가 다시 좁은 작업실로 들어갔다. 진혁은 소파에 털썩 앉았다.

"넌 그냥 네 인생 살아. 나와 넌 상관없는 사람일 뿐이야. 어릴 적에 풋사랑 안 해본 사람이 어디 있어? 풋사랑은 그냥 추억일 때 아름다운 거잖아? 네가 나에 대한 의무를 가질 필요는 없어. 그런 네가 더 부담스러워."

어제 전화 속 단호한 목소리의 수연이었다. 수연이 차가워질수록 그녀에게서 전해오는 외로움을 진혁은 알 수 있었다. 누구에게도 건넬 수 없는 어둠 속에 자신을 가두고 사는 수연이에 대한 연민인지 사랑인지 알 수 없는 오묘한 감정들이 진혁을 괴롭혔다. 수연이가 당한 그날의 아픔은 잊을 수 없다. 아니 죽음의 경계를 넘나드는 수연을 보았을 때, 진혁은 행복의 집을 모두 태워버리고 싶었다. 박달중을 죽이고 관련되어 있는 모든 이들을 하나씩 하나씩 숨통을 조여 죽여 버리고 싶다는 생각이 간절했다. 그러나 그는 아무것도 할 수 없었고, 수연을 바라보며 눈물 흘리는 것 이외에는 할 수 있는 일이 아무것도 없었다. 그래서 더 분했다. 지켜주지 못한 것이 분했고, 눈물 흘리는 것 말고는 아무것도 할 수 있는 일이 없다는 것에 화가 났다. 그렇게 무능한 자신에 대해, 그렇게 살아가는 현실에 대해 치가 떨리도록 화가 났었다. 그리고 지금은 희망을 건다. 수연이 싸늘하게 그를 대할수록 행복의 집과 진상재단에 대한 분노는 끓어오르기만 했다. 밝고 활기찬 모습은 여전하지만 그 뒷면에 숨어있는 수연의 세상에 대한 차가운 시선이 그는 무서웠다. 이제는 알 수 있을 것 같았다. 그녀의 웃음소리가 클수록 그녀의 아픔도 크다는 것을. 수연의 곁에서 멀어지지도 않았지만 다가가지도 않았다. 그러나 그녀는 입버릇처럼, 네 인생 살라는 이야기를 전했다. 진혁은 싸늘하게 죽어가는 수연의 자존(自存)감을 확인할 수 있었다. 점점 자신이 아닌 모습으로 살아가는 수연을 느낄 때마다 가슴에서 끓어오르는 분노를 주체할 수 없었다.

"죽이고 말거야. 죽일 거야. 살아있는 채로 뼈 하나씩 뽑아서 가루를 만들어 주고 말겠어."

진혁은 주먹을 불끈 쥐고 다시 자리에 앉았다. 초미립자 카메라를 만드는 것이 그의 목표였다. 그 어떤 금속 탐지기에도 나타나지 않는 감시카메라. 행복의 집에서 그 어떤 행동도 함부로 하지 못하게 묶었던 감시카메라에 대한 그의 앙갚음이었다.

초혜는 각자 멘토를 찾아 훈련을 받기 시작한지 2년 만에 그들 앞에 나타났다. 마성진이 근무하는 서울지방검찰청에 직접 방문을 했지만 그 누구도 초혜를 알아보지 못했다. 성진은 시큰둥한 표정으로 의자에 기대어 문을 열고 들어오는 사람만 확인할 뿐 시선을 주지 않았다. 김형사가 자리에서 일어났다.

"어떻게 오셨습니까?"

"마성진 검사님께 오늘 찾아뵙는다는 메시지를 보내 드렸는데 못 보셨나요?"

성진은 기댔던 의자에서 느긋하게 허리를 세웠다. 켜져 있는 컴퓨터에는 아무런 메시지도 뜨지 않았고, 메신저나 메일을 확인했지만 그 어떤 메시지도 없었다. 핸드폰을 열었다. 역시 어떤 문자나 메시지도 없었다. 그때 컴퓨터의 화면에 무언가 깜빡였다. 성진은 깜박이는 알림을 클릭했다.

"초혜입니다. 김형사님을 제외한 나머지 분들은 심부름 보내세요."

성진은 아무 일 없다는 듯 컴퓨터의 전원을 끄고 자리에서 일어났다. 그러나 성진의 눈매에는 빛이 감돌았다. 김형사는 마성진의 입가에 드리워진 희미한 미소를 발견했다. 주위를 두리번거리던 성진은 하품을 하며 초혜 앞에 앉았다. 김형사에게 눈짓해 보였다.

"지난 번 자살한 하영호 사건에 대해 말씀하실 것이 있다고 하셨나요?"

"네."

"김형사, 하영호 사건 파일 어디 있지?"

"검사님 책상에 있습니다만."

마성진은 책상에서 서류를 하나 들고 다시 소파에 앉았다. 그리고 생각났다는 듯 배시시 웃었다. 매사 귀찮다는 표정이었다.

"아차차 잊을 뻔 했군, 귀찮긴 해도 시늉은 해야 되겠죠? 박형사랑 실장님 배중식 사건 현장 가서 사건조사 시늉이라도 좀 해주시고, 김형사님은 증거 보관실 좀 다녀오세요."

"하영호 사건 검사님 잘 모르시잖습니까. 조사는 제가 했고 아직 보고도 안 드렸는데."

"그럼 김형사님은 계셔야 하겠네요."

사무실에 있던 사람들이 각자의 맡은 일을 따라 밖으로 빠져나가고, 마성진과 김형사 초혜만 남아 있었다. 초혜는 주변을 두리번거렸다. 마성진은 피식 웃으며 안심하라는 듯 손짓해 보였다.

"나 아주 무능한 검사야. 나에게 붙여진 별명이 뭔 줄 아나?"

"녹슨 마징가제트."

"이런, 미국까지 소문이 났었나?"

"그동안 편지 잘 받았고, 짐은 그곳에 풀었습니다."

"편지로 주고받은 이유는 알고 있겠지?"

"아날로그는 해킹되지 않는다겠죠."

"다 마쳤나?"

"자, 제 작품 하나 선물해 드리죠."

초혜는 핸드폰 두 개를 내밀었다. 마성진은 핸드폰을 열었다. 연락처에 다섯 명의 전화번호가 입력이 되어 있었다. 일반 핸드폰과 별다른 차이는 없어보였다.

"요즘 스마트폰이랑 다를 바 없는데?"

"겉모양은 같죠. 어차피 기존 스마트폰을 좀 변형한 거니까요."

"특별한 기능이 있나? 영화 007에 나오는 그런 기능?"

초혜는 선글라스를 벗고 피식 웃었다. 김형사는 초혜의 눈을 바라보더니 이내 안심하듯 안도의 숨을 내리쉬었다. 초혜를 직접 만난 것은 세 번째였다. 두 번 만날 때마다 초혜는 무표정이었고, 눈에는 독기가 서려있었다. 그러나 지금의 초혜의 눈가에는 따뜻함이 묻어 있는 것 같아 보여 조금은 편안한 모습이었다.

"해킹방지 프로그램이 설정되어 있어요. 스마트폰도 컴퓨터의 일종이라서 어플을 사용하지 않더라도 해킹할 수 있죠. 그걸 방지하는 시스템으로 살짝 바꾼 거예요"

"허영자의 해킹 능력이 거기까지 발전했다는 이야기군?"

"그 여자도 진화하고 있거든요. 점점 더 은밀하고 깊숙하게."

"언제부터 시작할거지?"

"친구들이 모이면 바로 시작할 수 있도록 사전 준비를 해야죠? 시스템도 구축하고, 프로젝트로 만들어야죠"

"이미 짜여지지 않았나?"

초혜는 대답은 하지 않고 자리에서 일어났다. 밖에서 시끄럽게 농담하는 사내들의 목소리가 들렸다. 가볍게 목례를 한 초혜는 문 앞에서 사내들과 마주치자 자리를 비켜섰다. 사내들은 미안하다는 표정을 지으며 들어오고 열려진 문으로 그녀는 사라졌다. 성진은 탁자에 다리를 걸치며 거드름을 피웠다.

"김형사, 저 여자 뭐라고 떠들다 가는 거야?"

"횡설수설 하는 것이 좀 이상하죠?"

"뒷조사 좀 해봐. 이게 자살을 가장한 타살이라는 생각이 왜 드는 거야. 귀찮게."

사무실에 함께 있던 사람들 누구하나 성진을 바라보지 않았다. 그저 안쓰럽다는 표정으로 자신의 일만 할 뿐이었다. 성진은 자리에서 일어나 외투를 들고 밖으로 나왔다. 김형사는 한숨을 내리쉬며 자리에 앉았다.

"마 검사님, 사는 재미가 없으신 거죠?"

"무슨 재미가 있겠어. 아내는 죽었지, 딸은 행방불명 된 뒤 아예 흔적도 없지. 살아도 살아 있는 목숨이 아니잖아. 지옥이지. 자신이 한없이 무능하다는 생각이 드는 건 당연한 거지."

"녹슨 마징가제트에 기름칠할만한 사건이 터져야 할 텐데."

"아이들 유괴사건 만큼은 아주 혈안이 되시잖아?"

"유괴가 아닌 단순 보호에도 민감해서 사형 구형 때리는 분이잖아요."

"언센가는 예전 마검사님으로 돌아오시겠지."

"그 전에 옷 벗지 않을까 걱정돼요."

"설마 그러기야 하겠어? 그래도 요즘엔 많이 좋아지셨잖아?"

"뒷담화 그만하고, 마 검사님 마음 알면 우리가 좀 더 뛰면 되잖아? 근데 이양반 어딜 간 거지?"

김형사는 서류를 살피는 듯하더니 이내 웃옷을 들고 일어났다. 성진은 복도 끝에서 자판기와 시름하고 있는 시늉을 해보였다. 김형사는 동전 몇 개를 넣고 커피 한 잔을 꺼내 마성진에게 건넸다.

"이제 우리도 슬슬 움직여야지?"

"바빠지겠는데요? 그동안 성과도 시원치 않으니……."

"다윗과 골리앗의 싸움이 될지도 모르지."

"골리앗이 너무 완벽하고 영리해서……."

커피를 들고 계단으로 내려가려던 김형사의 표정은 비장했다. 2년 넘게 그들의 허점을 찾기 위해 모든 인맥을 동원해서 그들의 비리를 찾으려 했지만 끈 자체를 잡을 수도 찾을 수도 없었다. 어둠에서 더듬더듬 실 한 오라기 찾는 느낌이었다. 김형사는 잘못하면 역풍을 맞을 수도 있다는 생각에 마성진을 바라보았다. 성진의 흔들리는 눈빛이 김형사와 비슷한 생각을 하는 것 같았다.

"이런 정신 좀 보게. 핸드폰을 두고 왔어요. 초혜양이 준 핸드폰만 생각하고 정작 제 핸드폰은 책상에 뒀네요. 하하."

김형사는 계단을 성큼성큼 올라 재빠르게 마검사의 사무실로 뛰었다. 성진은 자판기 옆 의자에 앉아 창문 밖을 바라보았다. 붉게 타는 해가 희뿌연 먼지에 쌓여 빌딩 숲으로 가라앉고 있었다. 전쟁을 시작을 알리는 서막이 열리는 것 같았다. 아직 시간이 남아 있지만 이미 신호탄은 쏘아진 상태였다. 성진은 깊은 한숨을 내리 쉬었다. 진짜 전쟁이 시작되었다. 이제 마성진 검사를 아는 그들과 자리를 함께해야 하고, 그들 앞에 자신을 보여야 할 때가 되었는지도 모른다는 생각이 들었다. 성진은 터벅터벅 걸어오는 김형사를 바라보았다. 그는 세상의 모든 근심을 짊어진 듯, 굳은 표정으로 성진 앞에 섰다.

"사무실 공기가 뭔가 심상치 않아요."

"왜? 끄나풀이라도 있는 것 같아?"

"그런 건 아닌데, 어딘지 모르게 낯선 느낌이랄까?"

성진은 씁쓸한 웃음을 지어 보였다. 적을 속이기 위해 내 편부터 속이라는 말이 있다. 김형사를 제외한 모든 이들에게 그는 무능한 검사가 되어야 했다. 그래야 그들의 관심선 상에서 벗어나 자유롭게 그들에 대해 알아 볼 수 있을 것 같아 시작한 일이었다. 그러나 그들은 여전히 그들 시선에서 성진을 내려놓지 않고 있었다. 허영자의 해킹을 알기에 그 어떤 것도 남기지 않았다. 하지만 그의 주변을 항상 따라다니는 그림자가 있다는 것을 성진은 알고 있었다. 일거수일투족 모두 감시하고 있다는 것을.

그렇게 2년이라는 시간은 아무런 성과도 없이 흘러버렸고, 초혜는 돌아왔다. 다른 아이들보다 몇 년 더 빨리 왔지만 예정된 일정이었다. 성진은 뒤에 산이 있는 초라하고 작은 집을 구했다. 서울에서도 외진 곳이지만 성진의 집에서 조금 내려가면 거대한 집들이 즐비했다. 내놓으라하는 거물들이 사는 곳. 가장 가까운 곳에 박달중의 집이 있었다. 온갖 비리로 많은 재물을 모은 그들이 하나 둘씩 그곳으로 모였다. 다만 가장 핵심인물인 허영자와 허수아비가 된 김상수만 아직 가령시에 남아 있었다.

성진은 김형사와 나란히 집으로 들어갔다. 텅 비어 더 싸늘하기만 한 집에 들어오는 것이 그다지 반갑지 않았다. 성진이 퇴근을 이곳으로 하는 경우는 드물었다. 가끔 청소하는 이가 와서 정리를 하고 가지만 정작 아직 버려야 할 마음의 짐을 버리지 못한 성진은 예전 살던 아파트로 퇴근하는 날이 많았다. 아직 그 집은 그대로 연희와 혜린의 추억들이 남아 있는 곳이기에 떠날 수 없었다. 서류상 그 집은 타인의 소유일 뿐, 실제 소유주는 성진이었다.

"이제 전에 살던 곳은 일이 끝날 때까지는 조심하셔야 할 것 같은데요?"

"그래야겠지."

성진은 문을 열고 들어갔다. 아무도 없을 터였다. 자그만 마당을 지나 현관문을 열고 들어가던 성진은 머뭇거렸다. 부엌에서 소리가 들려왔다. 온 집안에 음식 냄새를 풍기며 여기저기 불이 켜져 있었다. 김형사는 활짝 웃으며 현관으로 먼저 들어갔다. 그들 소리에 초혜가 앞치마를 두르고 얼굴에 이것저것 묻힌 채로 반갑게 뛰어 나왔다. 그녀가 부산을 떨며 저녁을 차리고 있었다. 성진은 표정이 굳었다. 싫은 내색을 숨기지 않았다.

"안쪽에서 문이 잠겼을 텐데?"

"컴퓨터 장치잖아요?"

"아, 실수했군! 다음엔 꼭 자물쇠로 채워두지."

"싫다는 말씀이시죠? 그럼 저희 쪽에서도 자물쇠로 잠가요."

"컴퓨터 장치로 잠가도 우린 못 들어가는 거 아닌가? 조금 억울한 생각이 드는데?"

김형사는 분위기를 풀어보려는 듯 너스레를 떨었지만 성진의 표정은 여전히 심드렁했다. 김형사는 부엌으로 들어갔다. 온갖 야채들이 식탁에 어지럽게 널어져있고, 가스레인지에서는 고등어가 타고 있었다. 김형사는 재빠르게 가스레인지를 끄고 초혜를 돌아보았다. 민망한 듯 방긋 웃고 있었다.

"고흥 살 때 잠깐 밥 해봤었는데, 잘 안되네요?"

"미국에서는?"

"거긴 이렇게 지지고 볶고 끓이는 게 그다지 많지 않잖아요. 거기다가 저희 스승님 아시잖아요? 식사도 정확한 시간에 정확한 칼로리로 자신을 챙기시는 것. 한국에 돌아오면전 된장찌개에 푸짐하게 먹고 싶었거든요. 그런데 음식 하는 게 제일 어려운 것 같아요. 쉽지 않아요. 이럴 때 혁수가 있으면 밥걱정은 안하는데."

초혜가 여전히 떠들고 있자, 성진은 말없이 거실에 앉아 있었다. TV가 시끄럽게 혼자 떠들어댔다. 초혜는 들고 있던 수저를 식탁위에 내려놓고 거실로 나갔다. 성진 옆에 나란히 앉더니 잔뜩 화가 난 표정으로 텔레비전 화면을 응시했다. 행복의 집이 화면에 가득 차 있었다. 몇 몇 아이들이 공을 차며 운동장에서 뛰어 놀았고, 여학생 몇은 그늘에서 책을 보며 웃고 있었다. 초혜는 미간을 찌푸렸다. 행복의 집 화면과 아이들의 웃음소리 위로 김상수의 얼굴이 커다랗게 클로즈업 됐다.

"저건 뭐에요?"

"김상수도 국회의원 출마 할려나? 요즘 언론이나 방송에 너무 자주 나와. 뻔하잖아? 자신의 삶을 아이들에게 모두 바친 시대의 영웅. 요즘 저것들 영웅놀이 하는 중이거든."

"더 재미있는 건 자식을 버린 부모들 심정을 이해한다는 저 혀를 잘라버리고 싶은 충동이 일어난다는 거야. 사는 것이 너무 힘들어서 어쩔 수 없이 아이들을 맡기는 부모가 늘어나고 있다는 거지."

"어설프게 들춰내면 사회에서 매장 당하는 것은 우리들이라는 이야기가 되겠네요?"

"확실한 방법이 필요하겠지."

초혜는 곰곰이 생각하듯 손으로 턱을 만졌다. 그리곤 손을 얼굴로 가져가더니 눈을 감싸는 형태를 하고 중지 손가락으로 미간을 만지작거렸다. 초혜가 벌떡 일어났다.

"밥 먹고 합시다! 일단 배고프니 먹어야죠."

초혜는 부엌으로 들어가 어지럽게 널브러진 야채들을 정리하고 경쾌한 소리로 도마를 두들겼다. 김형사와 성진의 시선이 마주쳤다. 둘은 맑은 웃음을 지어보였다.

그 이후 초혜는 단 한 번도 성진의 집으로 건너오는 일이 없었다. 아이들이 각자 멘토를 찾아 떠난 후, 성진은 이 집을 준비했다. 입구는 정 반대이지만 지하 통로를 통해 아이들의 아지트와 연결 되고, 그 지하에는 모든 장비가 준비되어 있었다. 입구는 여러 갈래로 연결이 되어 있었다. 만약에 그들의 아지트가 발견 되었을 경우, 언제든지 다른 입구로 빠져 나갈 수 있는 비상구였다. 어설픈 해킹 솜씨로는 어림없는 잠금 장치였다. 그러나 초혜는 아주 간단하게 잠금 장치를 해제하고 들어왔다. 성진은 그 이후 생각하는 시간이 많아졌고, 초혜는 그런 성진을 간파하듯 단 한 번도 성진의 집으로 건너오는 일이 없었다. 김형사는 양쪽에서 흐르는 기류에 잘못 서면 벼락을 맞을 것 같다는 생각에 피식 웃었다. 알 수 없는 냉기류 형성이 그다지 오래 갈 것 같지는 않았다. 다들 일 시작 전에 민감해져 있기에 발생하는 것이라 생각이 들었다. 성진은 커다란 액자 앞에 서서 벽만을 바라보고 있었다. 김형사는 성진의 위태한 흔들림을 감지라도 한 듯 헛기침을 했다. 성진은 멋쩍은 웃음을 보이며 자리에 돌아왔다.

"일이 모두 끝난 뒤에는 어찌 해야 되는 거지?"

"타인으로 돌아가는 거죠. 서로 다른 공간에서 서로의 일에 충실하며."

"말처럼 그렇게 쉽게 살아갈 수 있을까? 복수의 끝은 공허라는 건 누구나 다 아는 사실이잖나?"

"아직 열려있지 않는 미래의 벽 앞에서 너무 많은 생각을 하시는 것 같은데요?"

성진은 뜨거운 커피 잔을 들었다. 세상이 무너질 듯, 희망이라고는 단 한 줄기도 보이지 않는 어둠 같았던 시간이 흘렀다. 어둠에서 세상 밖으로 뛰어나와 갈팡거리던 아이들과, 어둠을 헤매는 자신을 하나로 묶은 것은 도전이었는지도 모른다. 하지만 같은 목표가 있다는 것에 그들은 쉬이 하나가 될 수 있었다. 그 목표가 끝나면 어찌 될 것인가? 어둠이 있으면 햇살 찬란한 아침이 있기 마련 아니겠는가. 해가 떠오르기 위해 준비하는 새벽이 끝나고 이제 서서히 그 서막이 열리는 것인가 하는 약간의 설렘과 그 이후의 생각들이 꼬리를 물고 그의 생각들을 헤집어 놓았다.

성진은 납골함 앞에 섰다. 두 개의 납골함이 나란히 놓여 있다. 커다랗고 자그만 것만으로도 하나는 혜린이의 납골함이라는 것을 알 수 있었다. 성진은 토끼 인형을 안고 활짝 웃고 있는 혜린의 사진에 시선이 고정되어 있었다. 분노와 애처로움을 담고 있는 그의 눈빛은 위태로워 보였다. 김 형사는 성진의 어깨에 손을 올렸다.
"형님이 이럴수록 형수님 마음 아파하실 겁니다."
"아직 혜린이를 찾지 못해서 떠나지 못할 거야."
"그러니 형님이 힘내셔야죠."
성진은 환하게 웃고 있는 두 사람의 사진을 번갈아 보며 주먹을 불끈 쥐었다. 두 사람 모두 건강하지는 않았지만 사는 것에 큰 무리 없었다. 일상생활이 약간 불편할 뿐, 행복한 미소로 그를 맞아주던 두 사람. 성진은 잠시 두 눈을 감았다. 그들의 웃음을 한 번이라도 더 느껴보려는 듯. 유골함에 손을 가져가 따뜻한 온기를 느껴보려 애썼지만 도자기의 냉기만 그의 손에 전해졌다. 성진은 고개를 들어 김형사를 바라보았다.

"애들은?"

"최진혁 군은 시간이 좀 더 필요한 것 같습니다. 차혁수 군은 이미 민초혜 양과 합류했고, 진수연 양은 오늘 합류하기로 되어 있습니다."

"진상재단에 대해서는?"

"정상적인 방법으로는 접근할 수 없는 시스템으로 짜여 있습니다. 국회의원 박달중이 아닌 다른 쪽과 접촉하는 것을 포착했는데 역시 철저하게 합법적인 모양새를 갖추고 있어서 접근하기 쉽지 않은데요?"

"박달중이 어린 아이들을 노리개로 이용하는 곳이 정해져 있다면서?"

"그 역시 심진국 일파와 연계 되어 있어서 쉽게 접근 할 수가 없습니다. 대부분 집게파 소유의 건물에서 이루어지고 있는 것은 확인했고, 일단 집게파 심진국부터 잡기 위해서 내부 깊숙이 조직원이 침투되어 있습니다."

"쉽지 않군."

"그러니 20여년 넘게 잔인한 짓을 하면서 흡혈귀처럼 살아도 세상에는 청렴결백하고 성인군자로 알려지는 것 아니겠습니까?"

김형사는 성진에게 신문을 내밀었다. 강진상 이사장에 대한 기사였다. 성진은 신문을 보며 손을 바르르 떨었다. 세상에 존재하지 말아야 할 인간들이 추앙받는 기사가 1면에 떡하니 자리 잡고 있었다.

—강진상 학원재단 이사장, 가출 청소년을 위한 쉼터 전국 각지에 설립, 정부에서 하지 못한 일, 개인 사비 털어 해내다.—

"언론사들이 그 자식들 영웅 만드는 것에 일조하는군!"

"행복의 집에서 성장한 아이들이 그들이 원하는 요소에 심어져 있으니까요. 같은 곳에서 자랐지만 전혀 다른 환경으로 인재로 키워진 아이들이라고 합니다."

성진은 조용히 눈을 감았다. 행복의 집의 타이틀에 걸맞게 키워진 아이들. 그들이 성장하면서 행복의 집 출신이라는 것이 세상에 알려지면서 점점 더 어둠은 짙어지고 있었지만, 그 아이들의 빛에 의해 더 깊숙이 가려지고 있었다. 그는 깊은 한숨을 내리쉬었다.

"신중환의 움직임은?"

"경찰청으로 옮긴 뒤 조용합니다. 그들의 궂은 일만 뒤처리 하는 인물로 전락한건 아닌가 싶은데……. 별다른 움직임은 없습니다. 다만 그 아들이 예전 마 검사님 명성을 따라가고 있다는 것 말고는."

"신철진 검사 말하는 건가?"

"네, 아주 철저하고 매섭죠. 신 검사 밑에서 일하는 동료의 말을 들어보니 요즘 마약 밀매조직의 뒤를 캐고 있다는 정보입니다."

마성진은 납골당을 빠져 나왔다. 김형사는 한발자국 떨어져 걸었고, 마성진은 주변을 한 번 둘러보더니 하늘을 올려다보았다. 부산하게 움직이는 몇 사람의 움직임이 느껴졌지만 그다지 신경 쓰는 표정은 아니었다. 김형사가 운전석에 오르자 마성진은 조수석에 올랐다.

"확인했나?"

"네 명입니다."

"초혜가 조금씩 시도한 뒤부터 미행이 붙었지?"

"허영자도 보통내기가 아닌데요? 초혜양이 아침에 전한 메시지가 뭐였죠?"

"보이는 것과 보이지 않는 것은 하나이지만 결과는 둘이다."

"쉽게 말하면 될 것을 뭘 그리 어렵게 말하는 건지."

"우리가 어떤 것을 보여주느냐에 따라 결론은 달라진다는 이야기야. 그래서 오늘 우리의 동선은?"

"오늘은 선전포고 비슷하게 행복의 집 앞을 좀 기웃거려 볼까요?"

김형사는 사이드미러와 룸미러를 힐끗 바라보며 느긋한 운전을 했다. 성진은 창밖을 보는 듯 사이드미러를 보며 씁쓸해 했다. 주객전도였다. 범죄자가 그들을 쫓고 있고, 검사인 그는 그들의 시선을 피해 행동해야 하는 그 상황이 그다지 반갑지만은 않았다. 아이들을 만난 지 5년 동안 많은 것들이 변해버렸다. 그는 늘 혼자였고, 그저 별 대수롭지 않은 사건들만 전담하는 형사로 전락해 버렸다. 아니 그래야만 했다. 그들의 주목을 받지 않기 위해서 선택한 삶이었다. 자신이 가지고 있던 것들이 특별한 것이라고 생각해 본 적은 없었다. 그러나 모든 것을 놓아야 하는 지금, 가족이 있고, 행복이 있고 유능하다는 것은 특별한 것이었다. 이제는 그걸 알 수 있을 것 같았다. 자신의 가슴 안에서 꿈틀거리는 욕망을 자제하기란 쉬운 일은 아니었다.

행복한 웃음에 감춰진
잔인한 미소

    음침하고 스산한 기운이 감도는 행복의 집 관사에 잔잔한 음악이 흘렀다. 장식품이라고는 단 한 가지도 존재하지 않았다. 깔끔하게 정돈 되어 있는 거실에는 그 흔한 장식장도 없었고, 화분 하나 존재하지 않았다. 삭막하다 못해 싸늘한 기운까지 느껴졌다. 수진은 다리에 힘이 빠져서 더 이상 걸을 수 없었다. 요 근래 관사에 들어갔다가 돌아오지 못한 생활교사들이 모두 죽었다는 소문이 돌았다. 소문이라고 생각하자니 근래에 나오지 않은 교사가 몇 몇 있었다. 수진은 관사에 처음 들어왔다. 허영자는 단 한 번도 그녀의 숙소로 수진을 부른 적이 없었다. 원장마저도 허영자의 숙소는 가 본적이 없다고 했다. 그런데 그녀가 수진을 불렀다. 수진은 현관문을 열고 들어가 거실에 발을 올리지 못했다. 어둡고 음산한 기운이 그녀를 감싸고 있는 듯 했다. 어디선가 들려오는 음악소리는 장송곡처럼 흐느적이고 있었다.

"들어와!"

머리에서 시작한 기운이 점점 다리 끝과 손끝으로 빠져나
간다는 느낌이 들었다. 오늘 따라 허영자의 목소리가 더 음
산하게 들려왔다. 수진은 허영자와 눈이 마주치자 무릎을
꿇었다.

"왜? 어제는 나가겠다고 큰 소리 쳤잖아? 근데 왜 오늘은
무릎을 꿇을까?"

"잘못했어요. 살려 주세요."

"난 사람을 죽이지 않아, 스스로 죽었을 뿐이야. 자 오늘
은 무엇을 따지러 왔을까? 돈 갚으러 왔나?"

"갚을게요."

"뭘로?"

"뭐든 시키는 건 다 할게요. 살려만 주세요."

"난 죽이지 않는다니까? 날 왜 살인마로 만드는 거지?"

허영자는 자리에서 일어났다. 희미한 불빛에 의존하던 거
실은 갑자기 밝은 불빛이 들어왔다. 수진은 순간 눈부심에
손으로 눈을 가렸다. 서서히 주변이 조금씩 자신의 색깔을
찾으며 온전한 모습으로 수진의 눈앞에 나타났다. 수진은
숨을 쉴 수 없었다. 사람의 집이 아니었다. 아무것도 없는
텅 빈 거실에 먼지가 수북이 쌓여 있었다. 허영자가 움직이
는 방향은 일정하다는 것을 먼지만으로도 알 수 있었다. 허
영자는 슬리퍼를 질질 끌며 먼지가 쌓여있는 끝 방으로 걸

었다. 수진에게 따라오라는 손짓을 했다. 수진은 허영자의 뒤를 따라 조용히 움직였다. 먼지와 잡다한 것들이 정리되지 않은 채 처박혀 있는 골방이었다.

"지금부터 네가 사용할 방이야. 대신 이곳의 일이 한 가지라도 발설이 되면 네 혀를 뽑아버릴 테니까 조심하고."

"…… 네."

"안방을 뺀 나머지는 모레까지 아주 빛이 나게 청소할 수 있도록 해. 앞으로 좀 바빠질 거야. 이곳에 사람들이 들락거릴 예정이거든."

허영자는 소리 나게 방문을 닫고 거실로 나가버렸다. 방문이 닫히는 바람에 문틀에 쌓여 있던 먼지가 수북이 그녀의 머리위로 떨어졌다. 수진은 자리에 주저앉았다. 손이 떨려왔다. 죽을 것 같았다. 목이 마르고 온 몸이 불타는 것 같았다. 몸은 뜨겁게 타오르는 것 같지만 춥다는 느낌이 들었다. 제 정신으로 온전하게 숨 쉬는 잠깐의 시간이 있다는 것이 차라리 죽음보다 더 힘들었다.

희뿌연 먼지에 가려진 커다란 거울이 바닥에 널브러져 있었다. 수진은 거울을 세웠다. 미친 듯이 거울을 닦았다. 그리고 자신을 향해 희죽 웃었다. 인간의 모습이 아니었다. 휑하게 들어 간 눈. 밤새 맞아서 여기저기 멍이 들어 있는 몸. 미친년 산발한 것 같이 내려와 있는 머리카락. 수진은 자신의 머리카락을 쓸어 올렸다. 5년 전 전혀 이해할 수 없었던 메시지 하나가 문득 떠올랐다.

-주먹만한 눈덩이가 산처럼 커지면 깔려 죽는 것은 바로 자신. 행운을 빌어요.-

지금 자신은 그 눈덩이에 깔려 죽고 있다는 생각이 들었다. 허영자가 친절하게 내민 법인카드. 허영자는 사채업을 하는 심진국의 개인카드라는 말을 전했다. 그 말을 전해들은 다음 날, 허영자는 부원장실로 수진을 불렀다. 그리고 심진국에게 자신의 통장을 넘겼다.

"이걸로는 어림없어. 어쩔 거야? 뭘로 갚을 거냐고!"

"내가 내일 바로 갚아 드릴게요. 이 아이 정말 고생 많이 했잖아요. 순간의 실수로 이렇게 살기엔 너무 가엽잖아요."

역겨웠다. 심장에서 피가 거꾸로 쏟아 토할 것 같았다. 허영자와 심진국의 연극은 거기서 끝나지 않았다. 원장은 지하 밀실로 수진을 불렀다. 울고 있는 수진에게 기분이 좋아질 것이라며 혈관에 주사를 놨다. 정신이 몽롱해지며 환한 세상에 온 것 같았다. 모든 것을 다 해 낼 수 있을 것 같았다. 원장이 수진을 부르는 날이 많아졌고, 그때마다 수진은 행복했다.

어느 날부터 원장은 수진을 찾지 않았다. 십여 년 넘게 짐승처럼 밤이면 침대에 던져놓고 때리며 온 몸을 부수던 원장을 수진이 스스로 찾을 때쯤에 원장은 그녀를 찾지 않았다. 목이 말랐다. 그때마다 수진은 허영자를 찾아야 했다. 허영자는 허기진 하이에나가 아사 직전에 갈 때까지 단 한

방울의 물도 주지 않다가 죽음의 경계선 바로 앞에서 새빨간 고깃덩이를 던져 주는 것처럼 수진에게 주사를 놔 주었다.

그리고 한 달은 지하 밀실에 갇혀 있었다. 죽여 달라고 소리쳤지만 아무도 듣지 않았다. 미친 듯이 벽을 손톱으로 긁었지만 누구도 대답하지 않았다. 그리고 이제 허영자의 개가 되어야 한다는 것을 직감으로 알고 있었다. 수진은 자신의 머리를 감싸 쥐었다. 허영자의 환영이 보였다. 환각임에 틀림없다.

"넌 이미 죽은 사람이야. 사망 신고 해 버렸거든. 넌 한 달 전에 여기에서 돈을 훔쳐 달아났고, 실수로 물에 빠져 죽은 거야. 넌 여기서 도망친다 해도 아무 소용없어. 넌 죽은 사람이거든. 살아있는 유령!"

수진은 주먹을 꼭 쥐었다. 입술을 깨물었다. 입술에서 피가 흐르고 있었다. 문득 며칠 동안 눈동자에 힘이 없었던 수연이 생각났다. 별 의미 없게 보았던 일들이 떠오르며 지금도 자행 되어 있는 일들을 하나하나 짚어보았다. 정신이 말짱할 때, 기억해야 한다는 것을 알고 있었다. 이 순간을 견뎌내지 않으면, 그 유혹을 떨쳐내지 않으면 차라리 죽는 것이 낫다는 생각이 들었다.

'죽는 것이 더 편할지도 몰라. 하지만 그건 저 사악한 여자가 원하는 것임에 틀림없다. 난 너에게 지지 않겠어. 절대!'

너무 늦게 깨달은 것이 후회스러웠다. 그러나 그녀 나이 이제 서른 셋. 살아야 할 날이 더 많다는 것을 안다. 인간이 아닌 삶이었지만, 그 많은 범죄를 저질렀지만 그래도 살아야 할 이유가 생겼다. 허영자의 그 싸늘한 웃음을 멈추게 할 수 있다면 그 무엇이든 할 수 있을 것 같았다. 허영자가 그녀와 마주칠 때마다 내 뱉었던 말이 불현듯 생각났다.

"넌 쓰레기야. 버려졌잖아? 쓰레기만 버리는 거거든. 넌 내가 아니면 그 무엇도 할 수 없는 쓸모라고는 전혀 없는 쓰레기야!"

처음엔 억울했다. 하지만 매일 그 말을 반복해서 들을 때, 그녀는 정말 아무 것도 할 수 없었다. 아니 용기가 나지 않았고, 자신도 없었다. 그래서였을까. 허영자가 시키는 것만 하게 되고, 그 이상은 생각조차 하지 않게 된 것이. 수진은 그녀의 방 책상 뒤에 있는 노트가 생각났다. 그 또한 쓰지 않은지 오래 되었다. 허영자가 그녀의 통장을 보여준 후, 까맣게 잊고 있었다. 더 많은 아이들이 죽어나가고, 더 많이 팔려 나가고, 더 많은 아이들이 쓰레기 취급을 받는 것을 보면서 더 이상 쓰지 않았다. 그것보다 그녀에게 주어진 그 행복을 만끽하고 싶었기에. 주어진 것들이 영원할 줄 알았기에, 허영자의 말만 잘 들으면 그렇게 살 수 있을 것이라 생각했다. 그녀의 두 볼을 타고 후회의 눈물이 흘러 내렸다.

'나에게 언어의 마술을 걸었던 거야. 언어의 저주를 내렸던 거야.'

허영자가 벌컥 문을 열고 들어오더니 액체가 든 주사를 그녀에게 던지고 싸늘한 냉소를 보냈다. 수진은 허겁지겁 주사를 들고 몇 번이고 허리를 숙였다. 그때서야 허영자는 문을 닫고 사라졌다. 수진은 망설였다. 자신의 팔뚝에서 혈관을 찾다가 다시 입술을 깨물었다. 개죽음일 수밖에 없다. 수진은 주변을 두리번거렸다. 먼지에 쌓여있는 옷 조각이 보였다. 주사액을 모두 옷 조각에 쏟아버렸다. 그리고 힘없이 방바닥에 쓰러져 누웠다.

"흐흐흐흐흐. 하하하하……."

그녀의 슬픈 웃음소리는 고즈넉한 행복의 집 허공을 맴돌고 있었다. 듣는 이 아무도 없는 공허한 웃음소리는 드높은 밤하늘을 밤새 날았다.

김상수는 차 문을 열다가 문득 관사 쪽을 바라보았다. 언제나 불이 꺼져 있는 관사가 환하게 불을 밝히고 있었다. 상수는 허탈한 웃음을 지어 보였다. 오늘 밤 그 누군가의 마지막 생명이 꺼질 수도 있다는 생각이 들었다. 상수는 자신의 온몸에 소름이 돋아나는 것을 느꼈다. 허영자가 행복의 집 부원장으로 들어오기 전은 그저 학원 재단에서 지원되는 얼마의 돈과 정부의 보조금으로 겨우 운영되던 보육원이었다. 허영자의 치밀한 계획으로 학원재단 이사장이었던 진재만은 죽었고, 함께 재단을 운영하던 강진상이 이사장으로 취임했다. 그리고 모든 것이 변했다. 관련된 모든 사람들은 엄청난 부를 누렸고, 모두 허영자에게서 자유롭지 못했다. 김상수 또한 허영자에게 자유로울 수 없었다. 그러나 싫지는 않았다. 매일 큰 소리가 났던 집안이 조용해졌다. 아내는 쇼핑하는 즐거움에 푹 빠져 있었고, 가끔 여행한다며 한두 달 집을 비우는 일도 종종 생겼다. 그러나 그다지 신경 쓸 일은 아니었다. 가난을 더 이상 아이들에게 물려주지 않아도 된다는 행복감은 이루 말할 수 없이 큰 기쁨이었다. 허르스름한 단칸방에서 단독으로 옮겼고, 자그만 단독 주택이 지금은 대 저택이 되었다. 그것이면 만족했다. 지금 가진 이것만 지킬 수 있다면 누군가 이곳에서 죽어 나간다 해도, 그와는 상관없는 일이었다. 내일 아침이면 모두 합법적인 일들로 만들어지는 세상에 그가 존재한다는 자체가 그에게는 행운이고 경이로움이었다. 김상수는 고개를 저으며 차 문을 열고 뒷좌석으로 들어갔다.

'내 자식도 아닌네, 내가 죽이는 것도 아닌데 상관 말자. 한두 번 있는 일도 아닌데 오늘 따라 왠지 기분이 찝찝하군.'

뒷좌석 의자에 몸을 의지한 채 눈을 감았다. 차는 스르르 미끄러지듯 보육원을 빠져 나가고 있었다. 상수는 생각났다는 듯 중얼거렸다.

"내 차 운전한 지 얼마나 됐지?"

"1년 됐습니다."

"아, 그래 송 기사는 부모님 때문에 고향으로 내려갔지. 그랬지. 자네 우리 보육원 출신인가?"

"아닙니다. 다만 학교는 진상학원재단에서 나왔습니다."

"오늘은 바에 들렸다 가지. 술 한 잔 해야겠어."

"네 원장님."

차는 어두운 들길을 지나 가령 시내를 빠져나가고 있었다. 운전석에 앉아 있던 사내는 뒷좌석의 원장이 눈을 감고 있는 것을 확인하고 룸미러를 바라보았다.

초혜는 모니터에 전해지는 상황을 말없이 지켜보고 있었다. 원장의 차와 사무실, 그리고 집까지 모든 설치가 끝났다. 다만 부원장실까지 감시할 수 있게 되어 있지만, 허영자의 숙소인 관사를 관찰할 수 있는 방법이 없었다.

혁수는 초혜의 어깨위에 자신의 손을 올렸다. 원장의 얼굴이 화면에 보이자 미세하게 초혜의 어깨가 떨리고 있었다. 혁수는 모니터를 바라보며 의자에 앉았다. 여전히 원장은 두 눈을 감고 잠이 든 것처럼 의자에서 꼼짝하지 않았다. 그들의 동선을 확실하게 파악하기 위해 초혜는 하루 종일 관련된 사람들의 동선을 따라다니기도 하고, 그들의 활동 반경을 계산하기도 했다. 그녀는 피곤한 듯 혁수의 어깨에 기대었다. 가령 시내 한복판에 있는 커다란 탑 차가 서서히 미끄러지듯 시내를 빠져나갔다.

상수는 대문을 열고 들어오자 긴장감이 풀어진 듯했다. 집처럼 편한 곳은 없다. 온종일 방송 카메라에 대고 억지웃음을 짓는 것도 이제는 그다지 반갑지 않았다. 이사장의 국회

진출을 위해 그가 해야 할 일이 많다는 것이 짜증나기도 했다. 상수는 휘청거리며 현관문을 열었다.

"아빠, 다녀오셨어요? 우리 아빠 술 드셨네?"

"당신 오늘 텔레비전에 정말 멋있게 나왔던데, 회식이라도 하셨어요?"

상수는 두 여인의 마중을 받으며 어리광 피우듯 거실에 누웠다. 두 여인은 낑낑거리며 상수를 안방으로 옮기며 깔깔거렸다. 따뜻한 웃음소리에 뭔가 허전함이 있었다. 상수는 벌떡 일어났다.

"우리 아들은 어디 있을까?"

"당신도 참, 아들 전문의 자격시험 보는 중이라 당분간 들어오지 못한다고 했잖아요."

"아! 그렇지. 우리 아들 의사였지."

"오늘 따라 왜 이렇게 술을 많이 드셨을까? 기분 좋아서 드신 것 맞죠?"

"아무렴, 기분 좋다마다. 당신이 이렇게 웃는데 말이야, 우리 딸 예쁜 것 좀 봐."

상수는 밑바닥에서부터 올라오는 불안감을 떨쳐버릴 수 없었다. 행복한 웃음이 커질수록 이 행복을 잃어버릴 것 같다는 생각이 허영자의 싸늘한 냉소를 볼 때마다 떠올랐다. 허영자가 입버릇처럼 하는 말이 있었다.

-세상에 공짜란 없는 법이지요. 언젠가는 무엇이든 그만한 대가를 치르게 되는 법이에요. -

싸늘하게 들려오는 허영자의 목소리에 술이 확 깨는 것 같았다. 상수는 냉소를 머금었다.

'어차피 너나 나나 공범. 날 무너뜨리기 위해서는 너도 무너져야 한다는 것이지. 너에 대한 두려움 따윈 이제 아무소용 없어. 아무렴 없지. 없어.'

상수는 자신을 세뇌하듯 몇 번이고 반복해서 생각했다. 그에게 두렵지 않은 사람은 없었다. 모두가 잔인했고, 모두가 살벌했다. 그러나 다들 잘 살아가는 사람들이었다. 자신도 그들과 함께 걷고 싶었고 당당해지고 싶었다. 그리고 이제 강진상 이사장이 정계로 진출하게 되면, 진상학원재단 이사장직을 상수에게 맡기겠다는 말에 야망도 생겼다. 더욱 더 강해질 것이라 주먹을 꼭 쥐었다.

'이사장이 되면 허영자부터 어찌 처리해 버리겠어. 안 되는 머리 쥐어짜서라도. 이제 벗어나고 싶거든.'

진혁은 주먹을 불끈 쥐었다. 슬쩍 곁눈질로 수연을 보자 수연은 아무렇지도 않다는 듯 손톱을 다듬으며 모니터에는 무신경한 듯 손톱에만 시선을 집중했다. 그리고 아무렇지도 않다는 듯 중얼거렸다.

"행복한 가정에, 유능한 가장에 다정한 아버지라. 원장 성공했네!"

진혁은 수연을 바라보고 앉았다. 머리에 화려한 장식을 하고 껌을 질겅질겅 씹으며 정성을 다해 손톱에 매니큐어를

칠하는 중이었다. 그녀는 얼굴이 변신할 때 마다 성격도 변하고 있었다. 다중인격인가 싶을 정도였다. 진혁이 아지트로 돌아온 지 한 달이 넘었다. 그러나 수연의 진짜 얼굴은 단 한 번도 마주보지 못했다. 매일 다른 얼굴로, 다른 성격으로 진혁 앞에 서 있었다. 진혁은 고개를 숙였다. 수연을 어찌 대해야 할지 난감하기만 했다. 그때 밖이 시끌벅적했다.

"긍께, 그것이 아니고, 손발을 먼저 짤라부러야제!"

"바보, 머리를 자르면 손발은 자동으로 묶인 다니까?"

"아따 아니랑께 그라네!"

진혁은 들어오는 초혜와 혁수를 바라보았다. 티격태격 장난하며 들어오는 모습이 정겨워보였다. 진혁과 마주친 혁수는 잡고 있던 초혜의 손을 슬며시 놓으며 멋쩍게 웃었다. 혁수의 시선이 수연에게 머물렀다.

"어따 이거시 누구여? 오늘은 누구랑가?"

"아잉~ 혁수오빠 왜 이래? 어제 만났던 정양이잖아잉~"

"모지리! 밖에서 보면 누가 우리 예쁜 수연이라고 허것어? 완전히 딴 사람이랑께? 누구보다 대박이여. 나도 그 기술 쪼깜만 전수해 주믄 안 될까?"

수연은 혁수를 마주보며 깔깔거렸다. 그때서야 진혁은 조금 안심하듯 미소를 지었고, 초혜는 괜찮다는 듯 진혁의 어깨를 두드렸다. 넷이 나란히 소파에 둘러 앉았다.

"난 혁수 말에 한 표 던진다. 뭐 결정이야 대장이 하겠지만, 허영자는 감시 하는 것도 쉽지 않아. 교묘하게 법망을 모두 빠져 나갔기 때문에 방법이 없잖아?"

"정신의 구속. 자신의 허구 안에 자신을 가두는 방법이 있긴 해."

"대장 언제 오지?"

"일단 밥 좀 먹으면 안 될까? 하루 종일 우유랑 빵으로 살았더니 배고파. 혁수야 나 배고파!"

"네네, 우리 공주님 식사 허시야지요잉. 바로 대령 허께요잉!"

혁수는 너스레를 떨며 부엌으로 사라지고, 수연은 혁수를 따라 부엌으로 들어갔다. 어느새 머리를 뒤로 질끈 묶고 밝은 표정으로 콧노래를 불렀다. 진혁은 수연에게서 시선을 놓지 않으며 긴 한숨을 내리쉬었다.

"걱정하지 마. 아직 많이 힘들어 해. 유독 깔끔하고, 완벽하려고 노력했던 애잖아. 그래서 충격이 더 심한 것뿐이야. 네가 곁에 있는 것으로도 많은 위안이 되고 있어."

"알고 있어. 하지만 바라보는 나도 힘들다."

"그걸 수연이가 알고 있어서 널 자꾸 밀어내는 거야. 너부터 편안해져야해."

부엌에서 혁수의 목소리가 시끄럽게 들려오고 수연의 웃음소리가 들렸다. 진혁은 고개를 끄덕이며 자리에서 일어나 부엌으로 향했다. 초혜는 모니터를 응시하며 메인 컴퓨터 앞에 앉았다. 허영자에게 경고 메시지를 보낼 시간이 되었다. 점점 도발이 심해지고 있었다. 일부러 허영자의 컴퓨터에 흔적을 남기고 그녀가 감시하고 있는 카메라를 꺼 버리거나 자료를 삭제해 버리는 일을 며칠 째 반복하고 있었다. 허영자는 온 종일 컴퓨터에서 꼼짝하지 않고 자신에게 도발한 누군가를 찾고 있었다.

-악연도 인연이라 그립네요. 당신의 목소리가.-

메시지를 남긴 초혜는 허영자의 컴퓨터에서 빠져나오며 자신의 접속 경로를 지웠다. 며칠 째 컴퓨터 앞에서 꼼짝하지 못하는 허영자 덕에 행복의 집 곳곳에 그녀가 모르는 초미립자 감시 카메라를 설치할 수 있었다.

안쪽에 있는 벽이 좌우로 열리며 김형사가 들어오고 뒤를 이어 성진이 들어왔다. 초혜는 고개를 돌려 목례만 하고 여전히 모니터를 응시하다 김형사를 툭 건들더니 화면 하나를 가리켰다.

"녹화 되지?"

"당연하죠. 저 부분만 따로 저장해야 할 것 같아요. 박달중 의원을 찾아 온 사람이 현직 검사 맞죠?"

"신중환의 아들 신철진 검사야. 지금 저기가 어디지?"

"박달중 차 안이에요. 카메라는 룸 밀러와 앞좌석 시트 단추에 달려 있어요."

"목소리 들을 수 있나?"

초혜는 유리벽으로 화면을 옮기더니 볼륨을 컴퓨터로 연결했다. 볼륨이 컸던 탓인지 온 집안에 쩌렁쩌렁 울리자 모든 시선이 초혜에게 집중 되었다. 그녀는 머리를 긁적거리며 볼륨을 낮췄다.

"박의원님께서 마약 밀수입 사건에 연류 됐다는 탄원서가 들어왔습니다."

"증거가 없지요. 대선을 방해하려는 의도겠지요."

"증거로 제출 된 것을 가져 올 수는 없고, 복사를 해 왔습니다만……."

사내는 박달중에게 사진을 내밀었다. 초혜는 재빠르게 4번 모니터를 유리벽으로 옮겼다. 심진국과 박달중이 마약을 확인하며 웃는 모습이 찍힌 사진이었다. 박달중은 운전석에 앉은 기사에게 눈짓을 했다. 기사는 문을 열고 밖으로 나갔다. 초혜는 난감하다는 듯 자신의 손으로 머리를 쥐어박았다.

"차 밖에서 건네는 건 잡을 수 없으니 어쩌죠? 그렇다고 매일 미행을 붙일 수도 없고."

"그 근처 CCTV는?"

"없어요. 강변로 쪽인 것 같아요. 인적이 드문 강변로라 그 어떤 카메라도 없어요. 수십 미터쯤 떨어진 카메라라도 있으면 좋으련만."

"기사가 항상 지니고 다닐만한 물건이 뭐가 있지?"

"근데 신 검사의 의도는 뭘까요? 돈 때문은 아닌 것 같은데?"

"신중환의 꼬투리로 신 검사를 협박하고 있는 건가? 아니면, 제 아비의 길을 따라가는 건가?"

"울 끈데 말대로 돈이 최고랑께. 돈 갖고 안되는 게 뭐 있 간디?"

초혜가 성진을 바라보았다. 성진은 곰곰이 생각하는 듯하 더니 김형사를 바라보았다. 김형사는 한숨을 내리쉬며 머 리를 긁적거렸다.

"이런 것만 저 시키십니까? 신 검사는 눈치 빠르기로 유 명한데……."

"일단 신 검사의 의도를 알아야 다음 일을 진행 할 수 있 을 것 같다. 일단 공개 할 수 있는 것들을 최대한 모아 두는 것이 우리에게 유리할 테니 발로 뛰어서라도 수집해야 할 거야."

초혜는 배고프다는 시늉을 하며 부엌으로 들어갔다. 근사 한 식탁이 차려져 있고, 수연은 어느새 도우미 복장으로 부 엌에 있었다. 여섯은 나란히 식탁에 앉아 즐겁게 식사를 하 고, 수연도 활짝 웃으며 진혁을 바라보았다. 진혁은 엄지손 가락을 펴서 수연에게 보였다. 수연은 히죽 웃었다. 진혁에 게 처음 보여주는 순수한 웃음이었다.

강진상이 부원장실 문을 벌컥 열고 들어왔다. 손에 들고 있던 서류봉투를 허영자의 얼굴에 세차게 던졌다. 놀란 허 영자는 자리에서 벌떡 일어났지만 표정은 그대로였다. 강 진상은 손을 부르르 떨며 허영자의 멱살을 잡았다.

"네년 짓이지? 또 나를 궁지로 몰아넣고 나서 뭘 얻으려고?"

허영자는 냉소적인 눈빛으로 진상을 바라보았다. 그리고 세차게 진상의 양손을 잡아 뿌리친 후 진상을 소파로 밀고 자신의 옷매무세를 다듬었다. 진상은 진정이 되지 않는지 여전히 씩씩거리며 허영자에게 다가왔다. 허영자는 여전히 냉정하고 차가운 표정으로 진상을 바라보았다.

"이딴 짓을 할 사람 너 밖에 더 있냐고! 진상학원재단에서 사용하고 있는 토지 21년간 사용료 지급이라니 이게 말이 된다고 생각해? 수백억이라는 이 천문학적 숫자가 말이 되는 거냐고!"

허영자는 서류를 펼쳤다. 소유주 진수연이었고, 법정 대리인 명의의 통장으로 입금하라는 최고장이었다. 지난 4월이 진수연의 생일이고, 법정나이 만 24세가 되었다. 그녀의 입 꼬리가 심하게 흔들렸다. 뒤통수를 맞은 듯 짜릿한 전율이 전해졌다. 그녀는 서류를 다시 진상의 가슴에 밀치며 싸늘하게 속삭였다.

"장난감으로 기르던 개가 이빨을 드러내면 죽여야겠죠? 지금이라도 손짓 하나면 당신은 아웃이야. 나한테 이런 식으로 나오면 곤란하지 않을까? 진수연을 찾아야지. 내가 아니라."

진상은 허영자의 살기어린 목소리에 한발자국 뒤로 물러났다. 언제나 조용히 계획을 짜고, 실행에 옮기면 조언을 하던 허영자가 아니었다. 목소리에 살기가 가득했다. 아니 그녀의 시선은 금방이라도 무슨 일을 낼 것 같은 잔인하고 표독한 시선이었다.

진상은 무언가에 쫓기듯 부원장 실을 빠져나왔다. 독기어
린 목소리가 진상의 귓가에 맴도는 것 같았다. 진상은 가로
등마저 깜박거리는 주차장으로 나와 서성거렸다. 뭔가 수
상쩍다는 것을 짐작 못한 것은 아니었다. 그가 계획하고 있
는 일들이나, 은행거래, 그들에게서 나오는 돈의 흐름을 모
두 파악할 뿐만 아니라, 섬뜩하리만큼 완벽한 시나리오로
그동안 프로젝트를 기획했다는 것이 어딘지 두려운 부분이
있었다. 하지만 멀리할 수 없었다. 그들의 모든 사업은 누군
가 물어오면 스토리는 허영자가 만들었다. 교묘하게 법망
을 피할 수 있었다. 아니 불법적인 일이라 하더라도 허영자
의 손만 거쳐 가면 모두 그들은 합법적인 선 안에 있었다.
그렇게 20여년 빈틈없이 허영자가 재단을 이끌어 왔다 해
도 과언은 아니었다. 상냥하진 않았지만 적어도 살기를 드
러내 보인 적은 없었다. 허영자의 살기어린 표정이 떠오르
자 진상은 머리가 쭈뼛 서는 것을 느꼈다. 그는 허겁지겁
차에 올랐다.

"기… 김기사. 집… 집으로."

"네, 이사장님."

차는 조용히 행복의 집 후문을 빠져나가고 있었다. 진상
은 두 눈을 감았다. 허영자가 말하던 장난감으로 기르던 개
라는 단어가 자신을 지칭한다는 것을 깨달았다. 눈을 떴다.

그리고 분노에 찬 표정으로 운전기사를 바라보았다.

"김기사, 부원장 잘 아나?"

"전 심부름 하는 것 말고는 마주친 적이 없습니다."

"김기사도 행복의 집 출신이지?"

"…… 네"

"자네가 그곳에 있을 때, 허영자 어땠지?"

"뭐 지금이랑 별반 다를 게 없었습니다. 표독스럽고, 잔인하고, 아이들에게 단 한 번의 웃음도 보이지 않고 차갑던 사람으로 기억합니다."

"그런데 지금까지 왜 말을 하지 않았지?"

"물어보지 않으셨습니다."

"그랬군. 그래, 항상 뭔가 빠진 느낌이었어. 뭔가 놓친 느낌."

진상은 입술을 깨물고 손을 부르르 떨었다. 그리고 수화기를 들어 전화를 걸었다. 신호음은 길게 울리고 상대방은 받지 않았다. 전화를 끊고 다른 곳에 걸었지만 역시 받지 않았다. 진상은 시계를 쳐다봤다. 9시 30분. 누군가 잠들어 있다고 생각하기엔 좀 이른 시각이었다. 그러나 누구도 전화를 받지 않았다. 그는 화가 난 듯 전화기를 세차게 집어던졌다.

"이것들이 아주 날 따돌린다는 건가? 심진국 이 새끼는 왜 안 받아?"

"심사장님, 오늘 큰 거래가 있는 날이잖습니까. 그 거래만 성공하면 다음 선거자금은 별 무리 없이 마련된다고 하셨습니다."

"이런 젠장. 거래가 성공을 해도 선거자금은 빠듯하겠군. 합법적으로 토지 이용료를 안내는 방법이 없을까?"

"저야 할 줄 아는 것이 운전밖에 없습니다. 그러니 저에게 물으셔도 전……."

진상은 두 눈을 감았다. 삶과 죽음의 경계선에서 허덕이는 어린 소녀를 보았다. 적어도 그와 사업상의 동지였고, 절실히 아끼는 친구의 딸이었다. 다시 돌이키고 싶지 않은 과거의 흔적이 법적으로 2년 여 남아 있는 상태였다. 박달중을 다그쳤지만 그는 폭력을 쓰지 않았다는 말만 할 뿐이었다. 나머지는 심진국이 알아서 한 것이라고…….

'그때, 허영자 말을 듣는 게 아니었어. 내 계획대로 입양을 했어야 했어.'

뒤 늦은 후회였다. 진상은 진재만의 마지막 말이 생각났다. 그가 창고에 갔을 때, 그는 이미 만신창이가 되어 있었다. 죽음을 각오하고 그 어떤 것에도 서명하지 않았다. 아니 서명한다 해도 그가 죽을 것을 알고 있었다.

"네가 숨긴 진실은 네 목숨 줄에 매달려 너의 숨통을 조여 올 것이다. 욕심을 내려놓을 수 있을 때 내려 놔. 친구로서 마지막 충고다."

그때 강중호는 들고 있던 칼을 진재만의 심장에 꽂았다. 예상치 못한 일이었다. 그저 그들 옆에서 심부름만 하던 시청 사회복지과장 강중호의 과다 충성심이었다. 그 자리에 있던 사람 모두 자리에서 벌떡 일어났다.

"지금은 때가 아니잖아! 지금 뭐하는 짓이야!"

"이 자식은 석 달 열흘 쥐어짜도 서류에 싸인 하지 않아요!"

"야! 이 병신새끼야. 그래서 이놈이 애지중지하는 딸이 오는 중이잖아!"

"그렇다고 죽이면 어떡해! 일이 더 커졌잖아?"

"안 죽이면요? 사인만 하고, 원하는 대로 다 했다손 쳐요. 살려줬다고 감사합니다 하고 나가서 조용히 살 것 같아요? 저 놈이?"

"그래도 이건 아니지! 아 진짜 더 무식한 병신 새끼 때문에 일 다 틀어지네!"

사방에서 강중호를 다그쳤지만 그는 당당했다. 허영자만이 냉소를 보내고 있을 뿐이었다. 모든 증거를 없애고 시체는 강물에 버렸다. 그 어떤 흔적도 남기지 않았다. 그렇게 그 사건은 피해자는 있지만 가해자가 없는 미제사건으로 남아 버렸고, 그 사건과 관련된 사람들은 하나 둘씩 자신의 야망을 향해 다가서고 있었다. 경찰들도 몇 년은 가장 가까운 진상을 비롯한 몇 사람의 뒤를 쫓기는 했지만, 아무런 증거도 나오지 않자 포기해버렸다. 진재만의 가족은 달랑 딸 하나였다. 어린 수연은 아무것도 모른 채 자주 보았던 그에게 매달렸다. 진상은 잠시 고민했다.

"모양새도 그렇고 내가 진재만의 딸을 입양하는 것이 낳지 않겠소?"

대부분은 고개를 끄덕였다. 그러나 허영자는 비웃듯 자리에서 일어나 진재만의 눈을 똑바로 바라보며 냉소를 뿌렸다.

"입양이라. 오호 소설 잘 쓰시네? 막장 드라마 쓰시나요? 그렇게 해서 만 24세가 되면 밝히고 사인해라 하시게요? 될까요?"

"강 이사장, 신중하게 생각해요. 좀 깔끔하게 처리할 수 있는 방법이 없겠소?"

"그 아이가 사망 시, 재단으로 재산 환수될 수 있는 방법이 없으니 이러잖소!"

"아 저 병신새끼를 같이 묻었어야 했어! 아니면 확 경찰에 찔러버리던가."

"진정해요 심사장. 이미 벌어진 일에 우리가 분열 될 필요는 없잖소!"

의견이 분분한 가운데, 허영자의 말에 따르기로 결정했다. 항상 그랬듯이 어려운 문제는 허영자의 말을 따랐고, 그들의 계획은 하나씩 이루어지기 시작했다. 잔잔한 강물이 흘러 바다로 가듯, 그들의 일은 순조롭게 풀렸고, 그 어떤 일도 일어나지 않았다. 적어도 그 아이들이 사라지기 전까지. 하지만 아이들이 사라진 후 허영자는 조금씩 변하기 시작했다. 예민해진 것 같기도 했다. 더 차가워졌고, 그들에게 고분고분했던 그녀가 어느 날부터 독설을 퍼붓기도 했다.

조용하면서도 나긋하고, 낮으면서도 불쾌한 목소리로 그들의 치부를 하나씩 확인시켰다. 그러던 중, 신중환 경찰처장이 중얼거리는 소리를 들었다.

"게임 시나리오에 아이들이 탈출하는 건 없었던 모양이군."

강진상은 번쩍 눈을 뜨더니 핸드폰을 꺼내 들었다.

"아 아직 퇴근 안하셨소? 내가 지금 경찰청으로 들어가도 되겠소?"

신중환은 들고 있던 핸드폰을 내려놓았다. 오늘이 지나면 그들은 마약사범이 된다. 그가 모르는 마약거래가 몇 번 있었다는 것을 알았다. 자잘한 거래는 심진국이 그동안 해 오던 수법으로 이어 나갔고, 조금 굵직한 것들은 박달중과 의논하는 것 같았다. 하지만 이번 건은 어마어마한 액수에 들어오는 물량만으로 혀를 내두를 정도였다. 그냥 방관만 하고 있기에는 도저히 용납되지 않는 물량이었다. 중환은 심진국을 뒤쫓고 있는 형사에게 익명으로 슬쩍 흘려놓기는 했지만, 얼마나 그 말을 믿어줄 지는 알 수 없었다. 심진국이 잡혔을 경우. 그는 물론이고 가족 모두가 나락으로 떨어질 수도 있다. 하지만 심진국은 적어도 그들에 대해서는 입을 다문다는 것은 알고 있다. 그가 형량을 마치고 나온 후, 다시 활동하기 위해서는 그들이 필요했을 터였다. 아직은 긴장하지 않아도 된다. 그럼에도 신중환은 아침부터 진중하게 앉아 있을 수 없었다. 얼마 전 이정복이 대포 폰을 바꿔갔다. 그들의 연락망은 모두 대포 폰으로 이뤄지고 있었다. 한 사람 명의의 대포 폰은 길게 사용하지 않는다. 그들의 원칙이었다. 하지만 근래 들어 허영자는 자주 대포 폰을 바꾸고 있다는 것을 둘은 알고 있었다. 이정복은 핸드폰을 건네주며 귓가에 속삭였다.

"이번 전화는 통화할 때는 물론이고 도청 기능까지 하는 것 같습니다. 될 수 있으면 두고 다니세요."

정복은 그 말을 전한 뒤 핸드폰의 전원을 켰다. 중환은 알았다는 듯 고개를 끄덕였다.

"이 부장, 부원장님께 고맙다고 전해줘요"

"네 처장님. 보는 눈이 많으니 조용히 사라지겠습니다."

중환은 사라지는 정복을 보며 쓴 웃음을 지어보였다. 모두 믿는 것은 아니었다. 혹시 심진국이나, 허영자의 또 다른 시나리오 일 수도 있다는 생각도 했다. 하지만 의외로 그가 알 수 없는 정보들을 하나씩 들려줬고, 그의 말처럼 일은 진행되었다. 그러나 진실은 알 수 없었다. 이제는 호의적인 사람도 호의적으로 보이지 않는 자신이 경멸스럽기도 했지만, 의심하지 않으면 살아남을 수 있는 삶이 아니라는 것을 알았다.

강진상이 잠시 후면 들어올 것이다. 그러나 짐작할 수 없었다. 그 어떤 것보다 돈 앞에서는 가장 치밀하고, 가장 치열한 사람이었다. 돈 앞에는 부모도, 자식도, 가족도 필요 없는 돈의 노예였다. 그런 그가 중환을 찾을 때는 딱 한가지였다. 돈에 관련된 것.

'누군가 또 돈 떼먹고 도망갔나? 사채는 제발 지들이 알아서 할 것이지.'

퇴근시간이 훨씬 넘은 시각이라 그의 사무실 근처를 오가는 사람은 없었다. 밖에서는 시끄러운 사이렌 소리와 술꾼들의 노랫소리가 들렸고, 어디선가 싸우는 목소리도 들려왔다. 언제부터인가 저들의 싸우는 목소리가 정겹게 들렸다. 처장으로 발령받은 이후, 저들의 목소리가 삶의 목소리라는 것을 깨달은 것 같았다. 그들은 술을 마셔도 취하게 마시면 안 된다. 어떤 실수를 할 지 모른다. 아니 다른 이들은 마시는지도 모르겠다. 하지만 명예만은 잃고 싶지 않은 그로서는 술은 거의 입에 대지 않았다. 음주운전 후 사고로 자신의 삶이 완전히 엉켜버린 실타래가 되었다는 것을 알고 나서는 더 술을 입에 댈 수 없었다.

굵고 급한 발자국소리가 들리더니 이내 노크도 없이 그의 사무실 문이 열렸다. 강진상이었다. 무엇에 놀랐는지 발갛게 달아오른 얼굴로 씩씩거리며 소파에 앉더니 물을 찾았다. 물을 건네주니 벌컥벌컥 마시고 한참동안 말없이 신중환을 바라보았다.

"신 처장에게 가장 중요한 것이 무엇이오?"

"뜬금없이 무슨 말씀이신지……."

"돈이오?"

"······."

"권력이오?"

"왜 물으십니까?"

"신 처장이 원하는 건 다 해주겠소. 이 일만 좀 해결해 주시오."

"무슨 일이신지."

강진상은 서류를 내밀었다. 중환은 최고장 내용을 보고 놀란 채 강진상을 바라보았다. 진상은 골치 아프다는 듯 머리를 쥐어 감싸더니 일어나 창문 앞에 섰다.

"해결할 수 있겠소?"

"제가 할 수 있는 일은 아닌 것 같습니다만."

"그 진수연인가 하는 애를 잡아다 가두든지. 죽이든지, 아니면 어디 해외로 팔아버리든지 안된단 말이오?"

"6년 전에 사라져서 아무런 흔적도 없는 애를 어찌 찾는단 말입니까? 얼마 전에 허부원장께서 아이들의 흔적을 찾아보라 하기에 시도했지만, 어떤 흔적도 없었습니다. 그 흔한 핸드폰조차 개설되지 않았단 말입니다. 인터넷도 마찬가지고요. 어디 한 군데 가입한 흔적이 없어요."

"그럼 또 다른 부탁 하나 합시다."

"네?"

"허영자! 그 여자에 대해 아주 사소한 것 하나까지 다 알고 싶소!"

"그건 저보다 이사장님께서 더 잘 아시지 않습니까? 이사장님이 고용한 사람인데…….”

“난 모르오. 원장이 데려 왔을 뿐이오.”

“그럼 김원장님께서는…….”

“그도 모른다 하지 않소. 그러니 내가 이렇게 부탁하는 것 아니겠소.”

중환은 주머니에 있는 핸드폰에 신경이 쓰였다. 분명 허영자가 듣고 있을 가능성이 높았다. 그렇다고 막무가내 안 된다고 할 수도 없었다. 강진상의 표정으로 봐서 안 되면 허영자를 없애버릴 수도 있을 것 같았다. 차라리 손 안대고 그의 도피처가 만들어 질지도 모른다는 생각이 들었다. 그렇다고 해서 이미 저지른 일들이 없어지는 것은 아니었다. 경찰로서 부끄럽게 살았다는 것이 자신의 아들에게 큰 치명타가 될 것이다. 중환은 대답 없이 강진상을 바라보았다. 그는 중환의 대답을 애타게 기다린다는 표정을 해 보였다.

“일단 찾아보기는 하겠습니다만 시간은 좀 걸릴 것 같습니다.”

“자, 그럼 시작은 내일 하기로 하고 오늘은 술 한 잔 합시다.”

“저도 그러고 싶습니다만 오늘 중요한 일이 있어서 자리를 비우지 못합니다. 내일 아침에 퇴근해야 할 것 같습니다.”

“아 그렇소? 민중의 지팡이니 만큼 제가 양보하리다. 하하하.”

진상은 허탈한 웃음을 남기며 사무실에서 사라졌다. 중환은 핸드폰을 꺼내 망설였다. 허영자에게 바로 연락한다는 것도 뭔가 미덥지 않을 것 같았다. 중환은 망설였다. 이러지도 저러지도 못하는 상황. 분명 허영자는 강진상이 그를 찾아 올 것을 예상하고 있었을지도 모른다. 중환은 입가에 희미한 미소를 지어보였다.

형사에게 흘린 정보는 참고가 되지 않은 모양이다. 행복의 집 안가에서 파티가 있었다. 술에 취한 박달중은 12살짜리 아이를 원했고, 또 그렇게 한 송이 꽃이 꽃봉오리가 머물기도 전 꺾였다. 강진상은 나타나지 않았다. 심진국에게 미리 현금만 받아갔다. 허영자는 흘깃 중환을 훔쳐보는 것 같았다. 중환은 아무것도 모른다는 듯 그녀의 시선에 대해 신경 쓰지 않았다.

"그나저나 이사장님 왜 이렇게 늦으시지?"

"벌써 이사장님 몫은 챙겨드렸다니까요."

"그래도 이사장이 이런 자리에 빠지면 되나? 돈이라면 자다가도 나오는 사람 아니었나?"

"다음 선거 때문에 바쁜 모양입니다."

"똥 줄 빠지겠지요. 아 저번에 사무실 와서 진상학원재단에서 모든 자금들이 흘러 들어갔으니 토지 사용료는 같이 내야 되는 거 아니냐고 아주 핏대를 세우더라니까요."

"거 참, 이럴 때 그 사람 인격을 알아보는 법이지요. 자신의 일을 왜 남한테 떠넘깁니까? 그때 좀 무리해서라도 그 땅에 저당권 설정이라도 하자했을 때 했으면 이런 일 없었을 것을."

"에이 솔직히 지난 일이니 말로 쉬운 거지. 그때 저당권 설정도 법정 대리인 눈 피해서 하기는 쉽지 않았지요. 까딱 잘못하면 그때 모두 쇠고랑 찼을지도 모르고……."

그들은 마음껏 취해 떠들고 있었다. 듣는 이는 아무도 없을 터였다. 그곳은 행복의 집 지하 밀실에 마련된 안가였기에 지나가다 들르는 사람도 없는 그들만의 공간이 아니었던가. 중환은 음료수를 마시며 바 의자에 앉아 있었다. 정복은 술을 준비하고 안주를 준비하며 허영자의 모습을 슬쩍 훔쳐봤다. 처음부터 계속 노트북을 보며 인상을 쓰고, 얼굴이 붉으락푸르락 해졌다가 미소를 보였다를 반복하고 있었다. 정복은 턱으로 허영자를 가리켰다. 신중환은 하마터면 소리 내어 웃어버릴 뻔 했다. 붉으락푸르락 화가 난 모습의 허영자는 좀비의 무표정한 얼굴에 분칠을 한 것과 비슷한 모습이었다. 중환은 헛기침으로 자신의 감정을 추스르고 진지한 목소리로 물었다.

"부원장님? 요즘 게임에 빠지셨습니까? 이 와중에도 컴퓨터로 뭘 하시기에 그렇게 진지하십니까?"

중환이 허영자 옆으로 다가가자 그녀는 노트북을 소리 나게 덮으며 중환을 바라보았다. 무표정한 얼굴로 표독스러운 눈빛이었다. 중환은 깜짝 놀라는 척 하며 손사래를 저었다. 그리고 자신이 앉아 있던 자리로 돌아왔다. 정복과 눈이 마주치자 고개를 잘래잘래 저었다. 정복이 속삭였다.

"화가 난 고양이는 털끝만 건드려도 발톱을 세우지요."

"칼날처럼 날카로운 발톱을."

둘은 마주보며 소리 내어 웃었다. 허영자의 시선이 그들에게 향하고 있다는 것을 느꼈다. 뒤를 돌아보지 않았지만 뒤에서 느껴지는 섬뜩한 살기가 허영자의 것임을 알 것 같았다. 중환은 전혀 상관없다는 듯 앞에 놓인 주스를 들고 사람들이 모여 앉은 소파로 가서 앉았다. 중환은 투덜거리듯 너스레를 떨었다.

"심사장 너무 하신 것 아니오? 좀 더 챙겨준다면서……."

"전에는 안 그러시더니 처장 되신 후부터 너무 챙기시는데요?"

"나도 정계로 나가볼까 생각 중인데, 그러려면 로비 자금이 만만치 않지요?"

"장난하지 마십시오. 신 처장님 경찰을 천직으로 알고 사신다는 것 모르는 사람 없습니다."

"하하하하. 가끔 저도 꿈은 꿉니다."

"그럼 저도 이 짓 그만하고 정계로 나갈까요?"

박달중은 기분 나쁘다는 듯 헛기침을 하더니 자리에서 일어났다.

"정계로 나가는 건 뭐 능력껏 하실 수 있지만, 개나 소나 다들 정치하겠다니 원."

"박 의원님 그냥 농담에 너무 민감하십니다. 장난입니다. 정치는 아무나 합니까? 자신의 소신도 있어야 하고, 능력도 갖춰야 하는 것이지요."

"그냥 가야겠소. 심사장 다음에 또 봅시다."

박달중이 일어서자 하나 둘 일어나기 시작했다. 허영자만이 노트북을 열고 뭔가에 몰두하고 있는 표정이었다. 정복과 중환도 자리에서 일어났다. 한마디도 하지 않고 있던 상수도 조용히 일어나며 허영자를 살폈다. 그녀의 시선은 노트북 모니터에서 꼼짝하지 않았다.

침묵의 사냥

　혁수의 시선은 모니터에서 표정이 일그러진 허영자에게서 떠나지 않았다. 모두 허영자의 모습에 시선이 고정 되어 있었다. 혁수의 입가에 자그만 미소가 번졌다.

　"초혜야, 저 여자 왜 저러냐?"

　"이사장 컴퓨터 해킹이 차단 됐거든. 이사장은 컴퓨터를 잘 사용하지 않다가 며칠 전부터 중요한 기록을 하는 걸로 허영자가 판단하고 있어. 그래서 무엇을 기록하는지 무척 궁금해 죽겠는데 열리지 않으니 화가 난거지."

　"다른 놈들은?"

　"신중환에 관해서는 모두 막아놨어. 재미있는 건 스마트폰에 도청장치를 해놨다는 거지. 그것마저 차단해 놨는데, 이사장 컴퓨터 때문에 그쪽에 신경 못 쓰고 있을 거야. 웃긴 건 신중환도 이정복도 도청이 된다고 생각하고 있는 거지.

그래서 그 스마트폰을 어찌할 줄 몰라 연극을 하고 있어. 다른 사람들이야 도청이 되고 있다는 자체도 모르고 있고. 대신 그들 명의의 핸드폰은 물론이고, 저들이 사용하는 전자기기의 정보는 우리 쪽으로 전송되게 해놨으니 안심 뚝."

조용했던 상황실이 웃음이 피식 터졌다. 과거의 비리는 직접 뛰어도 정보를 찾기 힘들었다. 허영자의 컴퓨터에 자료들이 있었지만 다시 초혜가 허영자의 컴퓨터를 뒤적거렸을 때, 이미 사라지고 없었다. usb에 옮겼거나 아예 삭제 했다는 결론이었다. 초혜는 그들의 현재 범행은 앉은 자리에서 증거를 수집할 수 있었다. 그러나 미처 확인하지 못한 정보는 그들이 직접 뛰는 수밖에 없었다.

소란스러운 상황실에 박수소리가 두 번 울렸다. 성진이었다. 성진은 박수로 다른 이들의 시선을 집중 시킨 후 탁자로 모이게 했다. 일사분란하게 모두 제자리를 찾아 앉고, 성진은 탁자를 손으로 짚고 그들의 시선과 하나, 하나 마주쳤다.

"이제 본격적인 작업에 들어가야 한다. 여기서 정말 부탁하고 싶은 것이 있다. 절대, 살인은 안 된다. 그리고 편법을 이용할 수 있으나 불법은 안 되고, 합법적이어야 한다. 도저히 합법적으로 할 수 없다면 포기해라! 그 부분만은."

"아 긍께, 사람을 죽이지 말라는 것은 알것는디요. 폭력도 불법인디…… 쓰지 말라고 허면 어쩌라고요?"

"CCTV에 걸리지 않고, 너를 알아보는 사람이 없으면 되지 않을까? 아니 너의 인상착의를 알아본다 해도, 네가 아니라면?"

"그 방법이 저들과 뭐가 달라요? 저들도 편법을 이용한 살인, 마약, 인권 유린, 인신매매, 폭력, 성폭력, 아동 학대. 그 밖에 입에 담기도 힘든 불법적인 일들을 세상 밖으로 알려지지 않도록 하고서 저지른 일이잖아요?"

"자, 쉽게 생각하자. 산적과 홍길동의 차이가 무엇이라 생각하냐? 우린 의적은 아니다. 그러나 적어도 당사자가 아닌 주변 사람들을 건들지 말자라는 거지. 가장이 무너짐으로 해서 피해가 가는 것은 어쩔 수 없다. 그만큼 그들의 착취로 벌어드린 것으로 호의호식 했으니, 하지만 우리가 그 가족을 몰살 시키거나 하는 일은 없어야 할 것이야. 알겠지?"

"초혜야, 홍길동이도 사람들 막 패부렀지야? 긍께 나도 패도 되는 거제?"

"사용하지 않아도 될 상황에는 폭력은 사용하지 않는 게 좋지 않을까? 싸우다 보면 너도 다치잖아. 다치지 않는다 해도 맞으면 아프잖아?"

"워매 어째야쓰까? 진혁아 들었냐? 울 초혜가 겁나게 내 걱정 해부러야."

"자자, 장난 그만하고, 그들로부터 아이들을 보호하고, 법의 심판을 받게 하는 것이 목적이지. 직접적인 복수는 용납하지 않는다. 법이 해결하지 못하는 것은 세상이 벌하면 된다. 우리들의 암호는 엔젤, 그들과 직접 대면할 때는 이름을 부르지 말고 엔젤1,2,3,4 로 부를 수 있도록 연습해 둬라.”

“그럼 내가 대장 할 것이여. 하여간 난 일등이 좋응께. 엔젤 원!”

“그래 혁수가 엔젤 원, 초혜가 엔젤 투, 진혁이 엔젤 쓰리, 수연이 엔젤 포로 부르면 되겠다. 그리고 날 부를 때는 가디언으로 부르면 된다.”

“가디언 엔젤, 수호천사.”

“지금 부시장 강중호에 대한 진행은 어느 정도 되었지?”

“일단 믿는 눈치에요. 근데 워낙 의심이 많아요. 그래서 실제 캄보디아에 확인 전화를 하는 것을 초혜가 중간에서 가로채서 위기는 모면했어요.”

“새빛 복지재단에 대해서도 알아보기도 하고, 실제 이사장에 대해 조사하기도 하는 치밀함을 보이고 있어서 조금 당황스럽긴 해요. 어리버리하고 허영자의 말 이외에는 어떤 행동도 하지 않는 사람으로 알고 있었는데, 전혀 다른 성향을 보이고 있어요.”

“일단 강중호가 이사장 개인 핸드폰으로 연락을 해 오면 완전하게 믿는다는 이야기가 되는 건데 내일까지는 기다려 봐야 할 것 같아요. 그렇지 않으면 다음 단계를 진행해야 하고요.”

속삭이듯 조용히 수연이 브리핑했다. 수연은 이곳에서만 조용했다. 그녀의 본 모습은 다시 모인 이후 단 한 번도 볼 수 없었다. 지금은 천진난만한 20대 초반의 대학생 같은 풋

풋한 모습으로 양갈래 머리를 하고 앉아 있었다.

"박달중에 대한 정보는 수집 중이고, 심진국에 대한 계획
은 세웠나?"

"심진국은 조직원이 전국에 깔려 있는 상황이어서 전면전
은 불가피한 상황이고요. 더군다나 집게파의 경우는 심진
국 하나로 끝나는 건 아니잖습니까? 아예 집게파 자체를 해
산 시키는 방법을 찾고 있는 중입니다."

방금 전까지 사투리를 쓰며 장난을 하던 혁수가 진지해졌
다. 눈가에 엷은 미소와 함께 그의 눈동자가 빛이 나기 시
작했다. 말은 방법을 찾고 있다고 했지만, 그는 벌써 손이
근질거리는 모양이다. 안되면 힘으로 밀어 붙일 생각을 하
고 있다는 것을 초혜는 알 수 있었다.

"심진국을 제외한 서열 6위까지만 정리하면 된다. 그들이
한자리에서 마약 거래를 하는 상황이라든가. 이런 정황만
잡히면 현장범으로 다 같이 넣을 수 있어. 그리고 나머지는
그동안의 죄목에 따라 서열 순으로 집어 넣어버리면 자연
스럽게 해산 된다. 다시 뭉친다하더라도 조무래기들뿐이
고."

"요즘 중국으로 진출한 신발 제조업체와 얼마 전부터 마
약 밀반입을 하고 있는 것이 전화 내용에 잡혔어요."

"신발 업체?"

"네, 신발 밑창 대신 히로뽕을 넣고 그 위에 깔창을 덮어서

위장하는 방법인 것 같아요."

"참 대가리들 잘 돌아가! 그런 대가리 다른 곳에 굴렸으면
나라가 발전할 것이여!"

"처음엔 조금씩 실험삼아 했는데, 무사히 통과하다 보니
통이 커졌어요. 한꺼번에 5kg을 지게꾼이 들고 온답니다."

"5kg이면 얼마나 되는 건디?"

"돈으로 따지면 150억이 넘고, 15만 명이 투약 가능할 정
도라는데?"

"염병허등갑다. 아조 다 지 밥줄로 보잉갑네?"

"그럼 심진국에 대해서는 계획을 세워보고, 날짜 실수 없
도록 하자. 진혁이는 수연이 보호 잊지 말고."

"저보다 더 잘합니다. 혁수가 매일 호신술에 무술까지 가
르치고 있어서 제가 정말 힘듭니다. 어제는 차가 수언이 옆
으로 가까이 지나가기에 위험할 것 같아서 팔 한번 잡았다
가 제 팔이 부러질 뻔 했거든요."

"그건 미안하다고 했잖아. 갑작스러워서 나도 모르게……."

"수연이는 그것도 조금 조심하고, 사람들 많은데서 아무
때나 그런 행동 보이면 시선 집중되잖아? 아직 너희들이 밖
으로 알려지면 우리 계획은 무산된다는 거 잊지 말고."

"아 근디, 수연이를 워치케 알아보는 것이여 다들? 난 밖
에서 보면 모르것당께."

"아휴, 이 바보. 토끼. 특이한 토끼문양. 전에 혜린이가 들
고 있던 토끼하고 똑같이 생긴 팬던트를 찾으면 돼. 핀이든,

지갑이든 액세서리 중에 그 특이한 문양이 있으면 수연이야."

"딴 사람이 허고 댕기믄?"

"없어. 똑같은 건. 혜린이를 잊지 않기 위해서, 마지막 숨소리를 잊지 않기 위해서 내가 직접 만든 거야. 물에 젖지도 않고, 불에 타지도 않고, 약품에도 색깔이 변하지 않는 특수제작이라서 나 이외에는 아무도 없어."

"근디잉, 그것이 쪼깜 걸리는디?"

"뭐가?"

"토끼, 세상에 하나 뿐인 토끼. 그걸 하는 사람은 수연이."

"바보, 수연이가 저들 앞에 나타나는 것은 많아야 6번이야. 모두 수연이가 개입한다고 해도. 하지만 특이한 토끼 문양의 액세서리가 수연이라고 눈치 채기까지 얼마나 걸릴 것 같아? 항상 똑같은 머리핀을 하는 것도 아닌데, 더군다나 그들을 동시에 만날 일은 거의 없는데?"

"긍가? 하여간 내가 말이여 울 꼰대한테 배웅거시 이놈에 노파심밖에 없당께!"

수연의 전화벨이 울렸다. 초혜는 모두가 들을 수 있게 스피커를 열었다. 수연은 목소리를 가다듬고 조용하고 차분하면서도 약간의 중음을 간직한 도도한 목소리로 전화를 받았다. 모두 숨죽여 그들의 대화 내용에 귀 기울였다.

"네에, 부시장님."

"한 가지만 물어도 되겠소?"

"네에, 말씀 하세요."

"시장이 아닌 내가 직접 가도 되겠소?"

"그럼요, 시장님이야 곧 임기가 끝나시고, 부시장님께서 가령시 시장님이 되실 터인데 될 수 있으면 부시장님께서 가셔야 하지 않을까요?"

"아직 선거도 안했는데 별말씀을. 중요한 이야기는 전화로 하기 그렇고, 제가 사무실로 찾아뵀으면 하는데……."

"저희가 시청으로 가겠어요. 결재 하셔야 할 것도 있는데 왔다갔다 번거롭잖아요?"

"그래 주시면 저야 고맙지요."

"그럼 내일 방문하겠습니다."

전화가 끊겼다. 모두 일시에 환호성을 질렀다. 수연만이 쑥스러운 듯 발갛게 달아오른 얼굴을 감쌌다. 천연덕스러움에 다들 혀를 내두를 정도였다. 30대 중년여인의 목소리로 지금과는 전혀 다른 인격의 소유자로 표현할 수 있다는 것에 혁수는 환호성 후 내내 수연을 바라보았다.

"왜 그래. 그만 쳐다봐"

"시방은 머리 묶는 고무줄에 토끼제? 근데 나 허벌라게 놀랬는디. 으찌까?"

"뭐가?"

"아니 그 순하디 순한 모습으로 손짓까지 천연덕스럽게 돈 많은 재벌 집 아줌마 흉내 내는디 그라믄 안 놀래것냐?"

"놀리면 못 써. 이렇게 되기까지 얼마나 피나는 노력을 했는지 혁수 너는 모르잖아?"

"아녀 아녀, 나도 알어. 울 꼰대가 참새 못 잡으믄 밥도 안 주고, 굶겨놓고 껌껌헌디서 막 쇠몽둥이로 쥐어 패고, 안대로 눈 가려놓고 못 막는다고 패고……. 나도 겁나 고생했당께. 근디 내가 모르것어?"

넷은 서로 바라보며 손을 잡았다. 그들에게는 함께 한 아픔이 있고, 서로 감싸주는 사랑이 있었다. 삶과 죽음의 경계선을 함께 넘었다는 것은 친구로서의 사랑보다 가족 같은 끈끈함이 더 묻어나는 사랑이었다. 누가 말하지 않아도 서로의 아픔을 알 수 있기에 눈빛만으로도 대화가 가능한 것은 그들이었으리라. 수연은 눈가에 눈물이 글썽였다. 초혜는 수연의 눈물을 닦아주며 방긋 웃었다. 수연도 눈물을 닦고 웃어보였다.

"음마? 울다가 웃으면 뭐가 어치케 된다드만. 얼레리 꼴레리 한 번 하끄나? 근디 밥 묵고 하자."

혁수는 까불거리며 부엌으로 들어갔다. 진혁이 혁수의 머리를 쥐어박으며 따라 들어가고, 까불거리던 혁수는 앞치마를 두르고 저녁밥을 서둘렀다.

"어휴, 저 장난꾸러기. 이해하지?"

"응, 그래도 난 혁수가 참 좋아. 저렇게 까불거리고 장난치는 바람에 원장한테 제일 먼저 죽을 뻔 했잖아? 밀실에 갇힌 것도 제일 먼저였고……. 그런데도 저렇게 밝다는 게 믿어지지 않아."

"어릴 적부터 운동이 몸에 배인 애라서 정신력이 남들보다 강한가봐. 까불 때는 아이 같아도 진지해지면 우리보다 훨씬 더 어른스럽잖아."

"자, 저애들 밥할 동안 내일 동선이랑 패턴을 좀 맞춰보자. 일단 미끼를 물었으니 그 다음부터는 큰 어려움은 없을 거야. 허영자는 밖으로 나오지는 않으니까 마주칠 걱정은 하지 말고. 마주치더라도 네가 당황하지만 않으면 절대 의심조차 하지 못하는 거 알지?"

"응."

가령시청 부시장 실. 머리 가운데 고속도로가 나 있는 듯 허전하고, 양 옆으로 듬성듬성 머리카락이 있다. 동글동글한 얼굴에 눈은 자그마하고 콧대는 없이 코볼만 넓고 높다. 입술은 두툼하고 턱은 두리뭉실해서 고개를 숙일 때마다 턱하나가 더 생겼다. 앉아 있는 소파가 안으로 푹 들어가고 배는 허벅지를 가리고 있었다. 진혁은 강중호의 모습을 천천히 바라보다가 실소를 할 뻔했다. 강중호를 볼 수 있는 기회는 거의 없었다. 어느 날, 이부장이 죽은 아이 시신을 들고 나가는 것과 허영자가 다른 아이를 데려오는 것을 목격한 후 그동안 모았던 몇 가지의 증거를 들고 경찰서와 시청을 찾았다. 그때 처음 강중호를 봤다. 그는 알았다면서 서류를 받더니 허영자에게 전화를 했다. 네 사람이 강중호를 빤히 바라보자 도끼눈을 하고 넷을 바라보던 그 부시장이 지금 진혁 앞에 앉아 있다. 하지만 그때보다 더 살이 많이 찐 데다가 그때의 어리바리함은 그대로였고, 나이가 들어서인지 빠릿한 손놀림은 느릿느릿 변해 있었다.

'병신, 아직도 시장은 못하고 부시장하면서 욕심은······.'

진혁은 허벅지를 찌르는 수연을 느꼈다. 수연은 미간을 찌푸려보였다. 표정 조심하라는 이야기였다. 진혁은 부시장 등을 바라보는 거울을 봤다. 진혁은 없었다. 어느덧 40대 중반의 마른 사내가 부시장 앞에 앉아있다. 머리카락에도 희끗희끗 흰머리가 보였다. 수연이 솜씨였다. 처음 분장을 완성하고 항상 사진을 찍어둔다. 그래야 똑같은 모습과 똑같은 위치에 점, 같은 위치와 크기의 주름을 만들 수 있기 때문이었다. 지루하게 내내 서류를 살피던 강중호가 고개를 들며 배시시 웃었다.

"새빛 복지재단 NGO에 대해 알아봤는데, 국내에서는 잘 알려지지 않았지만 세계 NGO 대회에도 참석할 만큼 해외에서 더 알려져 있는 인권보호, 해외아동 결연 등 정말 좋은 일 많이 하시던데, 이렇게 아름답고 젊은 분이 이사장님이시라니 놀랍습니다. 그런데 캄보디아와 가령시의 자매결연도 NGO에서 합니까?"

"캄보디아가 좀 낙후된 곳이잖습니까? 그래서 아동학대는 물론이고, 캄보디아의 학교나 단체와 우리나라의 학교와 결연하기도 하는데, 거기 시장님께서 아예 지자체 한 곳과 결연을 맺었으면 하셔서 이사장님께서 망설이셨지만 간곡하게 말씀하시는 바람에 거절하지 못하셨습니다."

"정말 좋은 일이지요. 지자체와 결연을 맺으면 꼭 정해진 단체뿐만 아니라 여러 곳에서 좋은 기회를 얻을 수 있으니 말이죠. 저희 시청에서는 무얼 하면 됩니까?"

"모든 준비와 진행은 저희 재단에서 하겠습니다. 캄보디아와 연결을 해봐야 알겠지만, 다음 주쯤 부시장님께서 그곳 시장님을 만나 뵙고 결연 식을 하시면 될 것 같습니다. 미리 준비해 두시죠."

"그렇게나 빨리?"

진혁에게 설명을 맡기고 말없이 앉아 있던 수연이 눈웃음을 보이더니 진지한 어투로 이야기를 시작했다. 수연의 눈빛은 진지했고, 진혁이 직접 보고 있다 해도 수연이라고 생각지 못할 만큼 도도한 목소리로 조용하고 나긋하게 이야기를 시작했다.

"부시장님? 저희가 준비하고 조사하고 모든 계획을 세우기까지 벌써 1년이 지났답니다. 저희도 가령시에 대해 모르고 소개할 수는 없잖아요? 이미 캄보디아에서 모든 절차를 밟았고, 가령시에서 사인만 떨어지면 바로 모든 것이 진행될 수 있어요."

강중호는 이사장의 목소리에 해맑은 웃음으로 답했다. 진혁이 서류를 내밀자 알아서 서류를 넘기며 사인을 했다. 그의 입가에는 알 수 없는 미소가 흐르고 있었다.

"부시장님 좋은 일 있으신가 봐요?"

"저 아는 사람에게 이야기 다 들었습니다. 지역 개발도 하신다면서요?"

"무슨 말씀이신지."

"누가 새빛 재단에 대해 이야기하기에 귀 기울였더니, 씨엠립에 있는 공항과 시청사를 옮기는 것으로 결정이 났다던데……. 그래서 그쪽에 투자를 한다고 속닥거리던데 사실이죠?"

"이런, 장 부장 입단속 하랬잖아요!"

"죄송합니다. 이사장님 소문이 났을 리는 없는데."

"아, 제가 운동을 해야 돼서 작년부터 헬스장을 가는데, 거기 매일 오는 민중건설 김사장과 그의 친구 몇 명이 이야기 하는 걸 들었을 뿐입니다. 오해는 마세요."

"민중건설? 이번 비밀리에 진행된 공사입찰에 떨어진 사람 아닌가?"

"맞습니다. 이사장님."

"흠. 비밀유지를 그렇게 당부했는데, 난감하게 됐어요. 그렇죠?"

"아이고 이사장님. 제가 투자하고 싶어서 그래요."

"글쎄요. 저희는 투자와는 별 상관이 없어서. 죄송합니다. 그 문제에 대해서는 제가 드릴 말씀이 없군요."

수연은 자리에서 일어났다. 진혁도 따라 일어나자 강중호는 어찌할 줄 모르고 그들의 뒤를 따라 걸었다. 수연의 오른

쪽 왼쪽을 번갈아 가며 무엇인가 말을 전하고 싶어 하는 눈치였다. 진혁이 강중호를 가로막았다.

"부시장님? 보는 눈들도 많은데 체면 좀……. 그리고 결연에 관련된 사항은 바로 연락드리겠습니다. 다음에 뵙겠습니다."

진혁은 정중히 인사를 하고 수연을 뒤따랐다. 수연이 시청사를 나가자 밖에서 대기하고 있던 경호원으로 보이는 이들이 인사를 하며 차문을 열었다. 강중호는 차에 오르는 수연을 바라보며 마른침을 꿀꺽 삼켰다. 헬스장에서 그들이 나누는 이야기가 귓가에 맴돌았다.

"아직 캄보디아 고위 관리직들만 알고 있는 사실이야. 결정은 난 것 같아 그러니 공사할 업체를 찾는 것 아니겠어? 그래서 어차피 공사는 물 건너갔고, 그 씨엠립 근처에 땅을 좀 사둘까 하고 말야."

"김사장 나도 하자."

"에이 그 돈으로는 어림없어. 살려면 적어도 만평 이상은 되어야 된다니까."

"시골 선산이라도 팔까?"

"어이구 어림없지. 그런 돈으로는."

"정말 이럴 때 돈만 좀 있었으면 떼돈 버는 건데."

"이 사람아. 대신 몇 년 묶여 있어야 돼."

"그게 투자 아닌가."

"그럼 직접 가서 사는 건가?"

"아니, 새빛 재단이라고 NGO 단체인데 그 재단에서 서류 상 구매를 하는 건가봐. 얼마나 좋아 자금 세탁하기는 그만 한 것 없어."

"그럼 그 단체에서 자기네는 돈 받은 적 없다고 사기치 면?"

"아니지, 일단 캄보디아에 서류상으로 그 재단이 구매하 는 것으로 하고, 우리에게 그 증서를 주게 되어 있지. 바로."

"아, 그래서 안전하다는 거군."

옆자리에 앉아있던 강중호는 운동하는 척 하며 그들의 목 소리를 작은 것 하나라도 놓칠 수 없었다. 시장 선거에 나 가기 위해서는 자신의 명의로 아무것도 할 수가 없다. 허영 자 패거리들과 어울리며 악착같이 모아 놓은 돈은 꽤 많았 다. 그러나 공무원이기에 재산을 마음껏 늘릴 수도 없고, 일 가친척 명의도 한계가 있었다. 거기에 가족들이 의심이 조 금씩 늘어가는 모양새다. 아무리 뒷돈을 받는다고 해도 부 시장이 받는 뒷거래치고 너무 큰 액수가 많은 탓이었다. 그 렇다고 모든 액수를 말하는 것은 아니었다. 그럼에도 도대 체 뭘 하기에 라는 이야기를 수없이 들은 터였다. 무기명채 권으로 많은 돈을 숨겨놓은 상태이지만 항상 불안했다. 하 지만 해외 투자라면, 자신의 이름을 밝히지 않아도 된다는 말에 상수는 몸이 닳아 있었다. 성사만 되면 그보다 좋은 투자는 없을 것 같았다. 더군다나 지금은 아무 쓸모없는 땅이 아닌가. 강중호는 멀어지는 수연의 차를 보며 이마를 닦았다.

'아 이런, 실수 한 건가? 너무 속 보인건가?'

강중호는 부시장실로 들어와 자리에 앉았다. 파라다이스를 만난 것 같다. 수연이 앉았던 자리에 앉았다. 우아하면서도 단아하고 기품 있는 그녀의 몸짓을 상상했다. 그가 꿈꿨던 인품이었다. 여인임에도 불구하고 그녀의 차분한 목소리에 대답하기 조차 어렵지 않은가. 그녀의 행동 하나에 벌써 몸이 짜릿하게 굳지 않던가. 그런 기품 있고 고급스러운 사람이고 싶었다. 박달중의 저음으로 사람을 조용히 사람을 설득하는 목소리도 멋있었다. 그러나 박달중의 인간성은 쓰레기였다. 목소리는 근사하지만 행동은 천박해 보였다. 그가 그동안 만난 사람 중에 가장 멋진 사람을 만난 것 같다는 생각이 들었다.

'나도 아주 훌륭한 인품과 기품 있는 몸짓으로 만인의 추앙을 받을 수 있을 것이야. 아무렴.'

캄보디아 씨엠립 국제공항에 도착한 일행은 입국심사대를 향해 걸었다. 그들을 알아본 현지인이 달려와 진혁에게 꾸벅 인사를 하더니 어색하지만 한국어로 말을 건넸다.

"여권 주시고, 귀빈실로 가시면 됩니다."

진혁은 일행의 여권을 걷어 사내에게 주고, 귀빈실을 향해 일행을 안내했다. 수연은 뒤돌아 사내에게 살짝 미소 지으며 인사를 건넸다.

"썸낭 고마워요."

수연이 인사를 하자 해맑은 웃음을 지어보이는 사내는 입국심사대 자신의 자리에 앉았다. 강중호는 어떤 상황인지 어리둥절할 뿐이었다. 어떤 절차 없이 완벽한 귀빈 대접을 받는 것 같아 사뭇 뿌듯한 마음까지 들었다. 강중호의 시선은 재단 이사장 최인혜라는 여자에게서 떠나지 않았다. 그 옆에는 항상 장부장이 따라다녔고, 강중호가 이사장에게 개인적인 잡담이라도 나누려 하면 장부장이 끼어들었다. 강중호는 못 마땅했지만 내색할 수 없었다. 개인적인 친분이라도 쌓아 두어야 할 것 같았다. 저 정도의 영향력이면 정계에서도 틀림없이 영향력을 행사할 것 같았다. 별 것도 아닌 학원 재단 이사장도 돈 하나로 정계를 주물럭거리는데, 국제적인 단체의 이사장이라면 박달중 정도는 씨알도 안 먹힐 것 같다는 생각이 들었다. 그러나 한 치의 여지도 없었다. 공적인 대화 아니면 거의 대답조차 하지 않는 도도한 아름다움까지 겸비한 여인이었다.

귀빈실에서 대기하고 있으니 여권을 가져갔던 사내가 방실거리며 다가왔다. 몇 번 인사를 하고 장부장과 알아듣지 못할 캄보디아어로 대화를 나눴다. 자신의 여권을 챙겨 넣고 그 사이에 최인혜에게 다가갔다. 선글라스 안의 눈을 볼 수 없어서 그녀가 어떤 표정을 하는지 알 수 없어 더욱 조심스러웠다.

"이사장님, 오늘 일정이 바쁘지 않으시면 저녁에 한 잔 하실 거지요?"

"부시장님? 죄송하지만 저는 다른 일정이 있어요. 대신 장부장이 잘 모실 거예요."

"아, 그래요? 아쉽네요. 전 최이사장님과 좀 더 친해지고 싶은데."

"지금으로도 충분한 것 같다는 생각이 드네요."

그때 장부장이 성큼 성큼 그들 곁으로 다가왔다. 강중호는 시큰둥한 표정으로 그들을 바라보았다. 강중호에게 들리지 않게 소곤소곤 하더니 이내 목례를 하고 최인혜는 준비된 차를 타고 사라졌다. 장부장은 강중호 앞에 서더니 빙긋 웃었다.

"자 이제 호텔로 가실까요? 오늘 일정은 없습니다. 내일 시청에 가서 시장님과 면담하시고, 그리고 결연 증서에 사인만 하시면 됩니다."

"최 이사장님은?"

"아, 캄보디아 오실 때 마다 가시는 곳이 있습니다. 이 나라는 우리나라 50년대 정도의 아주 가난한 나라입니다. 앙코르아트가 있는 이 시 전체가 세계문화유산으로 지정 되었다는 것을 뺀다면 보잘 것 없이 가난한 나라이다가 보니 아직 굶고 있는 아이들, 교육을 제대로 받지 못하는 아이들이 많아요. 그런 아이들, 단체, 후원할 수 있는 길을 찾으러 다니시는 분이 바로 저희 이사장님이시죠."

"아, 정말 대단하신 분이군요? 그럼 수입도 많으시겠네요?"

"네? 수입요? 무슨 말씀을 재단 기금을 함부로 쓸 수 없어서 이사장님 사비를 들여 진행하는 일이 태반입니다. 오히려 엄청난 투자를 하고 계시죠. 소득이 없는 투자."

"설마, 손해나는 장사를 누가 합니까?"

"이런 사업을 돈을 위해 하는 사람도 있습니까? 전 이해가 잘……."

강중호는 실수한 것은 아닌가하는 생각이 들었다. 겉으로 아무리 청소년을 위한다고 소리치고, 청소년을 위한 법을 만드는 사람들도 뒷돈 챙기며 사는 것은 당연하다는 생각이었다. 아니 보고 들은 것이 그것이 전부였다. 강중호는 강한 둔기가 뒤통수를 내리치는 듯한 섬뜩함을 느꼈다.

'정말일까? 정말 아무런 이익 없이 이런 일을 한다고? 아니겠지. 말만 번지르르한 것이 우리나라 사람들이잖아? 설마 진짜겠어?'

"자, 이제 저도 숨 좀 쉬어야겠어요. 우리 최이사장님이 좀 빡빡하신 분이시거든요."

장부장은 활짝 웃으며 그의 등을 밀었다. 강중호는 못 이기는 척 미리 와서 기다리는 차에 앉았다. 차는 공항을 나와 근처에 있는 호텔로 들어갔다. 유럽풍의 느낌이 확 다가오는 고급호텔에 그는 짐을 던져놓고 침대에 걸터앉았다. 아침부터 유난스럽게 허영자의 전화벨이 울리지만 받지 않았다. 요즘 허영자의 상태가 좀 이상했다. 집착이 점점 강해진다는 생각이 들자 겁이 나기 시작했다. 그래서 피하듯 이들을 따라나섰는지도 모른다는 생각에 씁쓸한 마음이 들었다.

'이제 그 여자도 운대가 다 된 거지. 아무럼 슬슬 떨쳐버리 릴 때가 된 거야. 써먹을 만큼 써 먹었잖아? 시장을 할 수 있게 해 준다는 것이 벌써 몇 년째야? 쳇.'

그는 허영자를 머릿속에서 떨쳐내기 위해 자리에서 일어 났다. 짐은 풀 것도 말 것도 없었다. 그때 노크소리가 들렸 다. 강중호는 장부장임을 알고 문을 열었다.

"자, 이제 즐겨볼까요?"

"장부장님은 캄보디아 자주 오셨을 텐데, 저보다 더 들뜨 신 것 같습니다?"

"당연하지요. 항상 최이사장님 수행비서 역할을 했는데, 오늘은 자유 아닙니까. 부시장님께 살짝 말씀 드리는데, 여 자 이사님 모시고 아가씨 부르는 곳에 갈 수 없잖습니까. 제일 큰 고충입니다."

"하하하하. 그러시군요. 그럼 나가죠."

강중호는 장부장의 너털웃음에 활짝 웃으며 뒤를 따랐다. 어떤 의구심도 가질 필요가 없을 것 같았다. 관광객들이 많 이 찾는 코스로 그들은 함께 했다. 극장식 바를 비롯해서 공연장과 발마사지, 그리고 보는 것만으로도 황홀한 미인 들이 즐비한 아가씨가 있는 술집을 돌며 상수는 마치 파라 다이스에 온 것 같은 느낌이 들었다. 시청에서 가끔 세미나 를 빙자한 동남아 관광을 했었다. 하지만 언제나 비용 탓에 그저 그런 곳들을 둘러봤을 뿐, 최고급 객실은 처음인 것 같았다. 함께하는 내내 어리둥절해 하고, 신기해하는 강중호에게 장부장은 취한 척 어깨를 두르며 혀가 꼬인 말투로속삭였다.

"에이 부시장님 알부자라고 소문나 있는 거 다 아는데, 이런 곳 처음오신 분처럼 왜 그러세요?"

"아, 장부장. 진짜 저 처음이에요. 돈을 줠 생각만 했지. 이렇게 쓰는 것인 줄은……."

"그 돈 다 쥐어서 물려주시게요?"

"그건 아닌데, 공무원이라는 신분 때문에 막히는 것이 너무 많아서 쓸 생각을 못했다고 봐야겠죠?"

"그러면서 사업도 하시잖아요? 아드님 명의로, 따님 명의로."

"하하. 그거야, 애들이 뭐 할 줄 아는 게 없어서."

"자, 그런 의미로 오늘은 부시장님께서 쏘시는 것도 뭐 저는 마다하지 않습니다."

"이런 분위기라면 기꺼이. 하하하하."

"정말이시죠? 대신 우리 최이사장님께는 비밀입니다."

"아, 그럼요, 그럼요. 남자끼리의 비밀입니다. 하하하."

한껏 흥이 돈은 부시장은 분위기에 젖기 시작했다. 장부장이 아가씨들에게 눈짓을 하자 이내 반은 벗은 형태로 부시장에게 다가갔고, 부시장 또한 흥에 겨워 아가씨들이 하는 그대로 따라가고 있었다. 추태였다. 앞머리가 시원하고 배가 남산만 해서 허리띠가 엉덩이 밑으로 자꾸 내려가는 50대 후반의 중년 공무원이 술집에서 허리띠를 풀고 반라가 되어 여인과 비비적거리는 모습은 그야말로 가관이었다.

한 편에서는 부시장이 알아채지 못하게 연신 사진을 찍고 있었다.

수연은 비어있는 부시장 방으로 들어왔다. 부시장의 가방을 열어 소지품을 조심스럽게 옆으로 챙겼다. 일단 가방에 앞부분에 가방의 문양과 비슷한 색을 띄는 초소형카메라를 부착시키고, 침실과 거실을 한 눈에 볼 수 있게 곳곳에 카메라를 부착시켰다. 노트북을 열었다. 초혜가 알려준 방식으로 하나씩 컴퓨터를 조작하고, 노트북으로 카메라에 보이는 자신의 모습을 확인했다. 녹화상태로 전환하고 노트북을 닫았다. 다시 가방에 소지품을 챙겨 넣던 수연은 침대 위에 던져진 핸드폰을 발견했다. 강중호가 일부러 핸드폰을 놓고 나간 듯 했다. 아직 스마트폰을 사용하지 않고 2G폰을 사용하고 있었다. 그래서 부시장의 핸드폰 도청이 힘들다고 했던 초혜의 말이 생각났다. 가방 안에 있던 스마트폰은 허영자가 일괄적으로 보낸 도청용이라는 것을 알 수 있었다. 수연은 2G폰을 열었다. 몇 개의 문자메시지가 떠 있었다.

－전화 받아 망할 자식아.－

수연은 깜짝 놀라 핸드폰을 내려놨다. 허영자에게서 온 문자 메시지였다. 첫마디가 욕설이었다. 몇 번 전화를 하고 문자를 했지만 강중호가 받지 않은 모양이다. 문자 메시지를 쭉 읽어보던 수연은 실소를 터트렸다. 허영자가 단단히

화가 나 있었다. 몇 개의 서류가 시청에 접수 되었고, 그것을 강중호가 처리해 줬어야 하는데 처리하지 않아서 일이 좀 틀어진 모양이다. 드디어 분열이 시작되었다는 것을 수연은 느낄 수 있었다.

'그래, 이렇게 시작되는 거야. 너희들의 단합은 유리잔 같은 거였어.'

수연은 일어나 주변을 살폈다. 혹시 그녀의 흔적이 남아 있지 않을까 싶어 머리카락 한 올이라도 남으면 안 된다는 생각이 들었다. 수연은 시간을 살폈다. 곧 들어올 시간이다. 수연은 노트북을 들고 유유히 강중호의 숙소를 빠져 나왔다. 수연이 자신의 숙소로 돌아와 샤워를 하고 나오자 밖에서 요란한 소리가 들렸다. 강중호가 그녀의 방에 들어올 확률은 거의 없었다. 취해 있을 것이고, 그녀의 숙소를 아는 것은 진혁 뿐이었다. 수연은 노트북을 열었다. 모니터에 강중호의 방 구석구석 비춰지지 않은 곳이 없을 정도였다. 노크 소리가 들렸다. 다섯 번, 세 번 나눠서 두들기는 건 그들의 암호. 진혁이었다. 수연은 방문을 열었다. 진혁이 약간 취한 듯한 표정으로 서 있었다.

"들어가도 돼?"

"…… 개인적인 이야기면 서울 가서 하자."

"아니야, 그냥 할 이야기 없어."

"그럼 내일 아침에 보면 좋겠는데."

"…… 그래, 잘 자라. 네 본 모습 볼 수 있었다는 것으로 만족

할게."

진혁은 방긋 웃으며 자신의 방으로 돌아갔다. 노트북에서 요란한 소리가 들렸다. 여자는 정해진 스토리로 강중호를 몰고 가는 것이 보였다. 진혁이 이미 주문을 해 놓은 터였다. 가장 추잡스러운 모습을 보일 수 있는 상황 연출. 녹화가 진행되고 있었다. 수연은 들리는 소리를 무음으로 해 놓고 침대에 누웠다. 복잡한 마음들이 그녀의 가슴을 헤집었다. 진혁이의 마음은 항상 그 자리에 고정이 되어 있는 것 같고, 흔들리는 것은 자신이라는 것을 누구보다 더 잘 안다. 가끔 초혜와 혁수를 보면 알콩달콩 예쁘다. 그녀도 그런 사랑을 할 수 있을까 하는 의구심이 들기도 했다. 하지만 진혁에게 만큼은 자신이 없었다. 그녀의 아픔까지 감싸줄 수 있다는 것을 알기에 미안한 마음이 더 크게 다가왔다.

'그래도 마음은 널 향해 있는 걸. 시선이 다른 곳으로 향하는 만큼. 마음은 널 향해 있는 걸. 널 바라보면 내가 많이 아파. 못 보겠어.'

수연의 볼에서는 소리 없이 눈물이 흘러내렸다. 지워버리고 싶은 기억. 그날 밤 자신의 모습은 모두 지워버릴 수 있다면 좋을 것 같았다. 어릴 적 아버지의 죽음과 함께 찾아온 지하 밀실. 그리고 그 음흉한 목소리. 밀실에서의 공포. 모든 것들을 지워버렸듯 그렇게 그날 밤을 그녀 인생에서 지우고픈 마음이 간절했다. 그러나 진혁을 마주칠 때마다 어제의 일처럼 그 고통이 고스란히 그녀의 심장으로 전달되었다.

　'눈을 뜨면 모든 것이 꿈이었으면 좋겠어. 한밤의 꿈에 지나지 않았다면 그냥 평범한 여자로 살 수 있다면 좋겠어. 꿈이었으면…….'

　분주한 일정이 시작되었다. 진혁은 새벽에 일어나 수연의 방으로 들어갔다. 30분에 걸친 분장이 시작되었고, 진혁이 수연의 방으로 들어갔을 때 그녀는 이미 중후한 중년 여인이 되어 있었다. 어제와 똑같은 모습이었다. 코 옆에 있는 점까지 정확한 위치, 정확한 크기였다.

　강중호가 일어나기에는 이른 시간이었다. 소리가 죽은 모니터를 바라보았다. 여자는 없고 강중호만 벌거벗은 모습 그대로 침대에 널브러져 있었다.

　"이걸 보고 있었어?"

　"아니, 그냥 열어만 뒀어. 닫으면 녹화 안 될 것 같아서."

　"바보. 녹화는 자동으로 돼. 이 노트북이 아니더라도 그 카메라에 초미립자 메모리가 있어. 카메라만 수거해 가면 초혜가 모두 컴퓨터로 옮길 수 있는데."

　"혹시 모르잖아. 중요한 카메라를 실수로 잃어버릴 수도 있잖아."

　"노트북 닫아놔도 녹화는 되게 설정 되어 있어."

　"그럼 오늘 밤은 그냥 놔두지 뭐."

　수연은 시큰둥한 반응을 보였다. 진혁에게 만큼은 항상 시큰둥했다. 하지만 이제 진혁은 알고 있다. 수연이 시큰둥한 만큼 그를 향한 마음이 크다는 것을. 진혁이 노트북을 닫더니 수연에게 다가갔다. 수연은 다시 한 번 얼굴을 점검하는 중이었다.

"넌 어떤 모습을 해도 예뻐. 하지만 너의 본 모습이 가장 예뻐. 나도 혁수처럼 까불거리고 농담이라도 잘했으면 좋겠는데……. 내가 너의 지금 그 모습 그대로 바라보듯 너도 지금 내 모습 그대로 바라볼 수 있지? 오늘도 파이팅하자. 진수연. 사랑한다."

진혁은 활짝 웃으며 그녀의 방에서 사라졌다. 수연은 무표정한 얼굴로 진혁을 바라보다 그가 사라지자 자신의 얼굴을 감쌌다. 벌써 벌겋게 달아올랐다는 것을 느꼈다. 매일 아침 듣는 이야기이지만 항상 그 소리에는 심장이 두근거리는 것을 멈출 수 없었다.

수연은 심호흡을 몇 번 하고 자리에 앉아 오늘 갖춰야할 서류들을 하나씩 넘기며 점검했다. 초혜와 진혁이 며칠 밤 샘 작업을 해서 만들어 준 서류였다. 가방 깊숙한 쪽에 서류를 넣고, 다른 서류를 살폈다. 실질적인 효능이 있는 서류. 캄보디아에 있는 자그만 도시와 가령시의 자매결연 서류였다. 사기가 아닌 진짜 자매결연이었다. 캄보디아에 자매결연을 하는 조건으로 만 불을 지불했고, 실제 결연을 하는 날이었다. 실수가 있어서는 안 되는 일. 그들이 하는 일이 국가의 이미지를 흐리거나 불이익이 오는 상황이 되면 그들의 모습이 세상 밖으로 알려지는 계기가 될 수 있는 일이었다. 수연은 심호흡을 크게 했다.

'그래 오늘도 파이팅. 사랑한다. 최진혁.'

일행은 시청으로 들어갔다. 3층 높이의 자그마한 건물이었지만 유럽풍 디자인과 박물관에 들어온 느낌의 시청은 그들의 발걸음을 놀라게 했다. 화려하면서도 단아한 느낌이 떠들면 안 될 것 같고, 근엄한 자세로 만들어주었다. 캄보디아 시청 직원들은 하나같이 그들을 정중하게 맞이했다. 시장실로 들어서자 시장은 반갑다는 듯 자리에서 일어나 그들을 맞이했다. 결연식은 간단했다. 가령시장의 직무대행으로 온 부시장과 시장의 결연서를 나누고, 악수를 하는 사진을 찍고, 간담회를 마련했다. 구체적인 일들은 시청 각 부서에서 전담하자는 것을 약속하고, 앞으로의 계획과 진행에 대해서는 서로 합의하에 서안으로 나누자는 몇몇 지루한 이야기들을 하고 그들은 연회장으로 들어갔다.

연회장에는 이미 캄보디아 고위 관리와 지역 유지들이 함께 자리하고 있었다. 강중호는 놀란 토끼 눈을 하고 그들과 인사를 나누는 장부장과 최인혜에게서 눈길을 떼지 못했다. 장부장은 캄보디아어로 강중호를 소개하고 그들의 통역을 도맡았다. 그렇게 연회는 2시간 이상 지속되었다. 강중호는 장부장에게 다가갔다.

"언제까지 여기 있어야 하는 거요?"

"지루하세요? 여기 분들과 인맥을 쌓아 두시는 것도 나쁘지 않으실 텐데."

"영어라면 어찌 손짓발짓이라도 해보겠는데, 캄보디아어는 도저히 무슨 소린지 이해가 되지 않으니 원. 장부장 아니면 인사도 못 나누잖소."

"눈인사는 했으니 우리는 슬쩍 빠져 주는 것도 뭐 나쁘지는 않겠지요?"

"이사장님은?"

"워낙 아는 분이 많으셔서 서툰 의사소통에도 하루 종일 계셔도 지루하지 않으실 것입니다."

"있잖소. 그곳 한 번 가봅시다."

"어디를요?"

"아 있잖소. 거기."

"공항과 시청을 옮긴다는 곳 말씀이세요?"

강중호는 말없이 고개만 끄덕였다. 그리곤 주변을 두리번거렸다. 장부장은 씁쓸하게 웃으며 주변 사람들에게 인사를 나누고 수연에게 다가갔다.

"이사장님 저희는 숙소로 가겠습니다. 부시장님께서 몸이 좀 안 좋다고 하셔서."

"아, 그러세요. 저도 곧 따라 가겠어요."

"천천히 오셔도 됩니다. 그럼 먼저 실례하겠습니다. 가시죠. 부시장님."

장부장은 강중호와 함께 연회장에서 나왔다. 밖에서 대기

하고 있던 차가 장부장을 알아보고 급하게 그들 앞에 섰다. 강중호는 나온 배를 두들기며 거드름을 피웠다. 장부장이 손을 내밀어 강중호가 먼저 차에 타게 하고, 그도 따라 올랐다. 장부장은 기사에게 어느 지역을 이야기하고, 기사는 알았다는 듯 고개를 끄덕였다. 그리고 뒤에 더 많은 말이 있었지만 강중호는 전혀 이해할 수 없는 이야기였기에 시선을 밖에 두고 있었다.

차가 시내를 빠져나와 허허 벌판으로 향하는 동안 차창 밖으로 지나는 풍경은 강중호를 놀라게 했다. 공항과 시청이 있는 그곳과는 전혀 다른 풍경이었다. 기름진 음식으로 배를 채우고 나온 강중호는 굶주림에 마른 아이들과 시선이 마주쳤다. 강중호는 어찌할 줄 몰라 장부장을 바라보았다.

"그냥 눈 뜨고 보기 힘든 광경이죠? 우리나라 전쟁이후 풍경과 흡사합니다."

"이렇게 가난한 나라였나요?"

"현재 우리나라는 아무리 없이 산다고 외쳐도 컴퓨터 한 대씩은 다 가지고 있죠? 사실 없는 집 없잖아요? 하지만 이곳은 컴퓨터가 있으면 엄청난 부자인 거죠."

"학교도 있잖아요? 캄보디아도 의무교육으로 알고 있는데?"

"아시다시피 의무교육이라고 해서 돈이 전혀 안 들어가는 건 아니죠? 그 시간에 먹고 살아야 할 돈을 버는 아이들도 많습니다."

"그래서 자매결연을 해서 이들을 돕자는 것이군요?"

"그렇죠. 부시장님의 그 측은지심이 이들에게는 엄청난 도움이 되는 거지요."

"저야, 뭐……."

강중호는 겸손을 가장한 웃음을 지어보였다. 장부장은 그의 장단에 맞추듯 환한 웃음을 지었다. 기사는 그들을 허허벌판에 내려주었다. 군데군데 자잘한 나무 몇 그루 서 있을 뿐 아무것도 없는 벌판이었다. 장부장은 캄보디아어로 되어 있는 지적도를 펼쳤다.

"부시장님께서는 몇 평이나 사실 거지요?"

"2만 평 정도면……."

"여기가 가난한 나라이기는 하지만 그 정도면 상당한 돈이 들어갈 텐데. 알부자라고는 들었지만 하시는 사업도 많으신데 그만한 돈이 마련이 되실지."

"무기명 채권 정리하고, 부동산 좀 정리하면 어지간한 돈은 마련이 되는데."

"그러면 가지고 있는 재산 전부를 투자하신다는 말씀이세요?"

"아이들 명의로 된 사업을 제외하고, 사는 집을 제외하면 그렇지요?"

"부담 가지 않으신지. 뭐 확실한 정보이긴 하지만 그래도 어찌 될지 모르지 않습니까. 여기도 사람 사는 동네라 일이 틀어질 수도 있는데."

"투자 해 놓으면 언제든지 빛을 볼 수 있지 않겠소? 장부장

말대로 사람 사는 동네인데, 앙코르아트에서 그다지 멀지 않은 곳이니 금세 발전 되지 않을까 하오만."

장부장은 헛기침을 했다. 지적도를 펼쳐 보이며 2만평 정도의 부분에 빨간색으로 색칠을 하자 강중호는 만족한 듯 고개를 끄덕였다.

"일단 저희 단체 이름으로 이곳을 매입할 것입니다. 그리고 난 후, 우리나라로 하면 등기부등본이겠지요? 증서를 부시장님 명의로 해서 전해 드릴 것입니다."

"뭐 장부장이 어련히 알아서 하시겠소. 이곳 캄보디아를 고향처럼 생각하시는 분이신 듯한데. 그러니 그렇게 이곳 언어에도 익숙한 것 아니겠소?"

"감사합니다. 이렇게 믿어주시니."

그들이 숙소로 돌아온 것은 밤이 깊은 뒤였다. 강중호는 오늘도 어제 만난 여인과 함께 숙소로 들어갔고, 그들이 들어간 것을 확인한 후 진혁은 수연의 방을 찾았다. 수연은 노트북을 열어 그들의 행각을 바라보고 있었다.

"어찌 됐어?"

"일단 성공이야. 아무런 의심 없어. 그러고 보면 대장도 보통사람 아니야. 시 결연을 진짜 이행하면서 부시장을 끌어 드린 것 보면 초혜를 능가하는 능력이라고 생각이 돼."

"근데 저 여자는 왜?"

"변수야. 이건 계획에 없는 거였는데 부시장이 저 여자에게 푹 빠졌어. 어떻게 하면 저 여자를 현지처로 둘 수 있냐고

묻던데?"

"뭐라고 대답했어?"

"일단 뭐 법적으로 혼자가 아니면 혼인은 불가능하다고 해놨어. 실제 그렇잖아."

"여기는 철저한 모계 사회라 이혼하면 캄보디아에 있는 재산 모두 아내에게 뺏긴다는 건?"

"당연히 말 안했지."

"이건 대장도 생각 못했던 것이겠다. 완전 범죄가 될 수 있을 것 같아."

"일단 초혜한테 의견을 구해보자."

모니터에서는 벌거벗은 남녀가 함께 침대를 뒹구는 모습이 여과 없이 보이고 있었다. 진혁은 마른침을 꿀꺽 삼켰다. 아직 경험이 없는 그는 그 장면을 보는 것만으로도 몸이 뜨거워지는 것을 느꼈다. 수연은 헛기침을 하며 자리에 앉아 노트북을 닫았다. 진혁은 등을 돌려 문으로 향했고, 수연은 고개를 숙이고 바닥에 무언가를 집으려는 듯 시선을 돌리고 있었다.

"난 너 아니면 총각으로 늙어 죽을 거니까. 알아서 해. 너무 늦으면 나 힘없다."

말을 던진 진혁은 쏜살같이 수연의 숙소 밖으로 사라졌다. 수연은 피식 웃었지만 심장이 아파오는 것을 느꼈다. 가슴에 누군가 칼을 꽂고 밑으로 좌악 그어 내리는 듯한 통증이었다. 가슴을 움켜쥐었다. 그리고 소파 아래에 쪼그리고 앉아 가슴을 움켜쥔 채로 속울음을 삼켰다.

"아직은……."

　그들이 서울로 돌아와 부시장에게서 다시 연락이 온 것은
이틀 뒤였다. 꿈에 부풀어 있는 부시장은 하루 빨리 그 땅
을 자신의 것으로 만들고 싶어 하는 것이 보였다. 진혁과
혁수가 서류를 준비하고 부시장을 찾았다. 진혁은 장부장
의 모습으로, 혁수는 장부장보다는 조금 더 어린 모습으로
부시장실로 들어갔다. 부시장은 그가 아는 최인혜가 아닌
혁수를 보자 조금 놀라는 기색이 역력했다. 진혁은 웃으며
혁수를 소개했다.

　"아, 이 친구는 캄보디아 현지에 있는 땅을 직접 관리하는
친구 최창인이라고 합니다. 그런데 벌써 자금을 준비하셨
어요?"

　"요즘 무기명 채권은 없어서 못 팔잖소. 또 제 지인 중에
바로 해결 해주는 이가 있어서 쉬웠습니다."

　"그렇다고 해도 부동산은?"

　"일단 선금부터 받았소. 뭐 서로 믿고 사는 사람이니 바로
마련해 줍디다."

　혁수는 입가에 희미한 미소를 띠었다. 신중환은 부시장이
땅을 내놓으면 바로 살 수 있게 미리 현금을 준비하겠노라
는 연락을 받았다. 그렇다고 따로 연락하는 것은 아니었다.
초혜가 신중환의 컴퓨터에 메시지를 띄우면 이상하리만큼 신

중환은 초혜의 말대로 실행하고 있었다. 그 누구에게도 비밀로 한 채로.

혁수는 초혜가 마련해 준 서류를 꺼냈다. 수연이 미리 챙겨 갔던 그 서류였다. 여차하면 미리 준비된 서류로 부시장의 신뢰를 얻을 생각이었지만, 그럴 필요가 없어 그대로 들고 들어왔던 그 서류였다. 다만 모든 문자가 캄보디아에서 사용하는 크메르어였기에 부시장이 읽을 수 있는 것은 아니었다. 실제 캄보디아 땅 매입 서류이기도 했다. 다만 그들이 노리는 것은 헐값의 땅을 수백 배로 불려서 부시장에게 파는 것이었다.

"여기에 사인만 하시면 됩니다. 장부장님이 캄보디아에 이미 저희 재단 이름으로 땅을 매입하셨고, 이것은 일명 등기부입니다."

강중호는 입이 귓가에 걸렸다. 어차피 들여다봐야 모르는 언어이고, 혁수가 손가락으로 짚어주는 자리에 열심히 그의 사인을 날렸다. 모든 서류 사인이 끝나자 부시장은 가방두 개를 꺼냈다.

"이게 뭡니까?"

"현금입니다. 제가 공무원이라서 이런 일은 은행 거래가 힘이 들어서. 아시잖소. 다음 시장 선거에 나가려면 재산공개도 해야 되고…….."

"저희 재단 계좌로 송금하시면 모든 것이 가려질 수 있는데. 후원인이 자신을 밝히지 않을 경우 법적으로 밝혀야 할 필요가 없기 때문이죠."

"1%의 확률이 있는 법이잖소. 난 현금 거래로 하겠소."

혁수는 가방을 자신의 옆으로 받아 넘겼다. 상수는 서류를 가슴에 품고 환한 미소를 지어보였다. 혁수와 진혁이 자리에서 일어나려 하자 부시장은 급하게 진혁의 팔을 잡았다.

"아, 장부장 나 한 번만 더 그 땅을 보고 싶은데 함께 가실 수 있겠소?"

"네, 언제든지 가능합니다. 이사장님의 해외 출장이 없는 날은 가능해요."

"그럼 좀 빠른 시일 내에 부탁하오."

진혁은 능글맞은 웃음을 지어 보이며 부시장 귀에 입을 가까이 가져갔다. 그리고 속삭였다.

"그 여인 때문에 그러시죠?"

부시장은 고개를 끄덕였다. 그의 관심은 땅이 우선이기도 했지만 땅만큼 나이도 어리고 섹시하다 못해 최인혜처럼 도도한 인품이 그리운 것 같았다. 부시장이 최인혜라는 인물에 대해 이성적 관심이 보이기에 캄보디아 현지에서 그 인물과 비슷한 이미지의 여인을 찾아 약간의 훈련을 시켰던 것이다. 그녀에게 부시장은 흠뻑 젖었다.

"그 전에 부시장님 혼인 관계를 정리 하셔야 별 탈 없을 텐데."

"아, 그건 걱정 마시오. 준비 중이오"

진혁과 혁수는 부시장과 인사를 나누고 가령시청을 빠져나왔다. 혁수는 이마에 땀을 닦는 시늉을 해보였다. 진혁은 피식 웃었다.

　"아따, 노친네 밝히기는 겁나게 밝히네 뭐시냐. 그 노친네."

　"우리가 그 땅을 수백 배 가격으로 팔았다는 흔적마저도 없애줄 것 같아."

　"음마? 긍께 저 노친네가 그 동네는 시방 모계사회라는 것을 모른다는 것이제?"

　"그렇지? 하하 재밌지 않아? 너무 순조롭게 잘 풀려."

　"그것이 다 울 예쁜이 덕이여!"

　"어휴, 알았다 알았어."

　그들은 깔깔거리며 가령시청사를 빠져나가고 있었다. 밝고 활기찬 웃음에 하루는 저물어가고 붉은 노을은 그들의 차를 뒤 따랐다. 힘없이 저물어가는 하루해는 그들의 지친 삶과 분노만큼 붉은 빛으로 그들에게 화답했다.

　전국이 발칵 뒤집혔다. 인터넷에서는 가령시청 부시장의 얼굴이 메인화면을 차지했고, 각종 언론사 및 방송사에서는 캄보디아 현지를 연결한 방송들이 줄을 이어 방송되고 있었다. 성진과 가디언 엔젤은 상황실에서 텔레비전을 지켜보고 있었다.

　"가령시청과 캄보디아의 작은 도시 자매결연을 빌미로 가령시청 강모 부시장의 파렴치한 행위가 대한민국의 위상에

먹칠을 한 사건이 발생 했습니다. 그는 현재 그의 부인 최
모씨의 사이에 1남 1녀를 두고 있고, 혼인 관계를 유지하고
있으면서 캄보디아의 18살의 부인을 맞이했습니다. 신혼
첫날 밤. 그는 현지처가 아닌 더 어린 15살 소녀를 강제 추
행하다 동네 사람들에게 들켜 그들의 풍습에 따라 돼지우
리에서 일주일을 보내야 했습니다. 현재 그는 돼지우리에
서 돼지들과 함께 생활을 하고 있다고 합니다. 현지에 있는
최민식 기자를 불러 보겠습니다. 최민식 기자."

　텔레비전 화면에는 돼지우리에서 한 입이라도 더 먹겠다
고 돼지들과 싸우는 강중호의 모습이 화면을 가득 채웠다.
상황실은 박장대소로 가득 찼고, 서로 하이파이브를 하며
성공의 기쁨을 만끽했다. 캄보디아 현지에서 강중호가 점
찍었던 여인은 모자이크 처리가 되어 인터뷰를 했고, 자막
으로 그의 이야기가 보도 되었다. 캄보디아는 모계 사회였
기에 여자가 이혼을 한두 번 하는 것은 흔한 일이었다. 자
막으로 그 여인과의 인터뷰가 소개 되었다.

　"한국에서 이혼했다고 해서 결혼을 했어요. 그런데 첫날
밤 제 방이 아닌 동생 방으로 들어가서 동생을 겁탈하려고
한 거예요. 동생이 소리를 질렀죠. 그래서 동네 사람들이 달
려와 그 사람을 때리고 돼지우리에 가뒀어요. 그리고 나서
이혼을 하려고 알아보니까 이 사람이 한국에 이미 부인이
있는 거예요. 저한테는 이혼하고 왔다고 했거든요."

　화면은 바뀌고 한국 스튜디오의 아나운서가 한숨을 내리

쉬며 방송을 이어갔다. 초혜가 방송사로 보낸 강중호에 대한 정보였다. 불법 비자금 및 뇌물수수. 공금횡령······. 그의 범죄 사실을 하나, 하나 읽어가던 아나운서는 카메라 앞에서 혀를 내둘렀다. 아나운서의 마지막 멘트와 함께 다음 뉴스 화면으로 넘어갔다.

"아직도 이런 공직자가 존재한다는 것이 믿기지 않습니다. 현재 검찰에도 똑같은 내용의 증거와 서류들이 접수 되었기에 본격적인 수사가 진행되고 있습니다. 국내뿐만 아니라 해외에서도 망신살 뻗치는 추태행각의 공직자는 더 이상 존재해서는 안 되겠습니다. 검찰의 성역 없는 수사를 바랍니다."

초혜는 성진을 바라보았다. 성진은 말없이 생각하는 듯 팔짱을 끼고 턱을 만지작거리고 있었다. 모든 시선이 성진에게 향하자 민망한 듯 웃음을 지어 보였다.

"아, 그래 내가 맡았어. 다른 사람에게 맡겼다가 그의 죄가 하나라도 덮어지면 안 될 것 같아서."

모두 환호성을 질렀다. 요즘 성역은 존재한다. 돈이라는 것으로 모든 성역을 만들어 놓고, 그 벽은 돈이 많을수록 더 높다. 그 벽을 깨뜨릴 수 있는 믿을만한 검사는 마성진 밖에 없다는 것이 그들의 생각이었다.

"물론 증거는 이미 다 갖춰졌고, 증거 영상에 서류, 그 전에 저질렀던 범죄는 더 캐다 보면 나올 테고. 일단 이 사건을 내가 맡음으로 해서 좀 바빠질 거야. 김형사도 마찬가지고. 그러니 엔젤 너희들이 고생을 해야 할 것 같은데.”

“캡틴 걱정 마십쇼!”

“내일은 내가 직접 캄보디아로 가서 강중호를 데려 올 거야. 지금 이 시각 한국 대사관으로 강중호가 인도되어 있으니. 너희들은 박달중 사건을 준비하고 있도록.”

“저희 휴가 안갑니까?”

“캄보디아 다녀와서 생각해 보자.”

“싫습니다. 일단 다녀오는 날. 휴가입니다.”

“진혁이 세게 나오는데?”

“김형사님도 찬성하시죠?”

“난 엔젤들과 함께하는 나날이 행복합니다. 내 자식들 보는 것 같거든. 난 언제든지 너희 편이다.”

초혜는 컴퓨터에 앉아 몇 가지 동영상을 편집했다. 캄보디아 아이피를 도용해서 인터넷에 유포를 시작했다.

“대한민국 망신덩어리 강중호 부시장. 캄보디아에서 보여준 추태 모음.”

유투브에 올리자마자 조회수는 수십만 건에 달했고, 인터넷 전역에 퍼지기 시작했다. 강중호의 이름은 검색 1순위로 등극했다. 검색에 나오는 첫 번째 순위는 추태모음이었다. 몇 분 걸리지 않았다. 벌떼처럼 모여든 네티즌은 벌떼처럼 옮겼고, 강중호의 추태를 모르면 대한민국 사람이 아닐 정도였다. SNS에서 가장 빠르게 전파되었다.

“근데 얼굴까지 공개 되어서 명예훼손으로 걸리지 않을까?”

"최초 유포자가 나오지 않으니 힘들고, 지금 명예훼손이라는 것에 신경 쓸 겨를도 없을 거야. 가족 모두가 강중호에게 등을 돌릴 테니까."

"씁쓸하네?"

"그랑께, 돈으로 흥한 자 돈으로 망한다는 말이 있제. 강중호가 가족이고 뭐시고 돈이 최우선이었응께 뻔한 거 아녀? 가족이라고 정이 있것어? 가끔 가족이 넘들보다 못할 때도 있응께."

"그러게 돈이 없으면 불행을 가져오기도 하지만, 그렇다고 돈이 행복을 가져다주는 것도 아닌데, 우린 돈의 노예가 되어 살고 있는 것은 아닌지 생각해 볼 필요도 있을 것 같아."

성진은 화면에 그려진 파라다이스 하와이를 바라다보고 있었다. 올 들어 하와이를 찾는 여행객이 많아졌다는 뉴스였다. 사람은 누구나 환상의 섬 하와이 여행을 꿈꾼다. 하지만 모두 갖춰지고 언제든지 갈 수 있다면 꿈이 아닐 것이다. 그다지 환상도 아닐 것이다. 어렵게 돈을 벌고 모아, 어느 날 한 번 갈 수 있을 때, 그것이 무릉도원이고 파라다이스일 것이다. 땀 흘린 뒤에 찾아오는 보상 같은 것. 성진은 씁쓸한 표정으로 자리를 떠났다. 김형사는 엔젤의 어깨를 모두 토닥이며 성진을 따라 지하 통로로 사라졌다.

가디언 엔젤(guardian angel)

찌는 듯한 폭염이 며칠 째 계속되고 있었다. 강중호는 구속 수사가 확정 되었고, 이미 교도소에 수감이 되었다. 요원으로 활동하고 있는 이들을 포함해 20여명의 숫자가 어느 아늑하고 조용한 계곡에 텐트를 치며 부산을 떨었다. 대부분 행복의 집 출신이었고, 가끔 마성진이 데려 온 사람들도 섞여 있었다. 본격적인 그들의 처단이 시작되기 전, 그동안 준비과정의 피로도 풀 겸 서로에게 믿음을 심어 줄 필요가 있을 것 같아 성진이 마련한 자리였다. 혁수는 초혜의 옆에서 떨어지지 않았다. 새초롬한 표정으로 앉아 있으면 누군가 초혜 옆에 앉아 말을 거는 것이 못내 못마땅한 표정이었다. 넓은 챙이 있는 모자를 초혜의 머리에 씌워주며 혁수의 너스레가 시작되었다.

"우리 이거 마치면 결혼할까?"

"너 군대는?"

"아, 그렇지? 지금은 행방불명 상태라 영장이 안 나오는 거고. 이 모든 일이 해결되면 형도 찾아야 하고……. 군대 간 사이에 고무신 거꾸로 신는 거 아니지?"

"그건 모르지? 근데 너 사투리 사용 안 하는 거 보니까 진지한 건데. 진심이야?"

"당연하지. 청혼을 장난으로 하는 사람이 정상이냐?"

"청혼이라. 보류하자. 이 모든 것들이 정상적으로 끝난 후에 다시 이야기 해."

"음마 요 가시나 보소? 긍께 뭐여? 나랑 결혼 안한다고? 동네 사람들~"

혁수가 발끈한 표정으로 자리에 일어서 고함을 질렀다. 초혜는 당황하면서 혁수의 입을 틀어막고 조용히 속삭였다.

"알았어. 내가 너 말고 누가 있다고 그래."

"그건 모르지. 꺼진 불도 다시 보고, 자고 있는 초혜 다시 확인하자!"

둘은 손을 꼭 잡고 서로의 시선을 확인했다. 초혜의 표정이 평소보다 환한 웃음으로 자리하고 있었다. 혁수는 초혜의 어깨를 감싸며 자신의 품으로 끌어안았다. 초혜는 말없이 눈을 감고 혁수의 심장소리를 들었다. 그리고 들릴 듯 말 듯 속삭였다.

"너의 심장이 멎는 그날까지 난 너의 곁에 여자로 있을 거야."

수연은 그들을 부러운 눈빛으로 그들을 바라보며 박수를 보냈다. 수연의 박수에 주변에 있던 이들이 하나같이 박수를 쳤다. 초혜는 부끄러운 듯 얼굴을 가렸고, 혁수는 두 손을 번쩍 들어 답례를 하듯 허세를 부렸다. 수연은 주변을 두리번거렸다. 진혁이 보이지 않았다. 텐트를 치고 모든 준비를 끝낼 때까지 진혁은 수연의 옆에 있었다. 두어 사람이 계곡 물에 입수를 하고 다녀 올 때도 진혁은 한마디 말없이 수연의 옆을 지키고 있었다. 그런 그가 보이지 않았다. 수연은 자리에서 벌떡 일어났다. 주변을 두리번거렸다. 혁수도 반사적으로 일어났다. 진혁이 보이지 않는 것을 알았다. 그리고 멍하게 손을 들어 계곡을 가리켰다.

　"저 아래 여울목이 있는데, 저대로 계속 가면 위험한데."

　진혁은 물에 몸을 맡기고 둥둥 떠가고 있었다. 생각에 잠긴 듯 잠이 든 것처럼 튜브에 몸을 의지하고 미동도 없이 누워 있는 모습이 보였다. 혁수는 웃옷을 벗고 달려갈 준비를 했다. 초혜가 혁수의 어깨를 잡았다. 그리고 눈이 마주치자 고개를 저어보였다. 혁수는 수연을 바라보았다. 이미 계곡을 향해 뛰어가더니 물속으로 첨벙 뛰어 들었다. 수영 선수 못지않은 수영 실력으로 진혁에게 다가갔다.

　"음마? 언제 수영을 배웠다냐?"

　"스포츠는 안 배운 거 없어. 승마부터 시작해서 골프까지. 걱정 안 해도 돼. 진혁이 결심한 것 같아. 오늘이 아니면 수연이 마음을 잡을 수 있는 기회는 없다고 생각한 것 같아."

혁수는 초혜 옆에 앉아 말없이 그들을 바라보았다. 모두 일어나 수연을 바라보았고, 수연은 누구의 시선도 아랑곳하지 않고 진혁에게 다가갔다.

진혁은 수연이 오는 모습을 선글라스를 통해 바라보고 있었다. 물 위로 고개를 내밀 때 수연의 표정은 울고 있었다. 금방이라도 대성통곡할 준비가 되어 있는 것 같았다. 여울목이 그리 멀지 않았음을 몸으로 느끼고 있었다. 물의 흐름이 점점 빨라지는 것을 느꼈다. 순간 진혁이 앉아 있는 튜브를 수연은 잡았다. 그리고 지친 음성으로 속삭였다.
"가지마. 내 곁에 있어줘. 가지마. 가지마. 제발."
그녀는 울부짖고 있었다. 자신의 가슴에 쌓여있는 고통을 울음으로 풀어내고 있었다. 진혁은 수연의 팔을 잡아끌었다. 튜브가 뒤집어지며 여울목으로 그들은 휩쓸렸다. 진혁은 수연을 꼭 끌어안았다. 수연의 자그마한 몸이 진혁의 가슴으로 파고들었다. 진혁은 여울목의 흐름에 몸을 맡기고 수연의 숨 막혀 하는 모습이 보이자 자신의 입술을 가져갔다. 그리고 있는 힘을 다해 수연을 안고 헤엄을 치기 시작했다. 튜브가 달린 밧줄이 몇 번 그의 머리 위로 지나가는 것 같았다. 무의식으로 팔을 휘저었다. 튜브가 팔에 걸렸다. 혁수와 몇몇 사내들이 있는 힘껏 줄을 잡아 당겼다. 수연은 진혁의 품에 안겨 물 밖으로 실려 나왔다. 그때서야 혁수는 안도의 숨을 몰아쉬었다.

"야 자슥아. 니 디지는 줄 알고 식겁했다. 새끼야!"

"살았잖아. 널 믿었거든."

"아 개자슥. 미리 말이나 하든가! 수연인 괜찮어?"

수연이는 말없이 고개를 끄덕였다. 하지만 눈은 뜨지 않았다. 진혁의 품에 안긴 채 고개만 끄덕였을 뿐이다. 혁수는 키득거리며 사람들에게 손짓해 보였다.

"아따 가시나 부끄러운지는 안갑서야. 자 우리는 가자고 밥 묵어야제."

모여 있던 사람들이 하나 둘씩 혁수를 따라 자리를 옮겼다. 캠프파이어를 준비한다며 바쁜 척 이리저리 분주하게 움직였다. 그때서야 수연은 진혁의 품에서 떨어져 앉았다. 헝클어진 머리를 정리하며 등을 돌리고 앉자 진혁은 뒤에서 수연을 다시 품었다.

"고마워. 마음을 열어줘서."

"알고 있었어. 진작부터. 네가 없는 나는 존재하지 않는다는 것. 다만……."

"알아. 더 이상 말하지 않아도. 너와 나 아무래도 어떤 계기가 필요할 것 같아서 용기를 냈어. 생명을 걸지 않으면 넌 마음을 열지 않을 것 같았거든."

"바보. 그러다가 정말 무슨 일 생기면 어쩌려고. 내가 그럴만한 가치가 있는 것도 아니잖아!"

"아니, 나한테 너는 내 생명이야. 그 어린 나이에 학대를 견딜 수 있는 것은 네가 있기 때문이었고, 죽음의 문턱에서도 버틸 수 있었던 것은 너 때문이었어. 네가 없었다면 난 이미 이 세상에 존재하지 않아. 넌 언제나 나에게 용기를, 희망을 주었잖아. 환한 웃음으로. 행복한 얼굴로. 항상 내 곁에 있었잖아."

진혁은 수연의 얼굴을 두 손으로 감쌌다. 수연은 울고 있었다. 진혁은 조용히 그녀의 입술에 자신의 입술을 가져갔다. 수연은 두 눈을 감고 진혁의 품으로 안겼다. 멀리서 혁수의 놀리는 웃음소리가 들렸지만 그들은 아무런 반응도 하지 않았다. 그저 그 순간을 영원히 기억하고 싶을 뿐이었다.

계곡의 푸른 밤은 아름다웠다. 계곡 한 가운데서 캠프파이어가 시작되었고, 맑은 기타 소리는 밤하늘을 가로질러 저 푸른 우주로 날아갔다. 원형으로 둘러앉았던 사람들이 모두 누웠다. 서로의 손을 잡고 같은 밤하늘을 바라보며 먼 미래를 꿈꿨다.

성진이 말을 꺼냈다.

"우리의 내일은 장담할 수 없다. 밝을 수도 있고, 어두울 수도 있다. 그러나 우리가 실현하고자 하는 내일은 밝음이다. 어둠을 물리치는 밝음. 밤이 지나면 아침이 오는 것을 믿듯 우리의 내일도 믿어보자."

"우리는 마 검사님을 믿는 당께요."

"저희도 믿습니다."

"나는 우리의 엔젤들을 믿는다. 요원으로 활동해 주는 모두에게 감사하고 싶다.”

“우리도 벗어나기 위한 몸부림입니다. 그들이 모두 잡혀 가면 우리에게 주어지는 것은 자유입니다. 지금처럼 밀실 에서의 자유가 아닌, 바깥세상에서의 자유!!”

“자, 그럼 우리 건배를 할까? 모두 일어나서.”

모든 이들이 우르르 일어났다. 그리고 각자 캔 맥주 하나 씩을 들고 불을 향해 높이 쳐들었다. 그들의 목소리는 하염 없는 염원이 되어 저 하늘의 별을 향해 돌진했다.

“우리의 진정한 자유를 위해 건배!!”

그들의 얼굴은 한없이 밝아졌다. 희망을 품은 얼굴은 웃 음이 멈추지 않는다는 것을 수연은 그들의 표정에서 읽을 수 있었다. 한참동안 담소가 이어지고 하나, 둘 자신들의 텐 트로 들어갔다. 여기저기서 두런거리는 소리가 끊이지 않 았다. 넷은 마지막까지 모닥불 앞에 앉았다.

“우리도 이런 건 처음이지?”

“응. 이런 세상이 있다는 것은 꿈에도 몰랐어.”

“그들을 단죄하고 나면 우리 가끔 넷이 이렇게 다니자. 흰 머리가 희끗희끗 할 때까지.”

“우리들에겐 가족이 없잖아. 그러니 넷이 한 가족이나 마 찬가지지.”

“이 일이 끝나면 혁수 형님을 찾아 우리 대장으로 모시자.”

“야야 참어라. 내가 기억하는 우리 형 성질 드러워야! 아 이고 지금 어디서 주먹질 안하고 살믄 다행이다야.”

초혜는 목을 만지작거리더니 사자문양이 있는 목걸이를 그들에게 보였다. 혁수가 건네 준 목걸이였다. 둘은 어리둥절한 표정으로 초혜를 바라보았다.

"혁수 형이 이것과 똑같은 문양을 가지고 있을 거래. 근데 어떤 모습인지는 몰라. 혁수는 이걸 목걸이로 만들었는데 그 형은……."

"일단 찍어두자. 그래야 비슷하면 비교라도 해 볼 수 있잖아"

서로 문양을 핸드폰으로 찍고 자세히 바라보았다. 시중에서 흔히 볼 수 있는 문양이 아니었다. 사자 모양을 하고 있지만 姜이라는 글자가 옆으로 누워 있는 모습을 사자 문양으로 만든 것이었다. 수연은 고개를 들어 혁수를 바라보았다.

"강?"

"응, 본명은 강찬민. 행복의 집에서 차혁수로 바뀐 거야."

"그럼 형 이름은?"

"강찬성. 본명으로는 살지 않을 것 같은데? 그래서 이 펜던트가 중요하긴 해!"

"그럼 우리 가족의 대장 찾기도 동시에 해야 되는 거네?"

"유일하게 가족이 있는 건 혁수 밖에 없으니까."

그들은 서로 손을 모아 하늘을 향해 파이팅을 외쳤다. 모닥불만이 그들의 모습을 희미하게 밝혀주고, 별은 그들의 머리맡에 내려와 환하게 웃었다. 그렇게 아침은 밝아오고 그들은 텐트에 들어가 아침이 밝아오도록 가장 편안한 잠을 맛봤다. 새의 맑은 노랫소리에 초혜가 눈을 떴다. 계곡 물 흐르는 소리가 유난히 맑고 청아하게 들렸다. 전쟁을 시작하는 날이라고 하기엔 너무 맑고 청명한 아침이었다. 햇살이 드리워지자 여기저기서 일어나는 소리가 들렸다. 다시 분주한 아침이 시작되고, 뜨거운 한 낮이 되어서야 철수 준비가 이뤄졌다.

박달중의 모습이 모니터에 가득 잡혔다. 국회의원 박달중 사무실에서 그는 정직하고 청렴한 국회의원이었다. 아동학대 방지법에 대한 발의를 위해 분주하게 움직이는 모습이 상황실에 그대로 전해졌다.

"저럴 땐 정말 멀쩡한 국회의원이네?"

"수행비서 말고는 박달중의 비리를 아는 이가 거의 없지."

"뭐 걱정은 없어요. 박달중이 꼼짝 할 수 없는 증거들이 수두룩하니까. 다만 그가 어떤 조취를 취할 수 없을 정도의 폭탄이 필요할 뿐이죠."

박달중이 사무실에서 수행비서와 밖으로 움직였다. 초혜는 박달중의 움직임을 주시하고 시선에서 놓치지 않았다. 초혜가 모니터를 응시하고 있을 때, 그녀의 컴퓨터에서 경고음이 들렸다. 누군가 그들의 시스템으로 침입한다는 경고음이었다. 그녀는 컴퓨터 앞에 앉아 쓸쓸한 미소를 보냈다.

"왜? 무슨 경고음이야?"

"허영자, 일부러 노선 하나를 열어 뒀거든. 찾아오는데 꽤 오래 걸리네?"

"그러다가 뚫리면 어쩌려고?"

"그 벽이 뚫린다 해도 행복의 집에 허영자가 설치된 감시 카메라를 우리 쪽에서 볼 수 있는 그런 시스템을 열어 놓은 거였어. 그러니 상관없지. 허영자에게도 숨구멍을 열어 준 다음에 다시 조여야지. 지금 이런 장난을 하는 것이 누구인 지는 파악하지 못한 것 같은데……."

초혜는 허영자의 컴퓨터에 경고 메시지를 보냈다.

−더 이상 접근하면 당신의 시스템이 다운 될 수도 있습니다.−

초혜의 입가에 방긋 미소가 번졌다. 허영자의 컴퓨터에서 중요한 자료는 모두 옮긴 상태였다. 역시 허영자는 포기하는 법이 없었다. 더 접근하기 위해 컴퓨터 시스템을 뒤적거리고 있지만 열리지 않아 몇 번 더 시도하는 것으로 파악됐다. 초혜는 허영자의 컴퓨터에 심어둔 파일을 찾았다. 그리고 실행 명령을 내리자 한참이 지난 뒤 허영자의 흔적이 사라졌다. 초혜는 소리 내며 큭큭거렸다.

"왜?"

"허영자 당분간 머리싸움 좀 해야 할 거야. 시스템 모두 날려버렸거든."

"그 컴퓨터만 있는 거 아니잖아?"

"다른 컴퓨터는 시스템을 엉망으로 만들어버리는 중이야.

아주 오래전부터 하나씩 하나씩 표시나지 않게 실행하고 있지."

"허영자의 마지막도 가까워졌다는 이야기네?"

"근데 혁수는 왜 안 돌아오는 거지? 심진국 주변을 살피러 갔는데……."

"혼자 간 거야?"

"아니, 격투기를 좀 해 본 애들 둘 데리고 나갔어. 엔젤은 혼자 움직이는 것은 금지되어 있잖아"

초혜는 출입구 문을 바라보고 있었다. 문 밖에서 집을 관리하는 노부부가 마당에 물을 뿌리고 있을 뿐, 혁수의 모습은 보이지 않았다. 노부부는 대문 옆에 있는 자그만 방에서 살고 있었다. 그들이 숙소로 사용하는 집 근처에는 관심도 없을 뿐만 아니라 부르지 않는 이상 아지트로 올라오는 일이 없었다. 초혜는 현관문으로 향해 밖으로 나갔다. 햇볕이 내리쬐는 마당에 행복한 웃음을 보이는 노부부는 초혜를 보자 활짝 웃어보였다.

"할머니는 뭘 그렇게 뽑고 계세요?"

"잡초가 많이 자랐어. 이것들은 매일 뽑아도 어찌 그리 질긴지."

"날 더운데 쉬면서 하세요. 방은 덥지 않으세요?"

"일하는 것도 아니고 쉴게 뭐 있어. 초혜야 오늘도 날 새워 일 하는 거야?"

"상황이 그렇게 되면 어쩔 수 없죠."

"에휴, 밖에 나가서 데이트도 하고 해야지. 항상 방에서……. 힘들지?"

"아니에요. 할아버지 다리는 좀 어떠세요?"

"괜찮아. 치료를 잘 받아서 이제 걸을 수 있어. 다 초혜 덕이지 뭐."

"별 말씀을요."

그때 문을 열고 혁수가 들어왔다. 팔에 상처가 난 모양이다. 피를 뚝뚝 흘리며 한 손으로 팔을 잡고 들어왔다. 노부부가 먼저 발견하고 혁수에게 다가갔다.

"어쩌다가 이랬어. 무술 잘하는 혁수가 왜 다쳤어?"

"저 때문이에요. 제가 칼에 찔릴 뻔한 것 구하려다가."

초혜는 혁수를 말없이 바라보았다. 혁수는 아무렇지도 않다는 듯 웃어보였다. 혁수가 돌계단을 올라오자 초혜는 아무 말 하지 않고 혁수의 팔을 잡고 안으로 들어갔다. 치료실로 들어가 약상자를 꺼내자 혁수가 무겁게 입을 열었다.

"조심했는데……."

"다치면 용서하지 않는다고 했잖아."

"상황이 좀 그랬어. 정찰만 하러 갔는데 지난번 부시장 일로 경계가 심해져서 창고 쪽으로 다가가니 다짜고짜 연장 가지고 달려들어서."

초혜는 상처가 있는 팔의 옷을 찢고 상처를 확인했다. 심한 부상은 아니었다. 그러나 간단하게 소독약을 바르고 해결할 수 있는 것도 아니었기에 초혜는 인터폰을 들었다.

"혁수가 다쳤어요. 철주 좀 보내주세요."

"소독만 하면 되는데."

"시끄러워."

"네……."

"거기 상황은?"

"심진국이 신경이 날카로워 진 것이 꼭 부시장 일만은 아닌 것 같아. 신중환 경찰처장 아들 신철진이 심진국을 건드린 것 같아. 몇 명이 딸려간 모양이야. 왜 우리가 그걸 미처 파악하지 못했지?"

"우리 휴가 갔을 때 일어난 상황 같은데, 별다른 보고 없었잖아?"

"설마, 우리 쪽에도 스파이가 있나?"

"그렇게 생각할 수도 있는데 일단 우리 식구를 믿어보자. 실수로 놓친 것일 수도 있으니까. 아니면 우리가 볼 수 없는 곳에서 일어난 이야기 일 수도 있잖아?"

잠시 후 하얀 가운을 입은 사내가 치료실로 들어왔다. 의료도구를 몇 가지 내려놓더니 치료를 시작했다. 마취도 안 한 상태에서 찢어진 곳을 꿰맸지만 혁수는 작은 신음조차 내지 않았다. 차마 그 모습을 바라볼 수 없는 초혜는 상황실로 나와 모니터 앞에 앉아 있는 이들을 유심히 살폈다. 초혜는 고개를 저었다.

박달중은 박진석의 사무실에 거드름을 피우며 앉아 있었다.

진석은 밝고 환한 얼굴로 달중에게 열변을 토했다. 박달중은 듣는 둥 마는 둥 사무실을 휘이 둘러보더니 커피 잔을 탁자에 내려놓으며 진석을 바라보았다.

"조금 고급스럽게 바꿔야 할 것 같지 않느냐? 너에게 맡겨두고 사무실을 처음 방문한 나도 잘못 했다만 너무 가벼워 보이는구나. 자고로 리더는 무게감을 가지고 있어야 해. 카리스마라고 하지?"

"아직 나이가 어리잖습니까. 아버님이 보시는 분위기와는 좀 다를 수도 있죠."

"네가 어린 것이지 너를 상대하는 네 고객이 모두 어린 것은 아니잖느냐."

"네, 아버지 이번에 인테리어를 좀 바꿔보겠습니다."

"너도 언제나 철부지는 아니지, 말투도 좀 점잖게 하고, 사람들에게 선하지만 범접할 수 없는 카리스마를 가지고 있을 때, 너에게 신뢰를 가지는 것 아니겠느냐."

"아, 아버지 이번에 책 내신 건 아주 잘하시는 것 같아요. 사람들에게 반응이 참 좋아요."

"그래, 요즘 청소년 문제만큼 골치 아픈 문제는 없지. 우리의 미래가 병들어 가고 있으니 안타까울 노릇이다."

"아버님의 그런 마음을 다른 이들도 모두 알고 있습니다. 다음 대선에는 문제없을 것이라 생각 됩니다."

"누가 들을라. 대선을 위해서 한 일이 아니야. 내 자식 같고, 손자 같은 애들인데, 그들이 병들어 가고 꿈이 없다는 슬픈 현실이 안타까울 뿐이다."

"아버님. 그거 아시죠? 아버지는 제가 존경하는 분 제 1순위 입니다. 아버지의 밑에서 많이 배우겠습니다."

"고맙다. 우선 인권변호에 앞장서고 네 못 다 이룬 꿈에 도전해 보는 것도 나쁘진 않을 거야."

박진석의 표정에서 진심어린 존경심이 보였다. 박달중은 만족한 듯 자리에서 일어나며 봉투를 탁자위에 올려놓았다. 진석은 봉투를 열어보더니 허리를 숙여 인사를 하고, 박달중은 느릿한 발걸음으로 박진석의 사무실을 두리번거리며 가끔 벽에 걸린 그림을 보고 고개를 젓기도 하며 건물을 빠져 나가고 있었다. 박진석은 박달중이 시야에서 사라질 때까지 그 자리에 서 있었다. 말 뿐인 아버지는 아니었다. 무엇인가 지적하면 고칠 수 있는 여지를 마련해 주는 아버지. 어머니에게는 극진하고 자식들에게는 무한한 사랑을 무언으로 실천하신 분이었다. 박진석은 들고 있는 봉투를 열었다. 거액이었다.

"변호사님 수입도 적은 건 아닌데, 대단하신 분이세요."

"최사무관님 학생 때 존경하는 인물 써내라는 적 많았잖아요? 그때 대부분 친구들은 세종대왕, 링컨, 유관순, 이순신 유명인물을 적을 때, 전 아버지라고 당당하게 썼습니다. 그만큼 멋진 분이셨죠. 어린 제 눈에는 아버지가 가장 높은 사람처럼 보였거든요."

"지금도 많은 이들의 존경을 받고 계시지 않습니까. 저도 존경하는 분입니다."

"입버릇처럼 말씀 하시죠. 청소년은 나라의 미래라고, 혹
시 아이들 범죄에 관련된 사건을 접하게 되면 아이들 입장
에서 최선을 다하라는 말씀 잊지 않으시죠. 그리고 그 아이
들 후원도 해주시거든요."

"그렇게 훌륭하신 아버님 곁에서 변호사님이 배우신 것이
휴머니즘 아니겠습니까? 변호사님도 멋진 분이시거든요!"

"부끄럽습니다. 제 아버지를 따라가려면 아직 멀었죠. 노
력 해야죠."

"아, 며칠 뒤에 박 의원님 북 콘서트 있죠? 저희 아이들과
함께 가기로 했습니다."

"네, 저도 참석합니다. 아이들과 유익한 시간 되셨으면 좋
겠네요."

박진석은 흐뭇한 미소를 지으며 사무실로 들어갔다. 그리
고 주변을 둘러봤다. 평범한 변호사 사무실이었다. 로펌을
만들어 운영하는 것이 그의 꿈이었지만 아직 나이가 있기
에 천천히 조금씩 인권 변호사로 이름을 알리고, 억울한 이
들을 위한 진짜 변호사. 돈의 노예가 아닌 살아있는 변호사
그룹을 만드는 것을 그의 숙명처럼 여겼다. 진석은 뉴스 시
간이 되자 텔레비전을 켰다. 여전히 헤드라인 뉴스에 박달
중의 행보가 소개되었다. 북 콘서트에 대한 이야기도 매일
갖가지 사연으로 전파를 타고 있었다.

"북 콘서트에서 확실하게 이미지를 굳히면 정말 내년 대선

에서는 성공하겠어, 청와대로 입성은 꿈이 아니라는 이야 기겠지?"

박진석은 주변을 살피더니 음흉한 웃음을 지어보였다. 아 버지의 이름 석 자가 주는 영향력은 대단한 파워였다. 어려 운 일도 그의 아버지 이름 앞에서는 쉽게 해결되는 권력의 맛을 그는 알고 있었다.

나는 야누스 Janus

숨겨진 범죄 (hidden crime)

북 콘서트가 열리는 날.

초혜는 분주히 움직이는 모니터를 살피며 연신 마이크에 떠들어댔다. 순간 놓치는 것이 있다면 누군가 다치게 되어 있는 시스템이었다. 무대에서 보디가드 몇 명이 행사장 뒤로 나가는 모습이 보였다.

"무대 뒤로 경호원들이 들어가고 있어."

초혜의 목소리를 들은 혁수는 대기실을 피해 무대 조명이나 마이크 등 시스템을 통제하고 있는 관리실 앞에 서 있었다. 아직 요원들이 빠져나가지 못한 상태였다. 후다닥 발자국 소리가 들리더니 이내 사내 몇이 혁수 앞으로 다가왔다. 혁수는 달려 들어오는 사내의 발을 걸고, 뒤따라오는 사내의 가슴을 절권도로 가볍게 내리쳤다. 사내가 폭 쓰러지는 순간 혁수의 옆으로 주먹이 휙 날아가는 것을 느꼈다. 반사적으로 고개를 숙인 후 사내의 복부에 주먹을 날렸다. 일순간에 벌어진 일이었다. 경호원들이 무대 뒤로 들어와 누가 있는지 확인도 하기 전 그들은 이미 하나 둘씩 바닥에서 명치를 움켜쥐고 숨을 허덕거렸다. 발에 걸려 넘어졌던 사내가 일어났다. 혁수는 간단하게 팔을 90도로 든 상태에서 약간만 절도 있게 움직이자 사내는 그대로 다시 쓰러졌다.

밖에 상황이 끝난 것을 확인한 요원들이 정해진 동선으로 순식간에 사라졌다. 혁수는 그들의 뒤를 따라 주차장으로 나갔다. 더 이상 뒤 따라오는 사내들은 보이지 않았다. 무대의 상황이 초혜의 설명으로 모두 전달되고 있었다. 뒷문으로 빠져 나가는 연예인들은 당황한 듯 좌충우돌이었다. 멀리서 지켜보던 혁수는 숨죽여 낄낄거렸다. 요원들이 차를 타고 무사히 현장 밖으로 사라졌다. 이제 남아 있는 요원은 조명실에 둘이 있었다. 혁수는 혹시나 싶은 마음에 조명실 앞에 서 있었다. 무전으로 초혜의 목소리가 들렸다.

"조명실 이쯤에서 장비 정리해서 원 위치로 이동해 주세요."

혁수는 조명실 문을 열고 그들을 엄호하며 뒤따라갔다. 누군가 그들을 발견하고 따라오긴 했지만 이미 그들은 문밖으로 사라지고, 흔적도 보이지 않았다. 진혁은 혁수의 뒤에 서 있었다.

"넌 네 자리에 가 있어. 위험해."

"경호원들 더 올 것 같은데 혼자 괜찮아?"

"네가 할 일은 따로 있잖아. 자 각자 정해진 자리 이탈하지 말자."

진혁은 고급 세단 운전석으로 들어가고, 혁수는 주변을 살피며 오토바이에 올랐다. 초혜의 출발 신호가 떨어졌다.

"안전을 우선으로 하고, 출발. 모두 성공을 빈다. 안전하게 귀가 하도록!!"

상황실에 모두 모였다. 인원을 점검하던 혁수는 손가락을 동그랗게 만들어 모두에게 보였다. 일제히 수고의 박수를 쳤다. 초혜는 혁수에게 엄지손가락을 펴보였다. 모두 자리에 앉자 텔레비전을 켰다. 현장에서 있었던 방송카메라에서 나온 장면을 각 방송사로 송출하고 있었던 탓에 보도는 재빠르게 진행되고 있었다.

"내년 대선에 유력한 후보로 꼽히던 박달중 국회의원의 북 콘서트에서 초유의 사태가 벌어졌습니다. 방금 전에 들어온 박달중 의원의 북 콘서트 현장 화면인데요. 박 달중 의원이 교복을 입은 여고생을 성폭행하는 장면이 여과 없이 콘서트장 대형 스크린에 방송이 되었습니다. 함께 있던 청소년의 비명소리가 들리면서 박달중 국회의원의 표정이 함께 클로즈업 되고 있습니다. 이는 지난 가령시 강모 시장의 사건 때와 마찬가지로 각 방송사에 동시에 제보된 영상이기도 합니다. 그동안 청소년의 대부이며, 청소년을 위한 법안과 각종 시설을 사비 털어서 운영한다는 박달중 의원의 두 얼굴을 확인할 수 있는 영상이었습니다. 또한 이미 각종 SNS를 통해 박달중 의원의 뇌물청탁을 받는 영상과 청소년 성폭행, 마약 거래 현장 등 각종 범죄 현장을 담은 동영상이 최단시간에 가장 빠른 속도로 전파되고 있습니다. 이 상황을 까맣게 모르고 있던 경찰이나 검찰청에서는 이제야 어찌 된 사건인지 상황 파악에 나서고 있습니다."

"김주리 기자. 지난 번 강모 시장 사건과 비슷한 패턴으로 비리가 밝혀지고 있는데, 그들의 비리를 밝히고 있는 이들에 대한 정보는 없습니까?"

"각종 언론이나 방송사에 재보되고 있는 자료에 대해서는 누가 보냈는지 어떤 경로로 증거 영상을 입수 했는지에 대해서는 전혀 알려진 바 없습니다. 다만 메일의 닉네임이 지난 번 강모 시장의 비리 영상을 전파한 guardian angel 이라는 것 이외에는 전혀 알려지지 않았습니다. 이메일 보낸 아이피를 추적해 보았지만 지난 강모 시장의 파일은 캄보디아에서 보낸 것으로 확인이 되었습니다. SNS 등에서는 이들을 수호천사라 부르며 그들을 찾는 해커까지 등장했다고 합니다. 그러나 그 무엇보다 중요한 것은 공직 자리에 있는 이들의 비리가 점점 더 커지고 잔인하다는 것에 초점을 맞춰야 할 것 같습니다. 자료를 누가 제공 했느냐가 중요한 것이 아니라, 그들의 비리가 진실이냐가 더 중요한 것이라는 것이 네티즌의 반응입니다."

"수호천사. 21세기의 홍길동이라는 표현이 적절 하겠군요.

지금 현장은 아수라장이 되어 있는 상태로 북 콘서트에 참석했던 이들은 돌아갈 생각을 하지 못하고 망연자실 그 자리를 지키고 있다고 합니다. 최민지 기자가 이들을 만나봤습니다. 최민지 기자."

"네, 최민지입니다. 지금 화면으로 보시는 바와 같이 박달중 의원은 이미 경호원들과 함께 현장을 빠져 나갔고, 북 콘서트에 참석한 시민들은 서로 스마트폰으로 전송된 청소년 성폭행 동영상을 보며 경악을 금치 못하고 있습니다. 청소년과 함께 북 콘서트장을 찾은 시민 한 분과 이야기를 나눠보겠습니다. 지금 어떤 상황인가요?"

"놀랐어요. 평소에 인권보호와 청소년 보호에 많은 관심을 두고 있고, 진정 청소년을 위한 국회의원이라고 생각했는데, 그래서 아이들과 함께 의미 있는 시간을 보내기 위해 왔다가 벼락을 맞은 기분이에요. 아이들이 받을 충격을 생각하니 저도 어떻게 해야 할지 모르겠어요. 교복 입은 여학생의 비명 소리가 아직도 들리는 것 같아요. 그 여학생은 어찌 되었는지 궁금하기도 하고요. 그 아이가 내 아이들이었을 수도 있다고 생각하니 너무나 끔찍해요."

"저는 박달중 의원이 쓴 책에 너무 공감하고 감명 깊었어요. 그래서 직접 콘서트에 참여하고 싶었고, 질문을 하고 싶었던 것이 많았어요. 그런데 오늘 현장에 와서 보니 실망이 아닌 분노가 치밀어 오릅니다. 인면수심, 이중인격자. 제가 할 수 있는 욕은 모두 해주고 싶어요."

시민들의 반응을 실은 인터뷰는 계속 이어지고 여기저기서 박달중 욕설하는 소리가 여과 없이 방송을 타고 흘렀다. 초혜는 만들어 놓은 동영상 자료들을 SNS 관련 사이트에 일본 아이피를 이용해서 올렸다. 박달중 마약거래 현장, 박달중 청소년 성폭행 장면 첫 번째. 박달중에게 가장 큰 타격을 입힐 수 있는 것은 성폭행이라는 생각이 들었다. 초혜는 성폭행 당하는 여자 아이들의 얼굴은 모두 알아보지 못하도록 모자이크처리를 하고 박달중의 얼굴만 선명하게 만들었다. 초혜가 동영상 파일을 올리자마자 강중호의 동영상보다 더 빠른 속도로 일파만파 퍼지기 시작했다. 세상은 그들의 이야기로 떠들썩했다.

화면을 바라보던 혁수는 씁쓸한 미소를 지으며 자리에 앉았다.

"권력과 돈. 명예와 가족. 그 모든 것이 모두 가질 수는 없는 것이 인생사 아니겠어? 뭔가 한 가지는 부족한 듯, 채워지지 않는 그 무엇을 향해 우리는 살아가는 거라 생각하는데. 너무 완벽한 것은 분명 문제가 있다는 뜻일 거야."

"너무 완벽한 것은 아니었지. 완벽한 위장을 한 거지."

초혜는 방화벽을 다시 점검하고 초혜만의 방식으로 프로그래밍을 만들고 방화벽 장치를 더 보안하는 작업을 마치고 전체 시스템에 구동 시켰다. 이름이 알려진 국내 해커들이 그들에 대해 알기 위해 파고들 것이 분명했다. 모든 것을 빠른 시일 내에 마치고 빠져주는 것이 가장 확실한 효과라는 것을 누구보다 잘 알고 있었기에 초혜의 마음은 급하기만 했다.

진혁은 자신의 숙소에서 배시시 웃으며 나왔다. 주변을 두리번거리며 넷만 있는 것을 확인하자 손바닥을 폈다. 아주 작은 펜던트였다. 가장 먼저 관심을 보이는 것은 수연이었다.

"너무 귀여워. 토끼 펜던트야."

"자 여기 리모콘을 포함한 제어장치. 그리고 피어싱은 아주 초소형이지만 스피커 역할을 해. 소근 거려도 다 들릴 수 있어. 그리고 채널을 6으로 돌리면 영상이 자동으로 초혜의 컴퓨터로 전송 되게 되어 있어. 영상은 초혜만 볼 수 있다는 것.."

"만년필 같은데?"

"응, 실제 사용할 수 있는 만년필이야. 자 우리들만의 채널은 5번이야. 그리고 요원 및 캡틴이랑 모두 사용하는 채널은 1번. 단 이건 우리들만 대화를 나눌 수 있어. 초혜와 나의 합작품이야."

"지금 사용하는 것도 있는데 왜?"

"만약을 위해서. 난 우리 넷 이외에는 그 어느 누구도 믿지 않아."

모두 고개를 끄덕였다. 누군가 상황실 문을 열고 들어왔다. 요원 중 하나였다. 혁수는 손을 들어 인사를 하고 자신의 펜던트를 옷깃에 꽂았다. 혁수가 피어싱을 하자 초혜는 입을 가리고 깔깔 웃었다. 너무 안쪽에 하지 말라던 초혜의 말을 무시하고 귀 깊숙이 피어싱을 뚫었던 혁수였다.

"귀에 코딱지 붙인 것 같잖아!"

"음마 고만 웃어야. 느그들이 하믄 괜찮은디. 나한테 뭔 짓을 했길래 나만 긍가 몰라."

깔깔거리며 웃던 초혜가 갑자기 일어섰다. 왼쪽에 있는 모니터에서 커다란 동작을 본 까닭이었다. 행복의 집 밀실이었다. 아직 텔레비전에서는 박달중의 이야기로 시끄러웠다. 행복의 집 안가에서는 박달중이 보이는 것 모두 뒤집고 쓸어내고 있었다.

"분명 너희들 중에 한 놈 짓이야. 그렇지 않고서 그런 정보들이 어떻게 나갈 수 있어. 허영자. 너지? 네 짓이지?"

"하나 같이 날 물고 늘어지는군."

씩씩거리는 박달중은 분이 풀리지 않았는지 바에 있던 컵들을 한 손으로 쓸었다. 와장창 깨지는 소리와 함께 신중환이 안가 문을 열고 들어왔다. 그리고 이내 문 앞에서 꼼짝하지 않고 서 있었다. 박달중은 신중환을 보자 달려들어 멱살을 잡았다.

"일부러 늦게 경찰들 보낸 거지? 너도 한 패지?"

"왜 그러십니까? 원래 보내기로 했지만 그럴 일 없다하지 않으셨습니까? 그래도 혹시나 싶어 급하게 보낸 것인데."

"강중호 그렇게 될 때부터 뭔가 이상했어. 분명 우리 내부에 스파이가 있는 것이 틀림없어. 심사장. 마약거래 동영상은 어찌 된 거야?"

"상대방 짓도 아닌 것 같고, 우리 내부 사람이라고 해봐야 제 아이들 둘과 박의원님, 그리고 저 밖에 더 있었습니까?"

"딱 한 번 참석한 거래가 어떻게 찍히느냐고!"

"무슨 거래? 우리들에게 그런 말 없었잖소!"

신중환이 자리에 앉자 김상수는 헛기침을 하며 그들의 시선을 받았다. 아직 분이 풀리지 않는지 뭔가 더 부술 것을 찾는 박달중을 토닥이며 자리에 앉게 했다. 김상수는 심각한 얼굴로 그들을 바라보았다.

"아무래도 일전에 탈출했던 아이들 장난인 것 같습니다."

"이건 장난이 아니지!"

"우선 모두 정보를 공유해야 합니다. 혹시 이들에게 [hidden crime]라는 문자를 받거나 컴퓨터로 메시지를 받으신 분 있는지…….'"

모두 깜짝 놀라는 표정들이었다. 그리고 핸드폰을 꺼내 자신이 받은 문자를 내밀었다. 허영자만 아무런 반응이 없었다. 시선은 모두 허영자에게 집중되었다.

"난 핸드폰으로 오지 않고 컴퓨터로 매일 똑같은 메시지가 뜹니다. hidden crime 그리고 잠시 후 사라지기 때문에 증거를 보여 드릴 수 없군요."

"우선 허부원장님은 이 사건과 아무 관련 없습니다. 언제나 그렇듯 행복의 집 밖으로 나간 적이 없어요. 그런데 어떻게 그렇게 방대한 자료를 얻을 수 있었겠어요."

"심사장 부하들을 시켰을 수도 있잖소?"

"그렇다면 저에게 보고가 들어왔을 것입니다. 전혀 없었습니다."

"그럼 정말 그 아이들인가?"

허영자는 날카로운 눈빛으로 노트북을 그들에게 내밀었다. 가디언 엔젤 상황실을 건너편 옥상에서 찍은 사진이었다. 널따란 정원과 자그맣고 아기자기한 단독주택의 모습이 한 눈에 보였다. 그리고 계단에 쪼그리고 앉아 있는 여인이 있었다.

"이 아이가 누구라고 생각하오?"

"너무 사진이 작아서 확실치는 않지만 진수연으로 생각이 되요."

"전혀 아닌 것 같은데? 30대 초반 여인 같지 않소?"

"일단 그 집으로 몇 명을 보냈으니 답이 오겠죠."

"그나저나 대책을 세워야 할 것 아니겠소. 강중호 부시장이 당했고, 박 의원님께서 당했으니 그 다음은 누구 차례인지. 어떻게 그런 동영상들이 유출이 되는지 단서라도 잡아야 대처를 할 것 아니겠소?"

"금속탐지기라도 사용해서 카메라든가 도청장치를 찾는 수밖에 없을 거에요."

모두의 시선이 신중환에게 옮겨졌다. 박달중만 심사가 꼬이는 듯 자리에서 일어나 주변을 서성일 뿐이었다. 신중환은 고개를 저었다.

"요즘엔 초미립자를 사용하면 금속 탐지기에도 나타나지 않아요. 아직 초미립자로 초소형 카메라를 만들었다는 이야기를 들어본 적은 없지만, 멀리 화면을 잡고 있으면서 그정도로 선명하게 보이고 들키지도 않는다면 초미립자가 아닐까 생각 되는데?"

"아 그래서 지금 어쩌자는 것이오? 당신들은 아직 당하지 않았으니 대책 마련이나 하고, 난 당했으니 알아서 하라는 거요?"

"어떻게 대처할 방법이 없잖소. 이미 방송에 다 퍼져버렸고, 그 마성진인가 하는 놈이 강중호 전담이라 하더이다. 우선 국회에서 국회의원 체포 동의안이 떨어지기까지 시간이 있으니 감출 수 있는 데까지 감추는 것 이외에는……."

"결국 발을 빼겠다는 이야기군. 내 입만 뻥긋하면 여기 있는 사람 중에 무사할 사람 아무도 없다는 것 명심하시오!"

박달중은 자리를 박차고 밖으로 나가버렸다. 모두 할 말을 잃은 듯 자리만 지키고 있을 뿐, 마땅한 대책은 없었다. 허영자에게 기대를 했지만 허영자 또한 뭔가 꼬여가는 것인지 컴퓨터에 매달려 주변에 신경을 쓰지 않았다. 신중환은 이정복과 시선을 주고받았다. 정복도 자리를 지키고 있는 것이 그다지 편한 것만은 아닌 것 같았다. 신중환도 자리에서 일어났다. 별로 만나고 싶지 않은 사람들의 모임이라 자리가 불편했다.

"저도 자리가 비우기가 곤란한 상황이어서 그만 들어가 봐야 할 것 같습니다. 지금은 누구한테 의지하는 것 보다 자신의 결정이 가장 중요한 때인 것 같습니다. 제 짧은 소견으로는……."

신중환이 밖으로 성큼성큼 걸어 나가자 이정복이 따랐다. 그러나 누구하나 그들에게 신경 쓰는 이가 없었다. 정복은 허영자가 건넨 핸드폰을 쓰레기통에 버렸다. 그다지 사용하지도 않았지만, 허영자의 손 안에 있을 이유가 더 이상 필요치 않았다. 신중환도 그 자리에 똑같이 버렸다. 홀가분한 마음이었다. 마음의 짐을, 무게를 잡고 있던 모든 것들을 놓아버린 개운한 느낌이 들었다. 신중환은 이정복과 시선이 마주치자 환하게 웃으며 밖으로 걸어 나왔다. 주차장에서 바라본 하늘은 별이 금방이라도 바닥으로 떨어져 내릴 듯 맑고 깨끗한 밤하늘이었다. 고요하고 아늑한 모양을 하고 있지만, 아이들이 사는 곳에 아이들 소리가 없는 곳, 천방지축 뛰노는 아이들의 모습이 있는 타 보육시설과는 전혀 다른 냉랭하고 스산한 기운까지 도는 이곳을 너무 오랫동안 방문했었다.

"결정하셨습니까?"

"이 부장은요?"

"전 처장님 이후가 되어야 맞지 않겠습니까?"

"이 부장은 그냥 조용히 살아도 되지 않을까요? 그 아이들의 범주에는 없을 것 같은데?”

“그래도 제가 증인이 되면 더 쉽지 않을까요? 처장님께서는 아무래도 잃는 것이 많으실 터인데.”

“나 하나 잃는 것이야 뭐 두렵겠습니까. 자식이 두렵지요.”

“저야 뭐 거칠 것 없으니 좀 더 쉽습니다.”

“이곳에 남으실 겁니까?”

“아니오. 이곳이 저에게 의미가 없어진지 오래 되었습니다. 대신 진돗개가 상주하고 있어요. 얼마 전부터.”

“그 아이에게서 연락은?”

“아직 없습니다. 한 번쯤 올 것 같은데.”

“그만 갑시다. 이곳이 오늘이 마지막일 수도 있겠네요.”

“음산하고 침울한 공간이었지요. 김실장이 행방불명 된 뒤로 더 스산한 느낌이 들거든요.”

“그 조용하고 말 없던 여자 말입니까? 왜요?”

“마약에 손 댄 것은 알고 있었는데, 어느 날 사라졌어요. 눈치로 봐서 부원장이 데리고 있을 것 같기도 한데 전혀 모습을 볼 수 없으니······.”

신중환이 차에 오르자, 정복은 자연스럽게 신중환의 차 조수석에 앉았다. 어둠이었지만 사이드미러 사이로 희미한 불빛을 발하고 있는 행복의 집이 멀어지고 있었다. 중환은 멀어지는 모습을 보며 깊게 호흡을 들이마셨다. 시간은 더디 지나고 아침은 그만큼 더디 온다. 기다리는 사람이 있을 때,

시간은 느릿하게 거드름을 피우고, 피하고 싶은 일이 있을 때 시간은 잰걸음으로 성큼성큼 다가선다. 맞을 매는 빨리 맞아야 한다고 했던가. 중환은 날짜가 지나기를 기다리지만 기다리는 만큼 더디게만 흐르는 시간이 심장을 죄어오는 느낌이었다. 정복도 이미 모든 것을 내려놓은 눈빛이다. 자신에게 주어진 몫의 돈과 가지고 있던 것들을 모두 털어 가난하고 청렴한 복지원에 모두 기부했다는 것을 며칠 전에 알았다.

법원에서는 사상초유의 사태에 발 빠르게 움직였다. 이틀 뒤 박달중 국회의원 체포 동의안이 국회로 전달되었다. 체포 동의안에 동의하지 않을 의원은 없었다. 만약 어떤 이의를 제기한다면 같은 부류로 낙인찍힐 것 같은 불안감 때문이었다. 더군다나 빼도 박도 못하는 증거들이 즐비한 터에 박달중을 보호하겠다고 나서는 사람이 있을 리 만무했다.

같은 사건에 연류 되어 있음이 확실하다는 증거를 제시하고, 마성진은 박달중 사건까지 자신이 맡았다. 연이은 대형 사건에 모든 시선이 마성진에게 쏠렸고, 마성진의 집 앞에는 매일 기자들이 기다리고 있었다. 성진은 며칠 동안 상황실에 올라오지 못했고, 대부분 핸드폰으로 초혜와 연락하며 상황을 정리했다. 이미 주어진 증거들은 넘쳤다. 그러나 그들이 20여 년 동안 모든 범죄를 함께 한 공범이라는 것을 밝히기 위해서는 더 많은 증거들이 필요했다. 작은 것 하나까지 놓치지 않기 위해 분주히 움직였다. 김형사는 틈틈이 상황실을 방문하고 마성진보다 더 바쁘고 일사분란하게 움직이는 엔젤에게 감탄사를 보냈다. 박수를 보내며 그들의 성공을 진심으로 기원했다.

초혜의 움직임이 바빠졌다. 각지에서 시스템을 뚫고 들어오려고 하는 이들에 의해 혹시 뚫리는 것은 아닌가 하는 노심초사에 컴퓨터 앞에서 떠날 줄 몰랐다. 모니터를 바라보던 누군가가 초혜를 불렀다. 초혜는 대답 없이 고개만 들어 상황을 지켜보았다. 그는 상황실 가운데 있는 유리벽으로 모니터를 전송했다.

낯선 사내 둘이 그들의 집 앞을 서성거렸다. 그녀가 아는 얼굴에 움찔거리며 뒤로 한 발짝 물러났다. 수연은 모니터를 보며 50대 중년 여인으로 변신 중이었고, 혁수를 분장시키는 중이었다. 다행히 얇은 피부막을 하고 있는 가면을 만들고 있는 상황이었다. 혁수에게 얇은 가면을 씌우고 수연은 화장으로 자신의 모습을 가렸다. 사내들은 기웃거리더니 초인종을 눌렀다. 관리를 하는 노인이 마당에 있다가 깜짝 놀라 주변을 두리번거렸다. 다시 초인종이 울렸다. 그때서야 노인은 대문으로 다가가 쪽문을 열었다.

"뉘시길래 그러시우?"

"아, 신고가 들어왔습니다. 이곳에서 아동학대가 자행되고 있다는."

"무슨 말씀이오. 우린 아이들이 없소."

그때 자다 일어난 것처럼 늘어진 하품을 하고 기지개를 펴며 수연이 내려왔다. 어느새 흰 머리카락이 듬성듬성 보이고 볼이 통통한 50대의 중년여인이었다. 계단을 조심스럽게 내려오던 수연은 바르르 손이 떨리는 것을 느꼈다. 입고 있던 원피스 끝을 힘차게 잡았다.

"아버님, 누구 오셨어요?"

"우리 집에서 아동학대를 한다고 신고가 들어갔다는구나."

"무슨 말씀이세요? 아이가 없는데 어떻게 학대를 해요?"

혁수는 팔을 뒤로 하고 느긋하게 걸어 나왔다. 앞머리가 좀 허전하고 그 사이에 희끗희끗 흰머리가 보이는 50대 후반의 사내였다. 툭 튀어나온 배가 거추장스러운 듯 뭉그적거리며 현관문 앞에 서서 사내를 바라보았다.

"뉘시길래, 온 가족이 다 나와 있는 거요. 거 댁들 뉘시오?"

"잠깐 집 안을 살펴봐도 되겠습니까? 신고가 들어왔으니 저희도 확인을 해야 합니다."

"신분증 좀 봅시다."

밖에서 실랑이가 벌어졌다. 초혜는 비상벨을 울렸다. 상황실은 일사분란한 움직임이 시작되었다. 모니터가 즐비하게 놓여 진 벽 앞으로 다시 벽하나가 스르르 모든 것을 덮었다. 유럽풍의 고급 그림과 그 아래 고급 장식품이 같이 따라 나왔다. 바닥에 늘어져 있던 코드들을 정리하고 스위치를 누르자 책상이 아래쪽으로 들어가고 위에 다시 바닥이 덮어졌다. 양탄자가 예쁘게 깔려져 있는 모습이었다. 사방은 이중벽으로 덮고 가운데는 깔끔하게 치워졌다. 그다지 오랜 시간이 걸린 것은 아니었다. 요원은 모두 지하 통로를 통해 지하 상황실로 들어가고, 초혜는 거실에서 잡지를 펴고 앉았다. 탁자에는 과일이 놓여있고, 초혜는 과일을 하나 입에 물고 소파에 늘어진 자세로 책을 뒤적거렸다.

사내들이 현관문을 열고 들어왔다. 초혜는 놀라는 눈으로 벌떡 일어나 수연으로 옆으로 다가갔다. 두리번거리며 안을 살피던 사내들은 열려진 방을 살폈다. 그리고 안쪽으로 들어가 방문은 모두 확인했다. 수연과 초혜는 불안함에 손을 꼭 잡았다. 평소 작업을 하지 않는 시간에는 평범한 방으로 꾸며놓기는 했지만 치우지 않고 나온 방도 있었다. 혹시 보지 않을까하는 불안함이었다. 혁수는 그들을 따라다니며 산만하게 떠들어댔다. 화를 내기도 하고, 밀치기도 하며 불쾌함을 마음껏 드러내는 중이었다. 사내들은 대충 살피더니 목례를 하고 현관 밖으로 사라졌다. 노부부가 나가는 그들을 향해 심한 욕설을 퍼부었다. 사내들은 쪽문 뒤로 물러났지만 어딘지 의심스럽다는 눈치였다. 몇 번인가 안을 들여다보더니 아쉬운 듯 발길을 돌렸다. 사내들이 주변을 맴돌고 그 옆 골목에서 서성이는 모습은 그 뒤로 몇 시간이나 지속되었다. 요원들은 마검사의 대문과 상황실 사이의 지하 비상구를 통해 상황실로 들어와야 했다. 지하 비상구 위에도 자그만 집들이 옹기종기 모여 있다. 그곳에 사는 이들이 들락거리는 문 옆에 비상구가 있다는 것은 요원들만이 알고 있었다.

그들이 일단 물러났기에 다시 원위치 복구가 진행되었다. 위장과는 다르게 복구 때는 많은 시간과 노력이 필요했다. 모든 요원들이 원래 위치를 찾아 정렬하고 있을 때, 초혜는 심각한 표정으로 허영자의 컴퓨터를 뒤적거렸다. 아직 복구가 되지 않은 상황이었다. 컴퓨터는 구동이 되고 있지만 파일이며 그동안 그녀가 뒤적거렸던 흔적조차 보이지 않았다. 초혜는 왼손으로 얼굴을 감싸고 가운데 손가락으로 미간을 만졌다. 무엇인가 꼬이고 풀리지 않는 문제가 있으면 버릇처럼 하는 행동이었다.

초혜의 핸드폰에 문자 메시지가 떴다.

"신철민 검사실 모니터 확인 좀 해봐. 녹화할 수 있으면 하고, 그곳으로 심진국이 들어갔다."

해가 뉘엿뉘엿 가디언엔젤 사무실 건너편으로 넘어가고 있는 시각이었다. 초혜는 신철민 검사실 모니터를 열었다. 신철민과 나란히 앉아있는 심진국이 보였다. 실랑이가 벌이진 모양이다. 심진국이 신철민의 멱살을 잡고 일어나자 주변에 있는 사람들이 우르르 몰려와 심진국을 떼어놓기 바빴다. 초혜는 스피커 볼륨을 높였다.

"이 자식아, 그 자료는 네가 없애기로 했잖아?"

"나에게 주기로 한 정보를 주지 않았잖아?"

"대신 돈 받아 처먹었잖아!"

"조금만 기다려 뇌물 수수 혐의까지 포함해서 널 영원히 감방에 쳐 넣어 줄 테니까. 내가 원하는 정보를 준다면 생각해 볼 일이지만."

"너, 오늘부터 밤길 조심해야 될 거야. 내가 들어가더라도 넌 밤길 조심해야 될 거야!"

혁수가 어느새 본인 모습으로 돌아와 심각한 표정으로 모니터를 바라보고 있었다. 초혜도 고개를 갸웃거렸다. 철민은 생각보다 표정이 어둡지 않았다. 심진국이 검사실 밖으로 나간 뒤에도 태연했다. 아니 일부러 심진국을 검사실로 불렀다는 생각이 들었다.

"신철민 검사 일부러 도발을 하는데?"

"뭔가 계획이 있는 걸까? 그렇지 않으면 위험할 텐데?"

"일단 신철민을 오늘 밤부터 따라다녀야 할 것 같다. 나하고 엔젤 나인 경민이와 다닐게."

"나인 괜찮아? 저번처럼 걸림돌 되면 안 되는데?"

"괜찮아. 그땐 어쩔 수 없는 상황이었어."

혁수가 모자를 눌러쓰고 밖으로 나가려 할 때였다. 진혁과 수연이 작업실에서 나와 급하게 혁수의 모습을 전혀 다른 모습으로 바꿔주었다. 진혁은 혁수의 팔목에 작은 팔찌를 하나 걸었다.

"이건 또 뭐냐?"

"연막."

"도망치라고?"

"아니, 넌 보이지 않아도 싸울 수 있잖아. 너무 위험한 상황에서 사용하라고, 두세 번은 가능할거야."

"땡큐여!"

혁수는 다시 모자를 깊게 눌러쓰고, 지하로 내려갔다. 지하에 바이크가 있었다. 뒤 이어 비슷한 종류의 바이크 한 대가 그의 뒤를 따랐다. 소리는 요란했지만 승용차보다 다양한 용도로 사용할 수 있어서 혁수는 바이크를 애용했다. 복잡한 시내를 지나, 법원에 도착한 그들은 주차장에 곱게 바이크를 세워두고 현관으로 들어갔다. 초혜의 목소리가 들렸다.

"심진국은 지금 사무실에 들어와서 아이들을 불러 모으고 있어. 아무래도 신철민이 칠 건가봐."

"신철민은?"

"거기 전담 형사랑 이야기하는 거 들어보니 일부러 도발한 것은 맞아. 하지만 듣고 싶은 말은 따로 있었던 것 같아. 신중환 처장의 뺑소니에 관해서 이야기를 듣기 위해 도발을 한 것 같은데…… 좀 위험한 발상이지?"

"그거 말고 분명 다른 의도가 있을 거야."

"신철민 지금 밖으로 나가고 있어. 혁수야 조심해."

"오케이."

현관 자판기 앞에 앉아 있던 혁수는 철민의 모습을 보고 따라 나갔다. 멀리서 그의 발자국 패턴을 따라 걸으며 패턴을 외웠다. 어둠 속에서 그 사람을 찾을 수 있는 것은 발걸음이었다. 비슷한 것 같지만 모두 다른 걸음걸이를 하고 있었다. 누군가는 오른쪽 발을 좀 더 빨리 떼거나 왼쪽 발을 디딤을 약하게 하는 경우도 있다. 신발에 따라 달라지기도 하지만 자신이 가지고 있는 걸음의 패턴은 비슷비슷했다.

"신철민 어린 시절에 소아마비 있었나?"

"아니, 허영자가 신중환을 끌어 드릴 때 밀실에 며칠 갇힌 것 말고는 특이사항 없는데? 그 뒤로 약간 공황장애를 겪기는 했어."

"오른쪽 다리를 미세하게 절룩거리는데?"

"집중해. 너 나랑 이야기할 때 항상 허점을 많이 보이잖아. 나인은 지금 어디에 있는데?"

"주차장에서 대기 중. 난 신철민을 따라가는 중."

초혜는 모니터에 보이지 않는 것이 답답하다는 것을 느꼈다. 신철민의 모습은 볼 수 있지만 혁수의 모습을 볼 수는 없었다. 철민은 차에 올라탄 후 한동안 차에서 꼼짝하지 않았다. 차도 움직이지 않았다. 표정은 몹시 굳어 있었고, 차에 있는 서류를 집어 들었다. 신중환에 관련된 서류라는 것을 초혜는 짐작할 수 있었다. 초혜는 신중환 핸드폰으로 문자를 발송했다.

"D-day 2일 전. 공소시효 28시간 남았습니다."

신중환의 화면을 열었다. 핸드폰을 열더니 입가에 미소를 보였다. 이미 모든 것을 놓아버린 편안함 같은 것이었다. 잡고 있는 것을 놓치지 않기 위해 발버둥 쳤던 세월이 허무하다는 것을 이제는 알았다.

아니 좀 늦었다. 조금만 더 일찍 놓았더라면 조금만 더 일찍 지키고자 했던 것들이 욕심이라는 것을 알았더라면 좀 더 떳떳하고 잃을 줄 알았던 명예를 지킬 수 있었을 터였다. 늦었다고 생각할 때가 빠르다고 했던가? 중환은 해탈한 표정이었다. 핸드폰을 열더니 어딘가로 전화를 하자, 잠시 후 철민이 전화를 받았다.

"심진국이 다녀갔지?"

신철민은 깊은 한숨을 내리쉬며 시큰둥한 말투로 대답했다. 시선은 여전히 서류에 두고 있는 상태였다.

"네, 아마 저에게 미행이 붙을 거예요. 아니 죽이기 위해 따라 온다는 표현이 맞겠죠?"

"그러진 못한다. 다만 너의 시선을 다른 곳으로 돌리기 위해 너의 도발에 넘어간 척 했을 테니까."

철민은 보던 서류를 내려놓더니 허리를 꼿꼿하게 세웠다.

"그러면 본격적인 거래가 있다는 이야기군요? 이번에는 심진국이 아닌 다른 인물이 거래 장소에 간다는 이야기가 되는 것이고!"

"하지만 너무 애쓰지는 마라. 날짜를 기다리는 것 또한 덧없다는 것을 느낀다."

"살인자의 아들이 얼굴을 들고 검사 생활을 할 수 있을 것 같아요? 공소시효라도 넘겨야죠!"

신철민은 말없이 전화를 끊었다. 신중환은 끊긴 전화를 바라보며 표정이 일그러지고 멍하게 핸드폰만을 바라보았다. 아들에게 자신의 생각을 강요할 수는 없었다. 철민 또한 자신 때문에 아버지의 삶이 일그러져 버렸다는 것을 최근에서야 알게 되었다. 그리고 그 절망을 누구보다 가까운 곳에서 바라보았기에 중환은 아들 앞에서 죄인이었다.

그들을 바라보던 초혜는 심진국의 사무실 상황을 유심히 살폈다. 두 패로 나뉘어져 각자 리더 앞에 섰다. 한쪽은 무기를 옷에 감추고 있었고, 한 쪽은 가방과 몇 가지 물품을 챙기고 있었다. 초혜는 볼륨을 높였다. 왁자지껄한 소리와 함께 심진국의 목소리가 들렸다.

"진돗개와 너희들은 예정대로 오늘 지게꾼들 만난다. 우리 창고로 가라. 그리고 뒤에 조무래기 너희들은 원장 딸을 데리고 이사장한테 가면 돼! 간단한 거니까 너희들이 처리하고, 나머지는 날 따라온다."

"형님 어쩌시려고요?"

"신철민이 오늘 우리에게 아주 큰 거래가 있다는 걸 알아. 분명 이 주변에 잠복하고 있을 거다. 내가 먼저 부둣가로 출발 할 테니 30분 뒤에 너희들은 창고로 가라."

심진국의 입가에 희미한 미소가 번졌다. 그리고 그들이 머물고 있던 주변을 두리번두리번 살피며 아쉬운 표정을 감추지 않았다. 심진국은 크게 심호흡하더니 소리쳤다.

"다음 만남은 새로운 아지트에서다. 오늘 이 시각 이후 이곳에는 어떠한 경우라도 찾지 마라. 착오 없이 하고, 미행 붙어 있는지 항시 조심하고 행동하도록."

초혜는 정보에 착오가 있다는 것을 알았다. 오늘 인천부둣가에서 지게꾼들을 만나기로 되어 있다는 이야기를 심진국이 직접 했었다. 하지만 그것은 만약을 모르는 미끼였다는 것을 이제야 알게 되었다. 초혜는 마음이 급했다. 진혁을 부르고, 심진국 프로젝트 참여하는 인원들을 호출했다. 혁수는 돌아오기에는 너무 먼 거리에 있었고, 직접 현장으로 가는 수밖에 없었다. 초혜의 일괄된 지시에 따라 여섯 명의 사람들이 동시에 움직였다. 그들은 현장으로 출발하고 진혁도 나갈 준비를 했다. 초혜는 손짓으로 진혁을 저지하고 혁수를 불렀다.

"왜?"

"저들의 창고는 가령시에 있어. 행복의 집에서 뒤쪽 방향에 있는 집 여섯 채 있는 곳 알지? 그 마을 뒤쪽 산에 숨겨져 있어. 깊숙이 들어가야 보이니까 절대 조심해야 된다. 지금 몇 명이 그쪽으로 출발했어. 심진국을 어떻게든 그쪽으로 보내야 간단해 지는 건데. 이건 이곳에서 머리 좀 모아 볼게."

"알았어. 창고로 가면 되는 거지? 다음 연락이 있으면 바로 해주고."

"오케이."

진혁은 초혜의 말이 끝나기를 기다렸다. 마음은 급했기에 몇 번 뒤를 돌아 출입구를 바라보았다. 초혜는 수연을 손짓해서 불렀다. 수연은 양쪽으로 머리를 질끈 동여 맨 십대소녀처럼 밝고 귀여운 얼굴로 그녀에게 다가왔다.

"아무래도 심진국이 일당을 모두 배신하고 토낄 것 같아. 원장의 딸을 납치해서 이사장에게 바친다는 것 보니까 이사장과 거래가 있었던 것 같아."

"우리가 말려야 되나?"

"아니, 너희들이 해야 할 일은 이사장이 원장 딸을 데리고 가는 장소가 있을 거야. 내가 그 장소는 모니터 요원들 동원해서 몇 분 안에 찾을 테니까. 그 장소에 적어도 2대 이상의 카메라를 설치해야 돼. 그리고 시간 맞춰서 기자들과 카메라 경찰이 그 현장을 덮칠 거야. 그때 그 기자들 사이에 끼어 있다가 현장을 빠져 나오면 돼."

"그 전에 나오면 되잖아?"

"우리의 흔적을 남기지 않기 위해서는 카메라를 수거해야 해. 일단 준비하고 이동해. 장소는 바로 알려 줄 테니."

진혁과 수연은 동시에 출발했다. 그들의 이동 수단은 세 단이었다. 다정한 연인이 드라이브 하듯 편안한 모습으로 동네를 빠져 나가는 모습이 모니터로 보였다. 초혜는 서둘렀다. 대화 내용 중에 이사장과 심진국의 대화를 찾아야 했다. 모니터 요원 셋이 심진국 사무실과 이사장 사무실, 집. 자주 가는 카페 등을 찾았다. 누군가 소리쳤다.

"원장 집에서 5분 거리에 있는 파라스 호텔이에요. 303호실."

"시간은?"

"앞으로 1시간 후에요."

"고생 했어요. 엔젤 쓰리 포 들리니?"

"찾았어?"

"응 원장 집에서 5분 거리에 있는 파라스 호텔 303호실. 1시간 후야."

"오케이."

"조심해야 한다. 알았지?"

초혜는 그때서야 자리에 앉았다. 잠시 숨고를 틈도 없었다. 다시 머리를 감싸고 가운데 손가락으로 미간을 문질렀다. 심진국을 마약거래 현장 범으로 일단 넣어야 하는데, 그는 다른 곳으로 이동하고 있다. 초혜는 자리에서 일어났다. 심진국이 움직이지 않으면 안 되는 상황. 절대 움직여야 되는 상황을 만들어야 하는데, 방법이 생각나지 않았다. 고심하던 초혜는 한숨을 내리쉬며 요원들에게 소리쳤다.

"약 1시간 10분 뒤. 원장 가족들에게 실시간 전송 할 수 있게 미리 준비 해 두세요. 카메라가 설치되면 바로 시스템 연결 해 드릴게요."

초혜는 긴장한 듯 왼손 엄지손톱을 물어뜯었다. 돌발 상황이다. 잘만 하면 이들 모두를 엮을 수 있는 상황이 연출될 수도 있다. 그러나 이사장이 미리 원장과 이야기를 맞춘

후 벌이는 연극이라면 그들이 노출 되고 역풍을 맞을 수도 있다는 생각이 들었다. 그들이 감시할 수 없는 사각지대. 그곳에서 벌어지는 일, 이야기들을 잡아 낼 수 없으니 문제였다. 그들에게 항상 가지고 다닐 수 있는 만년필이나 악세서리 등을 선물 했지만 그날 이외에는 별 소득이 없었다. 항상 지니고 다니지는 않았다. 초혜는 조급했다. 벌떼처럼 몰려드는 해커들도 불안했고, 어느 순간부터 조용해진 허영자도 신경 쓰였다. 그리고 지금 느닷없는 행각을 벌이는 이 사장과 심진국. 뭔가 그녀가 모르는 일이 진행되고 있다는 것을 느낄 수 있었다. 알 수 없는 불안감이 그녀를 짓누르고 있음을 이제야 알 것 같았다.

  '분명 어딘가 놓친 부분이 있었을 거야. 한꺼번에 많은 사람들을 감시하다가 보니 놓친 부분이 틀림없이. 틀림없이.'

  조용하고 스산하기까지 한 산 중턱이었다. 주변에 가로등도 없었고, 높고 굵게 자란 소나무들만 즐비하게 서 있는 산 중턱으로 난 작은 길이 있었다. 혁수는 주변을 꼼꼼히 살피며 길이 아닌 나무 뒤를 타고 천천히 걸었다. 멀리서 소곤거리지만 꽤 분주한 소리가 들려왔다. 혁수를 따르던 엔젤나인이 비틀거리는 것이 느껴졌다. 혁수는 팔을 들어 경민의 팔을 잡았다. 경민은 나무를 끌어안으며 중심을 잡았다. 길이 아닌 나무숲을 지나려니 가시넝쿨이 그들의 다리를 잡는 경우가 많았다. 경민은 혁수의 템포를 맞춰 그가 딛고 지난 자리에 발을 딛고 혁수가 허리를 틀어 건너면 똑같은 자세로 따라했다. 훨씬 편하게 길을 지날 수 있었다. 혁수가 경민의 어깨를 잡아 앉혔다. 멀리서 차 한 대가 미끄러지듯 조용히 다가오고 있었다. 그들이 말하는 지게꾼이 틀림없었다.

혁수의 발걸음이 빨라졌다. 경민도 덩달아 빠르게 움직이며 그들은 희미한 조명 불빛만 보이는 창고 주변에 자리를 잡았다. 혁수는 온몸을 긴장시키며 두 눈을 감았다. 멀었기에 잘 느껴지지 않았지만 어림잡아 12명에서 15명 정도의 인원이 움직이는 것 같았다.

"할 수 있겠냐? 15명 남짓 되는데."

"원께서 10명을 눕히시면 제가 5명은 어찌 해 보겠습니다."

"그냥 5명이 아니야. 저것들 연장 들고 있어."

"원께서 가르쳐 주신 모든 기술을 총 동원해서라도 제 몫은 하겠습니다."

"스피드와 정확도가 중요하다. 그리고 네 몸 안에 있는 모든 감각을 곤두세워. 그럼 어두워도 살기가 느껴질 거야."

혁수는 주변에 앉을 만한 돌을 찾았다. 그의 몸에서 30센티 정도 떨어진 곳에 둘이 앉기는 비좁았지만 다리를 쉴 만한 돌이 있었다. 혁수가 경민의 팔을 끌었다. 경민은 그때서야 다리를 펴더니 토닥토닥 두들겼다. 숲 속이어서 가끔 산모기가 달라 들었다. 따끔거릴 때마다 혁수는 손가락으로 조용히 모기를 잡고, 경민은 어찌할 줄 몰라 입술을 깨물며 참았다. 혁수의 손이 조용하면서도 빠르게 움직였다. 경민은 하마터면 소리 지를 뻔 했는지 손으로 자신의 입을 막았다.

"뭐… 뭐하시는 거예요?"

"모기가 너 임자 없는 몸인 거 알고 있나봐. 사방에 붙어 있길래."

"보여요?"

"아니, 육감을 곤두세우면 아주 희미하지만 모기의 움직임이 느껴져. 소리와 함께."

"아……! 형님, 나중에 해체되면 저 형님 따라가도 됩니까?"

"나도 내가 어찌 될지 모르는데 무슨 대답을 할 수 있을까."

그리고 둘은 더 이상의 말은 필요치 않았다. 조용히 시간이 흐르기를 기다렸다. 어느 정도 시간이 흐르자 혁수는 자리에서 일어났다. 그리고 당당하게 걸어 창고 앞마당으로 들어갔다. 밖에서 망을 보고 있던 사내들이 그를 향해 뛰어왔다. 혁수는 가벼운 손놀림과 발놀림으로 둘을 쓰러뜨리고 뒤따르던 경민이 그들을 손과 발을 매듭으로 묶었다. 그리고 보이지 않는 쪽에 그들을 끌어놓고 혁수의 뒤를 따라갔다. 그러나 혁수는 이미 창고 안으로 들어가고 모습은 보이지 않았다.

희미한 불빛 아래 몇 개의 가방이 오고갔다. 마약과 돈이라는 것을 혁수는 알 수 있었다. 사방에서 날아오는 불나방

같은 손짓이 그의 몸을 피해 사방으로 날아다녔다. 혁수는 눈을 감고 있었다. 자신의 모든 감각을 곤두세우고 날아오는 것들에 대해서 반응을 보였다. 누군가 차가운 금속을 꺼내는 것이 느껴졌다. 그리고 그를 향해 돌진했다. 왼손으로 손목을 잡아 꺾고 몸을 그 사내의 안쪽으로 돌린 후, 오른손을 들어 주먹으로 정확하게 이마 정 가운데를 꽂았다. 사내는 힘없이 툭 쓰러졌다. 뒤에서 날아오는 기다란 막대소리가 들렸다. 휘익하는 긴 장음을 내는 것으로 보아 긴 막대가 틀림없었다. 혁수는 막대의 끝을 잡고 앞으로 힘껏 잡아 당겼다. 사내는 미처 버틸 시간도 없이 혁수의 앞에 놓였고 혁수의 무릎에 급소를 맞으며 쓰러졌다. 순식간에 일어난 일이었다. 문에서 이 광경을 지켜보던 경민은 자신이 무엇을 해야 할 지 생각나지 않았다. 그저 귀신같이 움직이는 혁수의 동작에 멍하니 정신 줄을 놓고 있었다. 주변에 아무도 없었다. 남은 것은 쌍칼이었다. 얼굴에 칼자국이 선명한 사람. 어릴 적부터 단 한 번도 잊어본 적이 없는 그 얼굴이었다.

"아따, 그 낯짝은 시간이 지나도 변허덜 않네. 빌어먹게 생긴 낯짝말여. 쌍칼."

"역시 너희들이었군. 수년 전에 행복의 집에서 탈출한 녀석 중에 한 녀석이겠지? 유난히 몸동작이 빨랐던 놈!"

"음마? 날 기억허는 갑네? 으째야쓰까? 이 영광을?"

초혜가 보낸 엔젤이 도착한 모양이다. 쓰러진 이들을 한데 모아 매듭으로 묶고, 한 걸음 뒤로 물러나 있었다. 쌍칼은 양손에 칼을 휘릭휘릭 돌리며 혁수의 주변을 맴돌았다. 혁수는 팔짱을 끼고 느긋하게 그가 공격해 오기를 기다렸다. 간을 보듯 쌍칼이 슬쩍 혁수의 얼굴로 칼을 휘둘렀다. 혁수는 아주 작은 움직임으로 칼을 피하고, 피하는 것과 동시에 쌍칼의 팔꿈치 앞부분을 손가락으로 내려찍었다. 순간 칼을 쥐느라 팽팽해져 있던 힘줄에 충격이 가해지면서 쌍칼은 칼을 놓쳤다.

"오호, 제법이군."

"제법이라고라? 지나가던 강아지 새끼가 방구끼고 웃것네. 쨉이 안 되는 것이제?"

쌍칼은 왼손에 칼을 쥔 채 혁수를 향해 작고 빠른 동작으로 다가왔다. 혁수는 그것보다 더 빠른 동작으로 이미 쌍칼의 뒤에 있었고, 쌍칼이 등을 돌렸을 때, 혁수는 그의 가슴을 다리로 찍었다. 피를 토하듯 컥 하는 소리와 함께 쌍칼의 입에서 피가 흘렀다. 그는 손으로 쓱 피를 닦더니 가볍게 몸을 움직이며 뛰었다. 발의 템포가 빨라지며 순식간에 혁수의 가슴 앞까지 칼을 들이댔다. 혁수는 기다렸다는 듯 칼을 쥐고 있는 손을 움켜쥐고 꺾더니 겨드랑이를 팔꿈치로 사정없이 치고, 이내 오른손 단도로 그의 목을 내리쳤다. 쌍칼은 외마디 비명과 함께 그 자리에 힘없이 축 늘어졌다. 지게꾼으로 보이는 이들이 한쪽에 가방을 들고 발발 떨고 있었다. 혁수가 문 쪽을 향해 손을 흔들자 두 명의 엔젤이 다가와 그들을 한쪽에 따로 앉히고 손발을 묶었다. 혁수는 긴 한숨을 내리쉬고 통신을 하기 위해 만년필을 꺼냈다. 그러나 멀리서 급한 차바퀴 소리가 들렸다. 혁수는 손가락 두 개를 펴고 엔젤이 모두 몸을 숨길 수 있도록 사방을 가리켰다. 그들은 빛이 들지 않는 어둠속으로 몸을 숨기고 혁수만 창고 탁자에 다리를 꼬고 앉아 있었다. 심진국이 무더운 여름날 가죽 장갑을 손에 끼며 창고 안으로 들어오고 있었다.

"뭐야, 왜 이렇게 조용해!"

"오~ 심사장. 엄청 오래간만에 보는데?"

"넌 뭐야?"

"어디보자. 쫄병이 네 마리밖에 안 되네? 나머지는 어디에 있을까?"

"아주 이자식이 내가 누군 줄 알고 머리에 피도 안 마른 놈이!"

"어쭈구리, 어이 심사장. 대갈빡에 피 마르면 죽어. 이 사람아!"

심진국은 독이 오른 표정으로 혁수를 향해 달렸다. 혁수는 주춤하는 듯하다 방긋 웃어보였다. 순식간이었다. 혁수는 꼬고 있던 다리를 책상에 돋음하고 다가오는 심진국을 향해 날아오르더니 그의 발이 바로 심진국의 심장에 꽂혔다. 단 한 번의 반항도 해보지 못하고 심진국은 그 자리에 주저앉아 가슴을 움켜쥐고 나뒹굴었다. 몇몇은 놀라 뒤로 물러나고 숨어 있던 엔젤은 그 상황을 이용해 그들을 모두 진압했다. 멀리서 사이렌소리가 들렸다. 혁수는 만년필을 돌려 채널을 맞추고 소리쳤다.

"심진국까지 처결 완료."

"사이렌 소리 들리지? 가디언이 아니라 신철민이야. 자리 피해."

"옛썰."

누군가 심진국과 일당들의 얼굴과 거래하고 있던 마약을 펼치고 사진을 찍었다. 캠코더를 들고 있던 엔젤도 있었다. 몇 분간 숨 가쁘게 움직이더니 이내 어둠속으로 사라졌다. 사이렌 소리가 점점 가까이 들리고 무장 경찰이 먼저 창고 안으로 들어와 사방으로 퍼졌다. 이어 전담형사와 신민철이 권총을 들고 창고 안으로 들어왔지만 김빠진 표정으로 그들을 바라보고 있었다. 신민철은 매듭에 묶여 있는 심진국 머리를 권총으로 툭 건드렸다.

"속은 줄 알았지? 거기가 거래 장소인 걸로."

심진국은 피식 웃었다. 우습다는 표정으로 신철민을 바라보던 심진국은 입안에 고인 피를 뱉어내며 중얼거렸다.

"병신, 거기도 거래 장소였어. 네가 눈치 채지 못하고 깝죽거리는 바람에 이미 거래는 성사됐지. 다만, 네 아버지의 전화만 없었다면 완벽했을 텐데. 젠장."

"뭐?"

"이곳이 경찰에게 노출 되서 출동했다는 전화만 아니었다면 난 그 자리에서 사라졌지."

신철민은 화가 난 듯 권총의 손잡이로 심진국의 턱을 날렸다. 이빨 서너 개가 바닥으로 쏟아지며 심진국의 입에서 피가 흘렀다. 철민은 권총을 권총집에 넣고 창고 밖으로 걸었다. 인천 부둣가에서 몇몇 사람과 대화를 주고받으며 악수를 하던 진국이 느닷없이 이동을 한 것은 전화 한 통을 받고 나서였다. 진짜 거래 장소를 찾아 나섰던 형사들과는 연락이 두절 됐고, 심진국을 따라 이곳으로 온 것이 전부였다. 형사와 경찰은 그들을 묶은 채로 차량으로 이동하기 위해 창고 밖으로 나왔다. 어떻게 알았는지 기자들이 삽시간에 몰려들어 연방 카메라 플래시를 터트렸다. 경찰들이 나란히 줄을 서서 기자의 행렬을 막아섰다. 누군가 소리쳤다.

"심진국 마약 밀매와 박달중 사건과 관계가 있는 것입니까?"

"……."

"강중호 부시장과 관계있는 것입니까? 말씀해주십시오."

신철민은 짜증난다는 듯 차문을 거세게 열고 들어갔다. 기자들은 여전히 창고 입구에서 그를 향해 소리치고 있었다. 철민은 어둠속에서 아우성치는 사람들 사이에서 활짝 웃는 사내를 보았다. 그를 향해 슬쩍 손을 흔들어보였다. 까만 옷을 입고 까만 모자를 썼다. 철민은 순간 떠오르는 단어가 있었다.

"가디언 엔젤(guardian angel), 수호천사 인가?"

진혁은 난감했다. 이미 강진상이 호텔에 들어와 있었다. 그

방으로 들어 갈만한 방법을 찾아야 했다. 그러나 마땅히 들
어갈 방법을 생각해내지 못하고 있었다. 수연은 일단 룸서
비스 복장을 하기 위해 화장실로 향했고, 진혁은 계단에 앉
아 방법을 생각하고 있었다. 멀리서 엘리베이터 문이 열리
는 소리가 났다. 룸서비스였다. 혼자 투덜거리며 거칠게 웨
곤을 밀었다.

"303호? 혼자 처먹는데 뭘 이렇게 많이 시켜. 303호 끝
방인가?"

진혁은 룸서비스 웨곤(wagon)을 밀고 가는 사내를 슬쩍
잡아끌었다. 그에게 지폐 몇 장을 내밀자 입에 손가락을 가
져가며 몇 번 인사와 외투를 벗어주고 사라졌다. 진혁은 옷
을 갈아입고 손짓을 하자, 룸서비스 호텔 복장을 갖춘 수연
이 그 옆으로 다가왔다. 303호 앞에 서자 진혁은 심호흡을
크게 하고, 휘어진 접시 앞부분 꽃문양의 수술부분에 초미
립자 카메라를 붙였다. 꽃의 심장부에 까만색 점이 있는 것
으로 보일 뿐, 카메라로 보이지 않았다. 진혁이 고개를 끄덕
이자 수연이 초인종을 눌렀다. 안에서 가운만 입은 강진상
이 문을 열었다. 수연은 배에 손을 가져다 대고 공손하게
인사를 하고 안으로 들어갔다.

"이 호텔은 룸서비스가 아주 훌륭하군."

"이사장님께서 오신다는 연락을 받고 특별히 준비했습니
다. 불편하신 점은 없으십니까?"

"여기에서 근무한지 얼마나 됐죠? 미스……. 아, 채린씨?"

"6년 됐습니다."

"근데 왜 한 번도 못 봤지?"

"전 주로 스위트룸 객실 담당이라서 5층에 있었습니다."

"아 그렇군. 포도주 한 잔 따라 주겠소?"

진혁은 공손하게 인사하며 굵직한 목소리로 말을 건넸다.

"불편하신 부분이 없는지 좀 살피겠습니다. 괜찮겠습니까?"

"알아서 하시게."

진혁은 텔레비전을 살피는 척하며 그 아래에 카메라를 부착하고, 욕조 스위치 옆에 침실이 잘 보이도록 카메라를 설치했다. 창문 커튼을 점검하며 살피더니 이내 창틀에 카메라를 설치하고 자리로 돌아와 다시 목례를 했다.

포도주를 잔에 따르던 수연은 음식을 탁자 위에 올려놓고 목례를 했다. 진상은 고개를 끄덕이며 잊었다는 듯 지갑을 찾더니 수표 한 장을 웨곤 위에 올리고 환하게 미소를 지었다. 수연은 두 손으로 받으며 다시 목례를 하고 뒷걸음으로 303호를 빠져 나왔다. 그들이 303호 방문을 뒤로 하고 안도의 한숨을 내리쉴 때 시끄러운 발자국 소리가 들렸다. 진혁은 아무렇지 않은 듯 복도에서 웨곤을 밀고 지나다가 사내들과 마주칠 것 같은 찰나에 계단으로 몸을 숨겼다. 사내들은 어깨에 자루를 하나 메고 사방을 두리번거리다 303호를 찾아 들어갔다. 계단 아래에 아까 그와 마주쳤던 룸서비스 보이가 서 있었다. 진혁은 그에게 옷과 웨곤을 돌려주고 환하게 미소 지었다. 사내는 목례를 하고 아래층으로 사라지고 진혁은 온통 303호에 신경을 곤두세웠다. 계단으로 누가 올라오는 발자국 소리가 들렸다. 수연은 급하게 외투를 벗었다. 그리고 진혁의 목을 감싸고 진한 키스를 나누었다. 올라오던 사내들은 낄낄거리며 그들을 피해 위층으로 올라가고 수연은 마지막 여운의 키스까지 진혁에게 퍼부었다. 진혁은 부끄러운 듯 다시 수연의 입술을 가볍게 훔쳤다. 초혜의 목소리가 들렸다.

"키스는 나중에 하고, 모니터에 잘 잡히고 있다. 앞으로 상황이 어떻게 변할지 모르니 그곳에 잠복해 있다가 카메라 모두 수거해 올 수 있겠어?"

"가능 해."

"위치를 좀 옮겨서 기자들이 들이닥칠 때 함께 들어가서 카메라 수거해줘."

"응."

진혁과 수연은 허리를 끌어안고 호텔 로비로 향했다. 약속 장소이기도 하고, 휴게실로 이용 되고 있는 로비에 수연은 잡지책을 들고 주변을 두리번거렸다. 진혁은 핸드폰을 들고 게임하는 척 하고 있었지만 시선은 온통 현관문으로 향하고 있었다.

초혜는 모니터를 바라보고 있었다. 요원들은 초혜의 손을 바라보고 있었다. 초혜가 손을 들어 신호를 보내자 모니터 요원들은 일제히 자판을 두들기기 시작했다. 초혜는 유리벽에 호텔 상황과 원장 김상수의 거실 상황을 나란히 보고 있었다. 김상수와 그의 아내, 그리고 아들이 거실에 앉아 과일을 먹으며 담소를 나누고 있었다. 그리고 동시에 핸드폰을 들었다. 먼저 김상수의 아내가 핸드폰을 떨어뜨리며 소리를 질렀다. 김상수는 벌떡 일어섰고, 그의 아들은 엄마를 끌어안았다. 호텔에서는 강진상의 가운을 입은 모습 사이로 김상수의 딸 연수가 바르르 떨며 무릎을 꿇고 손을 삭삭 빌고 있었다. 진상은 연수에게 다가가 얼굴을 손으로 쓸어 내렸다. 연수는 눈물을 흘리며 손이 발이 되도록 빌었고, 진상은 음흉한 웃음을 흘리며 연수의 가슴에 손을 가져갔다. 그리고 속삭였다.

"넌 걸레잖아? 대마초에 찌들었고, 매일 밤 사내들과 밤을 즐기는 년이잖아? 그러면서 뭘 무서운 척 해? 이건 아니지? 대마초를 줄까? 아님 히로뽕을 놔줄까?"

"자…… 잘못했어요. 용서해 주세요."

"뭘? 뭘 잘못했다는 거지? 오, 이 탐스럽게 여문 것 좀 봐. 역시 사내들 손이 타면 이렇게 탐스럽게 여물거든. 오늘 밤 즐겨보는 거야. 좋지?"

연수는 옷깃을 두 손으로 꼭 쥐고 놓지 않았다. 진상은 연수의 뺨을 거세게 내리쳤다. 그래도 손을 놓지 않자, 주먹을 쥐고 연수의 얼굴을 때렸다. 그의 주먹에 연수는 두 손으로 얼굴을 감쌌다. 진상은 그때서야 단추 하나, 하나 풀어 헤치며 짐승의 침을 질질 흘리고 있었다. 그의 손이 점점 아래로 향하고, 흥분을 감추지 못하고 정신없이 연수의 몸을 더듬었다. 그리곤 속삭였다.

"이건 날 원망하지 마. 내 밑에서 개 노릇을 해야 하는 네 아버지가 상전 노릇하려고 했던 대가야. 개한테 내리는 벌이지."

그때였다. 호텔 문이 벌컥 열리며 김상수가 들어왔다. 그의 손에는 장식용 검이 들려 있었고, 그 뒤를 따르는 원장의 아들 연석이 있었다. 김상수는 이사장의 머리채를 잡아 바닥으로 끌어내렸다. 이사장은 가운이 뒤로 젖혀진 채 알몸으로 김상수 앞에 섰다.

"짐승 새끼. 넌 죽어야 돼!"

김상수는 들고 있던 장식용 칼을 두 손으로 쥐고 오른쪽 쇠골에서 왼쪽 옆구리까지 길게 내리 그었다. 깊게 패이지는 않았지만 상처가 나면서 피가 흘렀다. 상수는 장식용 칼을 바닥에 내리 꽂으며 울부짖었다.

"너의 노리개 감으로 내 딸을 이용하다니. 짐승만도 못한 놈."

"미친개가 이빨을 보이는 건가? 넌 시설의 아이들을 밤마다 원장실로 불러서 더한 짓도 한 놈이잖아? 그런데 네 딸은 안 돼? 왜?"

그때였다. 뒤에서 아버지의 모습을 바라보고 있던 연석은 주머니에서 과도를 꺼내 들어 두 손으로 잡고 이사장을 향해 돌진했다. 순간 벌어진 일이었다. 그 모습을 목격한 연수는 비명을 지르며 기절했고, 순간 출입문 쪽에서 플래시가 터지기 시작했다. 기자들이 들이닥쳤다. 기자들 사이에 마성진이 크게 숨을 내쉬며 고개를 저었다.

"김형사, 모두 현장범으로 이송하고, 저 아가씨는 병원으로 이송해. 보호경찰 둘 붙이고."

"네, 검사님!"

성진이 연석의 손을 잡으려 하자, 낑낑거리며 칼을 빼더니 이내 다시 한 번 심장을 향해 깊게 찔렀다. 연석의 눈은 이미 초점을 잃고 제 정신이 아닌 상태였다. 꼭지가 돌았다는 표현은 그런 때에 사용하는 것 같았다. 성진은 연석의 손을 힘껏 쥐고 뒤로 돌렸다. 그는 손에 묻은 피를 그때에야 확인하고 스르르 무릎을 꿇고 손에 흐르는 피를 바라보았다. 조심스럽게 시선은 김상수를 향하고 있었다.

"진작, 아주 오래전에 끝냈어야 했어. 욕심이 너를 망쳤구나."

상수는 자리에 주저앉았다. 김형사는 상수와 연석의 손목에 수갑을 채우고, 경찰은 그들을 밖으로 데리고 나갔다. 연신 터지는 플래시가 기분 나쁘다는 듯 성진은 손짓을 해 보였다. 김형사가 전화기를 들었다.

"구급차 2대가 필요해요. 한 사람은 과도로 찔렸고, 한 사람은 큰 충격을 받았어요. 네, 네, 두 사람을 한 차에 태웠다가는 제 2의 사고가 발생할 겁니다. 빨리 출동해주세요."

잠시 후 구급차가 도착하고, 연수는 두 손으로 얼굴을 가렸다. 눈물이 두 볼로 하염없이 흘러내렸다. 진상은 배를 움켜쥐고 무릎을 꿇은 상태였다. 응급처치를 하고 병원으로 들것에 실려 호텔을 나섰다. 진혁은 어수선한 상황에서 자신이 설치했던 카메라를 수거했다. 기자들 사이에 섞인 수연이 사람들의 시선을 끌며 연신 마성진에게 질문을 던졌다. 누가 봐도 프로 기자였다.

강진상은 병원 수술대에 누워 큰 수술을 받았다. 칼을 잡아보지 않은 초보가 찔렀음에도 치명적인 위치에 두 번이나 꽂혔다. 다행히 생명은 건졌지만 의식은 돌아오지 않았다. 강진상에 대한 조사는 진행되었다. 뇌물수수는 물론이고 진상재단의 공금횡령, 진재만의 살인교사까지 모든 진실이 한꺼번에 밝혀졌다. 진상학원 재단은 진재만의 이름 첫 글자와, 강진상의 이름 마지막 글자를 합쳐 함께 청소년의 미래를 만들어가자는 의미에서 붙여졌지만 공교롭게 강진상의 이름이 재단의 이름과 동일해져 버리는 바람에 강진상의 이름을 따서 만든 것으로 알려져 있었던 것이다. 모든 증거는 마성진이 가지고 있었지만 아주 사소한 에피소드와 진실은 초혜의 손끝에서 모든 이에게 퍼져나갔다. 강진상의 청소년 성폭행과 강진상 이사장을 위해 비밀리에 만들어진 청소년 폭력조직이 있다는 것까지 알려지자 강진상 집 앞에는 매일 많은 이들이 진을 치고 그의 가족들에게 위협을 가했다. 경찰 한 소대가 강진상의 집 앞을 지키고 있어야 할 정도가 되자. 그의 가족은 비밀리에 해외로 도주

하고, 그의 재산은 진상재단으로 모두 몰수 됐다. 그리고 재단 이사진은 누군가로부터 진재만의 딸 진수연이 현재 살아 있다는 연락을 받고, 그동안의 보상 차원에서 진수연을 이사장으로 추대했다. 그 사실을 진수연만 모르고 있을 뿐이었다.

방송사, 각 신문사, 인터넷에서 사건은 뒷전이었다. 그 모든 비리를 밝혀 낸 것은 가디언 엔젤이었다는 보도가 심진국과, 강진상, 김상진 부자의 사건보다 더 뜨겁게 달궈지고 있었다. 많은 추측들이 난무하고, 소설을 쓰는 기사들도 많았지만, 무엇보다 그들의 비리가 20여 년 전부터 시작되고 있었다는 것이 어느 블로그에 알려지면서 뜨거운 이슈가 되었다. 또한 그들의 그동안 행적들은 간략한 일기형태로 매일 서너 개씩 공개되었고, 블로그가 개설된 사이트는 그 블로그로 인해 과부하가 걸려 시스템이 마비될 지경이었다. 마성진에 대한 기사도 연일 언론에 보도되고 있었다. 다시 명성을 되찾은 마성진의 지난 이력을 포함해서 그의 안타까운 사연까지 보도되고, 그가 이 사건을 맡아야 하는 필연성에 대한 기사는 날로 늘어갔다. 어느 여기자는 아직 찾지 못한 딸에 대한 이야기와, 딸을 애타게 찾다 사망한 성연희에 관한 기사를 매일 연재하듯 써내려갔다. 한편의 소설이었다. 마성진은 그렇게 자리를 찾아가고 초혜는 마성진의 일거수일투족을 모두 기록하고 있었다. 모든 것들이 해결되고 마지막 허영자만 남아 있는 상태였다. 진상학원 재단에서는 허영자를 이미 퇴출 시켰고, 새로운 운영자를 모색하고 있었지만, 재단 측에도 허영자의 답변은 없었다.

초혜는 문득 스치는 것이 있어 혁수의 어깨를 두드렸다. 모든 이들이 법의 심판 아래 놓여 있었지만 그들을 장난감처럼 이용했던 허영자가 조용하다는 것이 왠지 섬뜩함으로 다가왔다.

"왜?"

"혹시 허영자 미쳐버린 것 아닐까?"

"설마. 그 표독스러운 여자가?"

"그게 있잖아. 자신의 손에서 모든 것이 조정된다고 생각하고 자신을 신으로 생각하던 이가 어느 날 자신의 스토리가 무너져가고 자신이 아무것도 할 수 없는 자멸감에 빠지게 되면 가능한 이야기야. 인간은 강한 것 같지만 너무 나약한 존재거든. 특히 정신은 더욱 그래. 한 가지에 뚜렷하게 두각을 나타내는 사람은 절대 휘어지는 법이 없어. 부러지고 말지."

옆에서 조용히 듣고 있던 진혁이 고개를 끄덕였다. 수연은 아직 두려움이 남은 모양이다. 허영자의 이름을 듣는 것만으로도 손을 바르르 떨었다. 진혁은 수연의 손을 움켜잡고 웃어보였다. 초혜는 행복의 집 감시카메라를 모두 확인했지만 허영자의 모습은 보이지 않았다. 다른 사건들 때문에 소홀했던 것은 사실이지만 얼마 전부터 부원장실에서도 그녀의 모습은 보이지 않았던 것이 생각났다.

"우리 가볼까?"

"넷이서?"

"응."

"아직 집게파 일당들 중에 행복의 집에 남아 있는 사람들이 있는데?"

"이제 그들은 허수아비야. 그리고 혁수가 있잖아. 우리의 든든한!!"

혁수와 진혁은 고개를 끄덕였다. 그들이 나가려 할 때, 엔젤 나인 경민이 텔레비전을 켰다. 초혜는 화면에 시선을 떼지 못했다. 모두 시선을 텔레비전으로 향했다. 화면에는 신철민이 울먹이며 신중환의 팔목에 수갑을 채우는 장면이 방송이 되고 그 앞으로 기자들의 카메라 플래시가 터지고 있었다. 초혜는 볼륨을 높였다.

"신중환 경찰처장은 자신의 아들인 신철민 검사에게 모든 진실을 밝힌 것으로 전해졌습니다. 신철민 검사는 아버지의 팔목에 눈물의 수갑을 채우며 성역 없는 수사 진행을 약속했습니다. 그동안 행복의 집에서 일어난 살인과 강간, 성폭행, 인신매매 등에 신중환 경찰처장 또한 연류 되어 있고, 그들의 범죄를 알면서도 묵인했음을 인정했습니다. 또한 신중환 경찰처장은 그들의 잘 짜여진 계획에 말려들었다는 사실을 수년 전 가디언 엔젤 중 한 명이라고 추측할 수 있는 소녀의 도움으로 알게 되었다고 합니다. 행복의 집과 진상학원 재단 사건에 연류 된 사람들을 세상에 알리고자 한 가디언 엔젤은 한 사람이 아니며, 네 명이고, 그들은 어린 시절부터 행복의 집에서 갖은 학대와 폭행을 견디다 못해 탈출한 몇 년 전 절도의 누명을 쓰고 수배 된 네 명의 청소년인 것으로 밝혀졌습니다."

저 푸른 하늘을 나는
새의 자유로움으로

초혜는 텔레비전 전원을 껐다. 다들 씁쓸하면서도 공허한 마음이 든 모양이다. 이제 그들은 세상에 알려졌다. 모든 사건이 해결되고 난 뒤 진정한 자유를 누릴 수 있게 되었다. 넷은 숙인 고개를 들지 못하고 그저 바닥만 바라보고 있을 뿐이었다. 혁수가 허공을 향해 고개를 들었다. 허탈함에 눈물을 가득 머금고 있었다. 밖에 나갔다 왔던 경민이 혁수를 툭 쳤다.

"혁수 형님. 밖에 누가 찾아 왔어요."

"응? 누가?"

"밝히지는 않는데, 보면 안다고만 하네요. 이상한 사람은 아니에요."

초혜와 그들은 서로 어리둥절한 표정으로 밖으로 나갔다. 30대 초반으로 보이는 건장한 사내가 대문에 기대고 서 있었다. 초혜는 그의 반지에 새겨진 펜던트를 살폈다. 그리고 미소를 지어 보였다. 사내는 혁수를 보자마자 주먹부터 날렸다. 그러나 혁수는 아주 작은 동작으로 사내의 주먹을 피하고 이내 사내를 바닥에 주저 앉혔다.

"졌다. 강찬민!"

"어? 뭐시여? 강찬성이여?"

"자식 잘 자랐구나?"

"어디서 뭔 지랄하고 숨어 살다가 인자 찾았어?"

"자식, 너 어렸을 때부터 쭉 옆에 있었어! 사건 해결 다 된 것 같아서 왔다."

"음마?"

"둔하긴. 너, 행복의 집 들어간 뒤에 쥐 터질 때마다 자고 일어나면 상처 치료 되었던 것 생각 안나냐? 또, 최근에 네 사부 옆에서 잔심부름 하던 어리바리한 놈 생각 안나?"

"미치고 팔짝 뛰것구마잉. 근데 아는 체 안했단 말이지?"

"널 믿으니까? 아참, 우리 제수씨!"

찬성은 능청스럽게 초혜에게 다가가 꼭 끌어안았다. 초혜는 알고 있다는 듯 찬성을 끌어안았다. 다들 어리둥절한 표정으로 찬성을 바라보았지만 찬성은 대문을 활짝 열고 그들을 밖으로 안내했다.

"행복의 집 가야지? 허영자 궁금하잖아?"

"초혜야. 우리 해킹 당하고 있었냐?"

"전혀 그런 흔적 없었는데?"

그때 경민이 슬쩍 한 발 다가섰다. 고개를 꾸벅 숙이더니 머리를 긁적거렸다. 그렇게 생각하니 어찌 된 일인지 경민은 그림자처럼 그들 옆에 있었다는 것이 생각났다. 행복의 집에서도 있는 듯 없는 듯 항상 그들 뒤에 있었다. 그들의 시선에 띄지 않는 곳에, 존재감 없는 존재로 항상 곁에 있었다는 것이 문득 떠올랐다.

"야, 그놈 내 제자다. 뭐 나보다는 찬민이 네가 더 많이 가르친 것 같지만!"

그들은 서로 마주보며 허탈함에 껄껄 웃었다. 운전기사 경민을 포함한 여섯 명은 행복의 집으로 향했다. 서로 통성명을 하며 깔깔 웃으며 즐기는 동안 어느새 누렇게 익어가는 들판을 지나고 있었다. 초혜는 창밖에서 시선을 거두지 못하고 있었다. 수연도 차가 들판을 지나는 동안 다른 이들모르게 눈물을 훔쳤다. 수연이 토끼인형을 가슴에 끌어안았다. 이미 낡아서 몇 번 수선을 해야 했던 혜린이의 유품이었다. 수연이 조용히 중얼거렸다.

"오늘 아빠랑 만났겠네?"

수연을 바라보던 찬성은 깊은 한숨을 내리쉬며 창밖을 바라보았다. 그리고 조심스럽게 이야기를 꺼냈다.

"마성진 검사가 너희들을 이용해서 모은 재산이 수백억을 넘어 천억에 가깝다. 그런데 너희들은 그 돈에 대해서 한 번이라도 생각해 봤냐?"

"가끔 어려운 시설에 기부를 하고, 저희 활동자금으로 사용한다는 것 이외에는 별 관심이 없었는데요."

"그게 문제였어. 마성진이 지금 자신의 상황을 정치에 이용할 모양이다. 너희들의 이야기가 정계에 흘러들어간 지 오래 됐어. 이번 일이 끝나면 마성진은 성계진출을 할 거야. 상대 정당의 모든 비리와 도청을 너희들에게 맡긴다는 계획이지."

"성이 그것을 어치케 알았는가?"

"초혜는 의심을 하고 있었지. 그래서 마성진이 사용하는 핸드폰에 도청장치와 내용을 확인 할 수 있는 프로그램을 깔아 두었고."

"맞아요."

"난 그걸 역이용했어. 너희들도 알겠지만 너희 멘토는 모두 친구야. 한 시대를 풍미했던 사람들이지. 그리고 모두 나의 사부님들이다."

"그럼, 저희들이 미처 놓쳤던 부분을 체크하고 챙겼던 분?"

"아, 맞아 캄보디아 공항에서……."

"그리고 호텔 룸서비스, 정확한 시간에 어찌할 줄 모르고 있을 때 지나갔거든."

"박달중 때, 분명 우리 차는 두 대였는데 차로가 3차선이었어. 그때 끼어든 차 한대!"

수연은 생각났다는 듯 위기를 모면한 것을 기억해 냈다. 캄보디아 공항에 도착한 뒤에 미처 대처하지 못한 일이 생겼다. 귀빈 대접을 해야 하는데 포섭해 놓은 사람이 없었다. 급하게 이루어지기도 했지만, 그 사소한 것까지 갖추지 못 했다는 것은 공항에 들어서면서 난감했다. 그런데 누군가 그들에게 다가와 여권을 챙겼다. 그리고 서툰 한국말을 건 네며 윙크를 해 보였다. 그의 썸낭이라는 명찰을 발견하고 인사했던 것이 생각났다. 수연은 그때서야 부끄러운 듯 얼 굴을 붉혔다. 다들 자신의 상황에서 우연치 않게 실수를 모 면했던 생각에 머리를 긁적거렸다.

"아주 둔해요. 너무 둔해!"

"어쩐지 창고에서 분명히 예닐곱 명을 처리했는데 죄 누 워있다 했어. 난 경민이 무술이 그렇게 뛰어났나 했지."

"그건 중요한 것이 아니고, 마성진의 손아귀에서 너희들 이 벗어날 수 있는 방법이 필요해. 우리 제수씨 어떻게 하 면 될까? 뭐 벌써 준비하고 있다는 것은 알고 있지만."

초혜는 아무렇지도 않다는 듯 빙긋 웃음을 보였다. 차는 미끄러지듯 행복의 집 운동장까지 들어갔다. 매일 보이던 경비도, 문을 가로막았던 막대도 보이지 않았다. 아이들은 예전 분위기와는 조금 다른 분위기로 시끄럽게 떠들었다. 생활교사들은 여전히 무표정한 얼굴로 운동장 끝에 서서 아이들을 바라보고 있었다. 초혜가 차에서 내리자 생활교 사들은 표정이 바뀌며 수군거리기 시작했다. 여섯 명이 모 두 차에서 내려 나란히 건물을 돌아 허영자가 살고 있는 관 사로 향했다. 쥐죽은 듯 조용했다. 그 누구도 접근할 수 없는 스산한 공기가 그들을 감싸고돌았다. 수연은 무섭다는 듯 초혜의 팔을 잡았다. 초혜는 수연의 손을 깍지 끼고 혁수의 팔을 잡았다. 혁수는 팔을 들어 힘을 주었고, 그들은 웃었다.

관사는 굳게 잠겨 있었다. 유리창을 통해 안을 바라보았지만 아무것도 보이지 않았다. 진혁이 문 앞에 섰다. 수연이 머리에 꽂고 있는 핀을 빼어 열쇠 구멍에 두어 번 저으니 문이 철컥 소리를 내며 열렸다. 문이 열리자 안에서는 썩은 냄새가 그들의 코를 찔렀다. 초혜는 헛구역질을 하는 듯 입을 틀어막고 한 발짝 뒤로 물러났다. 혁수와 진혁, 그리고 찬성이 안으로 들어가고, 초혜와 수연, 경민이 밖에서 기다렸다. 혁수는 팔로 코를 막았다. 그리고 조심스럽게 벽을 타고 안으로 들어갔다. 거실 한 가운데 진기한 풍경이 그들을 맞이하고 있었다.

허영자는 전원이 꺼진 노트북을 열어놓고 중얼거리며 자판을 치고 있었다. 머리는 덕지덕지 온갖 오물이 붙어 있었고, 집안은 죽은 고양이 시체들이 널려 있었다. 모두 목과 몸이 따로 분리 되어 있었다. 혁수가 허영자 옆에 서 있었다. 하지만 여전히 허영자는 중얼거림을 멈추지 않았다.

"이럴 수는 없지, 나의 스토리를 깨부수는 것은 나 밖에 못하는 것이야. 이건 아니지. 아무렴 내가 들어가지 못할 곳은 없어. 이건 아니야. 장난감이 나에게 이빨을 보여. 죽여야지. 죽여야 돼. 어디 있어. 낫이 어딨지? 장난감은?"

그 말이 떨어지기 바쁘게 누군가가 밖으로 튀어 나갔다. 그리고 5분도 지나지 않아 살아 있는 고양이 한 마리를 들고 들어왔다. 그들의 눈에는 혁수와 그 일당들이 보이지 않는 모양이다. 고양이를 들고 들어온 여자는 노트북 앞에 고양이를 놓았다. 허영자는 옆에 있는 낫을 들고 고양이의 목을 찍었다. 고양이는 목이 나뒹굴며 야옹 소리를 질렀고, 허영자는 으스스한 웃음을 지었다. 허영자는 여전히 꺼진 모니터에 집중하고 있었다. 진혁은 텔레비전과 오디오 사이에 숨어서 쪼그리고 앉아있는 여인을 바라보았다. 수진이었다. 눈에는 공포가 가득했고 낯선 이들에 대한 경계심으로 잔뜩 몸을 웅크리고 구석에서 눈치를 보고 있었다. 금방이라도 튀어나갈 수 있는 자세를 하고 심하게 눈동자는 흔들리고 있었다.

혁수는 전화를 들었다.

"정신병원 구급차를 지원해주셨으면 합니다. 아무래도 정신분열이 온 것 같아요. 두 사람 모두요."

뒤에서 초혜가 조심스럽게 다가왔다. 고양이를 들고 들어오는 수진을 따라 들어오는 것 같았다. 수연은 수진의 앞에 바짝 다가가 앉았다. 진혁은 걱정스러운 듯 수연의 옆을 지키고 있었다. 수연은 수진의 손을 잡았다.

"언니, 나야. 기억해? 수연이."

헝클어진 머리와 고양이 핏자국으로 얼룩진 얼굴은 무섭다 못해 흉흉하기 그지없었다. 그런 수진의 손을 꼭 잡으며 수연은 눈물을 흘리고 있었다. 수진은 수연의 손을 다시 잡으며 살짝 미소를 보이는 듯 했다.

"나 수연이가 없어서 너무 무서웠어. 저 여자가 이렇게 하지 않으면 낮으로 내 목을 내 놓으라고 소리쳤어."

"언니 이제 괜찮아. 나를 봐. 내 눈을 봐."

수진은 계속 중얼거렸다. 알아들을 수 없는 이야기들을 시작했다. 최근 이야기를 하다가 갑자기 어릴 적 엄마 이야기를 했다가 어느 순간 그들의 집중하지 않으면 안 되는 이야기를 정황하게 늘어놓았다.

"나, 아주 오래전에 경찰서장 차에 뛰어 들었어. 아니 무서운 아저씨가 밀었어. 죽은 척 하라고 해서 다리가 너무 아픈데 죽은 척 숨도 안 쉬었어. 근데, 근데 그 경찰 아저씨가 며칠 뒤부터 여기 지하실에 나타났어. 너무 무서웠어, 거짓말 했다고 경찰아저씨가 잡아 갈 것 같아서 숨었어. 아니 부원장님이 눈에 띄면 죽는다고 했어. 경찰 아저씨가 죽일 거라고 했어. 그래서 몰래 몰래 숨어서 아저씨를 봤어. 그런데 원장님이 나를 막 때렸어. 가죽으로 때리고, 불로 등을 지졌어. 아팠어. 근데 소리 지르면 더 때렸어."

수연은 수진의 이야기를 들으며 내내 눈물을 흘렸다. 많은 세월을 학대와 성폭행의 나날을 보냈고, 그들의 도구로 살아야했던 수진이 마지막엔 매일 공포와 마주보고 같은 공간에서 견디어야 했던 것을 생각하니 가슴이 먹먹해졌다. 수진은 초혜와 눈이 마주치자 뒤에 있는 방으로 사라졌다. 그리고 한참 지난 뒤에서야 노트를 하나 들고 나타나더니 초혜에게 내밀었다.

"초혜한테 보여주려고 매일 썼어. 저 여자한테 죽도록 맞을 걸 알면서 내방에서 가져와서 몰래 몰래 썼어."

초혜는 노트 앞장을 펼쳤다. 간략하게 적힌 메모 같은 글이었지만 날짜와 상황을 모두 기록하고 있었다. 그녀가 처음 이곳에 들어온 날부터 며칠 전까지 어느 날은 한 줄로, 어느 날은 정황하게 시간 순으로 나열하고 있었다. 그들의 죄를 입증할 수 있는 또 하나의 자료가 될 수 있다는 생각이 들었다. 신중환은 사람을 죽인 것이 아니라 공갈협박을 당하고 있었다. 물론 이미 공소시효는 며칠 전에 끝났다. 하지만 수연의 기록으로 인해 도덕적인 면도 어느 정도 해소될 수 있는 가능성을 열어두고 있었다. 잠시 후 사이렌 소리가 들리며 하얀 가운을 입은 이들이 관사로 들이닥쳤다. 노트북에 집착을 보이는 허영자는 환자복으로 칭칭 감겨서 차에 실렸고, 조금이라도 가능성이 보이는 수진은 눈물을 흘리며 구급차에 올랐다.

"수진 언니는 호전 될 수 있을까요?"

"충격이야. 정신적 충격이 너무 커서 일시적인 현상이 일어난 것인데 그것을 계속 방치하다가 보니 그 충격에서 벗어나지 못하고 계속 그 상태가 되어버린 거지. 치료는 그리 오래 걸리지 않을 것 같아,"

"근데 형님. 후문 쪽에 사람들이 몰려있던데 마성진 검사 겠죠?"

"오후에 도착해서 아무것도 못하는 상태라고 들었다. 죽은 딸의 시신 앞에서 그의 야망도 꿈도 모두 부질없이 느껴지는 것이겠지. 초심이 열렸을 수도 있겠다."

"갈까요?"

수연은 일어났다. 차에서 언제 챙겨왔는지 혜린의 유품, 토끼 인형을 꺼내 들었다. 썩은 냄새가 진동하는 그 관사에도 햇빛이 드는 날이 있지 않을까하는 생각이 들었다. 어둠 속에 갇혀 살았던 이들에게 한 줄기 빛은 희망이 될 것이다. 그 빛이 없는 어둠 속에서 절망하고 좌절하며 살아야 했던 이들에게도 빛이 들 수 있는 날이 올 것을 그들은 믿어 의심치 않았다.

그들은 관사를 지나 명상실 앞을 지나며 일제히 그 자리에 섰다. 언제나 굳게 닫혀있던 비밀 지하통로의 문이 개방이 되어 있었다. 성진이 다녀간 모양이다. 초혜는 주변을 두리번거렸다. 아직 변하지 않는 그대로의 모습이었다. 그들이 탈출을 시도했던 후문에 도착했다. 초혜가 참았던 눈물을 훔쳤다. 수연은 초혜를 끌어안고 훌쩍거리며 그날을 생각하는 것 같았다. 진혁은 생각난다는 듯 피식 웃었다.

"그 아저씨 어디서 뭘 하지? 고맙다고 인사도 제대로 못했는데,"

"창민이?"

"어? 성이 어치케 알어?"

"참 쉽게도 넘어가더라. 얌마 어떤 미친놈이 지 목숨 걸고 니들 빼돌리는 짓을 하냐?"

"그럼 뭐시여?"

"나한테 목숨 빚진 놈이다. 부탁 좀 했어, 너희들 탈출 계획을 알고 있었거든. 그건 허영자도 알고 있었어."

"그럼 게임을 위해 놔 준거였어?"

"뭐, 너희들을 너무 과소평가했던 거지?"

"뭐시여 그럼. 형은 다 알고 있었고, 우린 피터지게 싸우고……. 고생 안 해도 될 걸 한 거여?"

"아니, 너희 스스로 모든 일을 해결해야 세상에 대해 떳떳해 질 수 있는 것이야. 그래서 난 기다린 거야."

그들이 수다를 떨며 작은 동굴에 도착했을 때, 성진은 오열하고 있었다. 이미 삭아 내린 옷 사이에 드러나 보이는 앙상한 뼈 조각이 혜린의 마지막 모습이라 생각하니 가슴에 쌓아두었던 울분이 터진 모양이다. 사진 기자들과 방송 카메라 앞에서도 그의 오열은 멈추지 않았다. 연신 흘러내리는 눈물을 닦을 생각도 하지 않고 만지면 부서질 것 같은 혜린의 뼈 앞에서 무릎을 꿇고 성난 짐승의 목소리를 들어냈다. 초혜가 성진의 어깨를 만졌다. 수연은 혜린의 뼈 앞에 토끼 인형을 내밀었다.

"이제 엄마 곁으로 가. 데니랑 함께."

연신 터지는 카메라 플래시 앞에서도 수연은 아랑곳하지 않았다. 수연과 초혜, 혁수와 진혁이 혜린의 뼈를 조심스럽게 자그만 박스에 한 조각, 한 조각 담았다. 그들의 모습은 방송을 타고 전국으로 흘렀고, SNS에서는 진정한 수호천사라는 찬사와 함께 네 명의 사진, 그리고 동영상이 유포되기 시작했다. 초혜는 성진의 팔을 이끌어 일으켜 세웠다. 이미 눈물범벅이 된 성진은 탈진이 가까워져 일어나며 휘청거렸다. 밖은 어둠이 내리기 시작했고, 기자들은 하나둘씩 자리를 떠났다. 초라하기 그지없는 죽음의 터에 그들은 멍하게 앉아 있었다.

"지하에 가보실래요?"

"그 앞에까지 갔지만 차마 들어가지는 못했다."

"이제 그들은 어찌 되요?"

"초혜가 찾아놓은 증거와 그들의 진술, 그리고 신중환 경찰처장의 진술을 토대로 그들의 죄목을 밝히고 공소시효가 지난 일까지 모두 법적 처벌을 받을 수 있게 해야지."

"저희 아버지 죽음은 이미 밝혀졌잖아요?"

"진재만의 살인 사건도 공소시효는 지났지. 강중호는 허영자가 시킨 일이라고 자신도 협박을 당한 것이라고 이야기하고 있지만 허영자 상태가 정상으로 돌아오긴 힘들 것 같아. 그래서 허영자는 빼고 모든 진상조사를 할 계획이야."

"원장은 어떻게 되죠?"

"그들은 공범이야. 대부분 종신형으로 밀고 나갈 생각이야. 20년 이상 같은 범죄를 지속하면서 자신의 이득을 챙긴 점이나, 인간으로 해서는 안 되는 살인, 인신매매, 유아납치, 사체유기. 마약 밀거래 등. 너무 큰 사건들이 많아. 신중환 경찰처장을 제외한 모든 사람은 대부분 종신형이 되겠지. 재산은 국고로 환수 되고. 일부는 진상재단으로 돌아가기도 할 거야"

"이정복 부장은……."

"하수인이고 큰 죄를 저지른 부분이 많지 않아. 그도 협박을 당하고 있는 상황이었고, 납치에 가담했다는 것. 심부름을 했다는 것. 적어도 이정복이 직접 살인을 하거나 마약 밀거래에 대한 소득을 배분 받거나 하지 않았으니. 뭐 몇 년 살다 나올 수 있을 거야."

그들의 이야기는 해가 저물도록 끊어지지 않았다. 김형사는 혜린의 유골박스를 들어 차에 실어 놓고 그들 옆에 섰다. 그때서야 찬성을 발견하고 서로 반가운 포옹을 했다.

"음마? 뭐여? 김형사님도 형님이랑 아는 사람이여?"

"나의 보스이고, 나의 아버지이고, 나의 영원한 지원자 김형사님이지."

성진은 고개를 들어 김형사를 바라보았다. 김형사는 멋쩍은 듯 시선을 다른 곳으로 돌리며 너스레를 떨며 웃었다. 성진은 포기한 듯 고개를 떨구었다. 찬성은 김형사와 하이파이브를 해보였다.

"내가 너 잡혀가는 거 보고 망설이는데 김형사님이 날 말렸어. 그때 처음 만났는데, 김형사님은 그나마 조금 유명세를 타고 있는 최연소 무술사범을 알아보신 거지. 그리고 아무도 모르는 곳에서 먹이고 입히고 키웠지. 사모님도 날 몰라. 그리고 내가 모든 훈련을 받을 수 있게 지원해 주셨고, 너희들 곁에 머물 수 있도록 항상 옆자리를 비워 두셨던 거야. 나 혼자 모든 것을 할 수는 없지."

모두 수긍을 하고 고개를 끄덕일 때, 마성진은 하늘을 바라보았다. 그의 비밀은 모두 김형사가 알고 있는 상황이었다. 그는 항상 곁에 있었기에 전혀 의심할 수가 없었다. 초혜는 마성진의 손을 잡았다.

"마성진 검사님은 시대의 영웅이시잖아요! 또 어디선가 혜린이처럼 소리 없이 죽어가는 아이들이 있을 거예요. 그들의 수호천사가 되셔야 하잖아요. 한 사람쯤은 수호천사로 남아야 하잖아요!"

"자신의 자리에서 열심히 살면 정의롭게 살면 가디언 엔젤 아니겠어?"

성진은 자리에서 일어났다. 그리고 활짝 웃으며 혁수를 깊게 끌어안았다. 그의 팔에는 힘이 들어가 있었다. 혁수는 성진의 등을 토닥였다. 성진은 하늘을 바라보며 높게 기지개를 펴고 난 후 활짝 웃으며 그들을 바라보았다.

"어디에 있든 우리는 영원한 가디언 엔젤로 남는 거지. 오늘은 타인이지만 내일은 또 하나가 될 수 있는 거니까. 아 그리고 숙소는 초혜 명의로 해 놨다. 난 원래 살던 곳으로 돌아갈 예정이야. 그리고 내가 살던 곳은 수연이 명의로 해 놨으니까. 남자 놈들은 서운해 하기 있기 없기?"

그들은 깔깔거리며 웃었다. 그들의 웃음소리는 푸른 밤하늘에 호탕한 메아리로 울려 퍼지고 어디선가 들려오는 산사의 고요한 풍경소리는 새로운 모습의 그들을 맞이하는 것 같았다.

멀리서 경찰차 한 대가 들어오고 있었다. 그곳에 있는 다른 이들의 시신을 거두고 유전자 검사를 해서 피해자 가족을 찾아야 하는 일이 남아 있었다. 마성진은 김형사와 나란히 차에 올랐다. 김형사는 손을 들어 인사를 하고 성진은 그렇게 서서히 멀어지고 있었다. 초혜는 멀어지는 차가 시야에서 보이지 않을 때까지 바라보고 있었다. 혁수가 초혜의 어깨를 감싸고, 그런 혁수의 어깨는 찬성이 감싸 안았다.

"자, 우리 친구들. 내일을 기획하러 갈까?"

"성아 좀 빠져. 분위기 깨고 그려!"

다섯 명은 나란히 서로를 의지해 걷고 경민은 그들의 뒤를 따라 걸었다. 찬성은 경민의 팔을 끌어당기며 혁수 옆으로 서게 했다. 그때서야 경민은 환하게 웃으며 혁수의 어깨를 잡았고, 혁수는 경민의 볼을 툭 건드리며 웃었다. 진혁은 의문점이 남는다는 듯 찬성을 바라보았다.

"형님 마검사님의 재산은 어찌 될까요?"

"그냥 덮어두는 것이 낫지 않을까? 뭐 그 모든 시설을 준비하기 위해 빚도 좀 졌었고, 또 그도 보상을 받아야지. 그리고 뭐 뭐든 투명해서 좋은 것만은 아니야. 가끔 재미라는 것도 있어야 하지 않겠어? 재미는 하지 말라는 것이 더 큰 것이잖아!"

"그럼 성, 나 마성진 검사한테 사업자금 좀 보태 달라고 하까? 아부지가 하던 무술 아카데미 우리가 다시 시작해야 될 거 아녀."

"이 형이 놀고 있었던 것 같냐? 유명한 무술 아카데미에서 널 기다리고 있으니 걱정마라."

그들의 이야기는 밝고 활기차게 걷는 그들과 함께 했다. 깔깔거리며 투닥거리는 모습은 어둠에서 빛으로 넘어가는 시간이었다.

그들이 걸어가는 행복의 집 운동장에 길 잃은 고양이 한 마리가 그들 앞을 가로지고 지나갔다. 그들이 운동장에 도착했을 때쯤 아침 해는 길 끄트머리에서 나무에 의지하듯 서서히 올라오며 그들의 얼굴을 비추고, 아침 일찍 눈을 뜬 방송은 가디언 엔젤의 미래를 이야기하며 하루의 서막을 열었다. 그들이 지나는 자리에 하얀 햇살이 따라 걸으며 서서히 아침을 지저귀는 새소리를 잠재우며 하루의 일상으로 접어들고 있었다. 그들의 환한 얼굴 뒤로 밝은 햇살을 가득 안은 행복의 집이 서서히 멀어지고 있었다.   <끝>

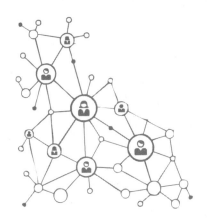

인물소개

　민초혜 천재. 유년시절에는 자신이 천재라는 것을 숨기기 위해 가끔 엉뚱한 행동을 하기도 하고, 일부러 시험을 망치는 등 엉뚱한 발상으로 자신을 보호한다. 민초혜는 책으로 모든 것을 익혔고, 복수 대상을 위한 프로그램을 만들고, 엔젤의 수장으로 모든 이들을 이끌어 나간다. 혁수의 진솔함에 그를 사랑하고, 복수 프로젝트의 모든 인물에 대해 성격이나 상황 파악을 하고 그들에 대한 복수를 기획하고 실천한다. 실제 복수프로젝트의 수장이다.

　차혁수 특공무술을 비롯한 유도, 합기도, 복싱, 무에타이, 가라데, 태권도, 이종격투기, 뿐만 아니라 모든 무술에 능통한 남자. 운동 이외는 다른 것에는 관심도 없고, 별재주도 없는 단순한 남자. 그러나 모든 면에서 천재성을 띤 민초혜를 사랑하고 민초혜에게 무한한 애정을 시시때때로 표현한다.

진수연 변장술의 대가. 화장으로 전혀 다른 사람이 되기도 하고, 자신을 감출 수 있는 분장술에 강하다. 자신뿐만 아니라 팀 동료의 분장도 도맡아 하며, 초혜가 개발한 특수 재질을 이용하여 가면을 도안하고 그때그때 상황에 따른 가면을 만들어 낸다. 진혁을 사랑하지만 자신의 과거 때문에 다가가지 못하고 항상 진혁의 주변만 맴돈다.

최진혁 언어의 마술사. 기계의 마술사. 영어, 일어, 독일어, 프랑스어, 캄보디아, 필리핀, 중국 등 주요 언어는 모두 구사할 수 있으며 모든 기계 설치 및 만드는 조합 등은 최진혁의 몫이고, 특수 장비의 도면을 민초혜가 완성하면 그 도면을 보고 한치의 오차도 없이 만들어 낼 수 있는 능력을 가졌다. 진수연에게 마음은 있지만 다가서지 못하고, 차혁수의 무식함을 항상 무시하는 듯 말을 하지만 차혁수에 대한 믿음은 그 누구보다 강하다.

마성진 조직의 조력자. 유명한 검사. 5살 난 어린 딸(혜린)을 찾아 헤매다가 딸의 죽음을 접하고 오열하게 된다. 딸의 죽음을 알렸던 학생들을 찾아내어 그들의 이야기를 들으며 딸의 죽음과 관련되어 있고, 음모가 숨겨져 있는 그들의 정체를 파악하고 그들의 파멸을 주도하는 조직의 조력자가 되기로 한다.

숨겨진 범죄

김락호 소설

초판 1쇄 : 2015년 4월 20일

지 은 이 : 김락호

펴 낸 이 : 시음사

디자인 · 편집 : 한지나

편 집 : 설연화, 박영애

기 획 : 시사랑음악사랑

인 쇄 : 청룡

연 락 처 : 1899-1341

홈페이지 주소 : www.poemmusic.net

E-Mail : poemarts@hanmail.net

정가 : 13,000원

ISBN : 979-11-86373-01-9